Sue Townsend

Adrian Moles wilde Träume

SERIE PIPER
Band 2094

Zu diesem Buch

»Ich habe beschlossen, regelmäßig Tagebuch zu führen, in der Hoffnung, daß mein Leben interessanter wirkt, wenn es schriftlich festgehalten wird.« Adrian Mole, mittlerweile zur Kultfigur in Großbritannien und Deutschland avanciert, findet, daß er ein armer Hund ist. Nicht nur hat das Objekt seiner Begierde, die rassige Pandora, einen Bisexuellen geheiratet, nein, er kommt nicht mal als Ersatzmann auf die lange Liste ihrer Lover. Sein Sexualleben tendiert gegen null Komma null, und sein Berufsleben ist auch nicht aufregender. Er schreibt Berichte über Molchkolonien, und die hängen ihm mitsamt den schleimigen Amphibien zum Hals raus. Und während Adrian Mole sein Leben wie einen Film vorbeilaufen sieht, beschleicht ihn das dumpfe Gefühl, daß da einer nicht mehr ganz sauber tickt.

Sue Townsend, geboren 1946, verließ mit fünfzehn die Schule, hielt sich mit verschiedenen Jobs über Wasser und hat seit 1978 zahlreiche Bühnenstücke geschrieben. Mit den »Tagebüchern des Adrian Mole« wurde sie international bekannt. Sie lebt in Leicester.

Sue Townsend

Adrian Moles wilde Träume

Geheime Tagebücher, vierter Teil

Aus dem Englischen von
Charlotte Breuer-Pränger

Piper
München Zürich

Die Originalausgabe erschien 1993 unter dem Titel
»Adrian Mole: The Wilderness Years«
bei Methuen in London.

Meinen Schwestern Barbara und Kate

ISBN 3-492-12094-6
Deutsche Erstausgabe
Juli 1995

Umschlag: Federico Luci
Foto Umschlagrückseite: Jane Bown
Gesamtherstellung: Clausen & Bosse, Leck
Printed in Germany

What's gone and what's past help
Should be past grief.

William Shakespeare
The Winter's Tale

Dienstag, 1. Januar 1991

Der erste Tag des neuen Jahres – mir dröhnt der Schädel, und mir zittern die Glieder. War gestern auf der Silvesterparty meiner Mutter, wo ich genötigt wurde, Unmengen von Alkohol zu konsumieren.

Während ich ganz friedlich mit meinem Glas Cola Light herumsaß und den Leuten beim Tanzen zusah, hielt sich meine Mutter dran: »Mach mit, du Trauerkloß!« und gab nicht eher Ruhe, bis ich endlich anderthalb Gläser Lambrusco getrunken hatte.

Ich hab sie mir genau angesehen, als sie mir den Wein in meinen Plastikbecher geschüttet hat. Sie hatte lauter kleine rote Linien um die Lippen, die aussahen wie klitzekleine Flüsse, die alle in einen roten See münden; ihr Haar war kastanienrot, aber ein Blick auf ihren grauen Haaransatz genügte, um die bittere Wahrheit zu enthüllen: die Haut an ihrem Hals war schlaff, ihr Dekolleté runzlig, und ihr Bauch zeichnete sich in dem kleinen Schwarzen (dem *sehr* kleinen), das sie trug, deutlich ab. Die Ärmste ist siebenundvierzig, dreiundzwanzig Jahre älter als ihr zweiter Mann. Ich weiß ganz genau, daß er, Martin Muffet, sie noch nie ohne Make-up zu Gesicht bekommen hat. Ihre Kopfkissenbezüge sprechen für sich; sie sind völlig mit Lippenstift und Wimperntusche beschmiert.

Ehe ich mich versah, war ich im Wohnzimmer auf der Tanzfläche und tanzte zu dem Stück »The Birdie Song«, neben mir Pandora, meine große Liebe. Außerdem Pandoras neuer Lover, Professor Jack Cavendish, Martin Muffet, mein jugendlicher Stiefvater, Ivan und Tania, Pandoras unkonventionelle Eltern und diverse andere angetrunkene Freunde und Verwandte meiner Mutter. Als die Musik ihrem Höhepunkt entgegendröhnte, sah ich mich plötzlich im Spiegel über dem Kamin. Ich ruderte mit den Armen und grinste wie ein Idiot. Ich habe augenblicklich zu tanzen aufgehört und mich wieder auf meinen Stuhl gesetzt. Bert Baxter, der letztes Jahr hundert geworden ist, führte einen tölpelhaften Rollstuhltanz auf, was einige Verwundete kostete. Mein linker Knöchel ist dank seiner Rücksichtslosigkeit immer noch ganz blau und geschwollen. Außerdem habe ich einen fetten Fleck auf meinem neuen weißen Hemd, weil der Trottel ein Rote-Bete-Sandwich durch die Gegend geworfen hat. Er hatte es für einen Knallkörper gehalten. Aber der alte Knabe macht's wohl nicht mehr lange – sein Geburtstagstelegramm von der Queen hat er ja nun schon bekommen –, und deshalb werd ich's mir verkneifen, die Rechnung von der Spezialreinigung zu präsentieren, die mein Hemd garantiert nötig hat.

Ich kümmere mich jetzt schon seit über zehn Jahren um Bert Baxter, fahre immer von Oxford zu ihm hinaus, kaufe ihm seine ekligen Zigaretten, schneide ihm die gräßlichen Zehennägel usw. Wie lange soll das noch gehen?

Um halb zwölf schneite mein Vater plötzlich herein, und zwar unter dem Vorwand, er müsse dringend mit meiner Oma reden. Sie ist inzwischen halb taub, deshalb mußte er die Musik überbrüllen: »Mum, ich kann die Wasserwaage nicht finden.«

Was für eine erbärmliche Ausrede! Wer braucht schon an Silvester eine Wasserwaage, es sei denn, er ist Klempner und hat Notdienst? Es war der jämmerliche Auftritt eines einsamen Endvierzigers in einem marineblauen altmodischen Anzug, der reif für die Reinigung war, und braunen Mokassins, die reif für den Mülleimer waren. Er hatte sich alle erdenkliche Mühe gegeben, seinem ihm noch verbliebenen Haar eine Frisur zu verpassen, aber das machte die Sache auch nicht mehr besser.

»Hast du eine Ahnung, wo die Wasserwaage ist?« fragte mein Vater zum wiederholten Mal und schielte gleichzeitig nach dem Tisch mit den Drinks. Dann fügte er noch hinzu: »Ich bin gerade dabei, ein paar Fliesen zu verlegen.«

Ich mußte über diese alberne Lüge laut lachen.

Meine Oma blickte ihn verwirrt an und ging zurück in die Küche, um die Würstchen in die Mikrowelle zu schieben, während meine Mutter sich seiner erbarmte und ihn einlud, zu bleiben und mitzufeiern. In Null Komma nichts hatte er sich die Jacke ausgezogen und hüpfte mit meiner achtjährigen Schwester Rosie auf der Tanzfläche herum. Es war mir hochgradig peinlich, ihn dabei zu beobachten (sein größtes Idol ist immer noch Mick Jagger), also ging ich nach oben, um mir ein sauberes Hemd anzuziehen. Dabei begegnete ich ausgerechnet Pandora und ihrem Blaubart, Cavendish, die leidenschaftlich knutschend halb in der Kleiderkammer hingen. Er ist alt genug, um ihr Vater zu sein.

Mit dreizehn habe ich mich in Pandora und ihr honigblondes Haar verliebt. Seitdem spielt sie die Unnahbare. Julian Twyselton-Fife hat sie bloß geheiratet, um mich eifersüchtig zu machen. Einen anderen Grund kann es gar nicht geben. Julian ist ein bisexueller Halbaristokrat, der ab und zu Monokel trägt. Er gibt sich alle Mühe, ein Exzentriker zu werden, aber er liegt immer haarscharf daneben. Er ist ein stinknormaler Typ mit einem Upper-Class-Akzent. Er sieht noch nicht mal gut aus. Er sieht aus wie ein Pferd auf zwei Beinen. Und was ihre Affäre mit Cavendish angeht, der wie ein Penner herumläuft, da kann man sich nur an den Kopf fassen.

Pandora sah in ihrem roten, schulterfreien Kleid, aus dem ihre Brüste jeden Moment herauszuhüpfen drohten, mal wieder umwerfend aus. Niemand hätte ihr angesehen, daß sie inzwischen Dr. Pandora Braithwaite ist, fließend Russisch, Serbokroatisch und diverse andere seltene Sprachen spricht. Sie sah eher aus wie ein Topmodel als eine Frau Dr. phil. Auf jeden Fall war sie eine Bereicherung für die Party, ganz im Gegensatz zu ihren Eltern, die wie immer in ihrem 50er-Jahre-Beatnik-Outfit herumliefen: Rollkragenpullis und Cordhosen. Kein Wunder, daß sie bei Chuck Berry heftig ins Schwitzen kamen.

Es traf mich bis ins Mark, als Pandora mich angrinste, während sie ihre linke Brust wieder in ihrem Kleid verstaute. Ich liebe sie wahrhaftig. Ich bin bereit zu warten, bis sie wieder bei

Sinnen ist und endlich begreift, daß es auf der Welt nur einen Mann für sie gibt. Und das bin ich. Nur deshalb bin ich nach Oxford gezogen und habe mich vorübergehend in ihrer Abstellkammer eingerichtet. Nun wohne ich dort schon anderthalb Jahre. Je länger ich in ihrer Gegenwart bin, um so eher wird sie meine Qualitäten schätzenlernen. Tag für Tag muß ich die Demütigung über mich ergehen lassen, sie mit ihrem Mann und ihren Liebhabern zu erleben, aber das wird sich alles auszahlen, wenn sie erst die stolze Mutter unserer sechs Kinder ist und ich ein berühmter Autor bin.

Schlag zwölf haben wir uns alle an der Hand gefaßt und »Auld Lang Syne« gesungen. Ich habe mir die Leute im Kreis angesehen – Pandora, Cavendish, meine Mutter, meinen Vater, meinen Stiefvater, meine Oma, Pandoras Eltern, Ivan und Tania Braithwaite und den Hund. Mir kamen die Tränen. Ich bin jetzt vierundzwanzig, dachte ich, und was habe ich aus meinem Leben gemacht? Und als wir zu Ende gesungen hatten, gab ich mir selbst die Antwort: Nichts, Mole, absolut nichts.

Pandora wollte die erste Nacht im neuen Jahr mit Cavendish bei ihren Eltern in Leicester verbringen, aber um halb eins habe ich sie daran erinnert, daß sie und ihr alter Knacker mir versprochen hatten, mich mit zurück nach Oxford zu nehmen. »In acht Stunden muß ich im Umweltschutzministerium sein«, sagte ich, »und zwar um Punkt halb neun.«

»Lieber Himmel«, sagte sie, »kannst du nicht mal einen läppischen Tag blaumachen? Mußt du unbedingt vor diesem kleinen Kommissar Brown einen Kotau machen?«

»Pandora«, erwiderte ich, wie ich hoffe, würdevoll, »es gibt Leute, die ihr Wort halten, im Gegensatz zu dir, die am 2. Juni 1983 versprochen hat, mich nach Beendigung ihres Studiums zu heiraten.«

Pandora mußte so lachen, daß sie ihren köstlichen Whisky halb verschüttete. »Da war ich sechzehn«, sagte sie. »Du lebst wohl immer noch hinterm Mond.«

Ich ignorierte die Beleidigung. »Bringt ihr mich nun nach Oxford?« fragte ich scharf, während ich mit einer mit Rentieren bedruckten Papierserviette den Whisky von ihrem Kleid tupfte.

»Jack!« rief Pandora Cavendish zu, der sich mit meiner Oma über die Appetitlosigkeit ihres Hundes unterhielt. »Adrian besteht darauf, daß wir ihn nach Oxford zurückbringen!«

Blaubart verdrehte die Augen und warf einen Blick auf seine Armbanduhr. »Läßt du mir noch Zeit für einen Drink, Adrian?« fragte er.

»Ja, aber nur Mineralwasser. Du willst doch noch Auto fahren, oder?« sagte ich.

Er verdrehte die Augen und nahm sich eine Flasche Perrier. Dann kam mein Vater, und die beiden schwelgten gemeinsam in Erinnerungen an die gute alte Zeit, als man sich noch in den Kneipen vollaufen lassen konnte, »ohne gleich das Auge des Gesetzes im Nacken zu haben«.

Als wir endlich aufbrachen, war es zwei Uhr. Wir mußten noch bei Pandoras Eltern vorbeifahren, um Pandoras Sachen abzuholen. Ich saß auf dem Rücksitz von Cavendishs Volvo und hörte mir ihre belanglose Unterhaltung an. Pandora nennt ihn »Hunky«, und er nennt sie »Monkey«.

Kurz vor Oxford wachte ich auf und hörte sie flüstern: »Wie hat dir denn das Fest im Hause Mole gefallen, Hunky?«

»Wie du vorausgesagt hast, Monkey«, erwiderte er, »war es wunderbar vulgär. Ich habe mich köstlich amüsiert.« Sie drehten sich beide nach mir um, also tat ich so, als ob ich schlief.

Ich mußte an meine Schwester Rosie denken, die in meinen Augen ein völlig verwöhntes Blag ist. Der Miss-Vogue-Frisierkopf, den sie sich zu Weihnachten gewünscht hat, steht seitdem unbeachtet auf der Fensterbank herum und blickt stumm in den ebenso vernachlässigten Garten. Das blonde Kunsthaar ist hoffnungslos verfilzt und das Gesicht mit greller Schminke beschmiert. Während der Silvesterparty hatte ich Rosie mit Ivan Braithwaite auf eine Weise tanzen sehen, die für eine Achtjährige absolut unpassend ist. Die beiden sahen aus wie Lolita und Humbert Humbert.

Kollege Nabokov, du hättest diesen Abend erleben müssen. Selbst du wärst schockiert gewesen, wenn du die schmollmundige Rosie im schwarzen Minirock mit pinkfarbener Strumpfhose und bauchfreiem lila T-Shirt gesehen hättest!

Ich habe beschlossen, regelmäßig Tagebuch zu führen, in der Hoffnung, daß mein Leben interessanter wirkt, wenn es schriftlich festgehalten wird. Jedenfalls ist es nicht besonders aufregend, mein Leben zu leben. Es ist unglaublich langweilig.

Mittwoch, 2. Januar

Heute morgen bin ich zehn Minuten zu spät zur Arbeit gekommen. Der Bus hatte seinen Auspuff verloren. Mr. Brown hat völlig verständnislos reagiert. »Sie sollten sich ein Fahrrad kaufen, Mole«, sagte er. Ich habe ihn darauf hingewiesen, daß mir in den letzten achtzehn Monaten drei Fahrräder gestohlen wurden. Ich kann es mir nicht länger leisten, Oxfords Kriminelle mit umweltfreundlichen Transportmitteln zu versorgen.

»Dann gehen Sie *zu Fuß*, Mole«, fuhr er mich an. »Stehen Sie früher auf und gehen Sie *zu Fuß*.«

Ich ging in mein Büro und machte die Tür zu. Auf meinem Tisch lag eine Nachricht, daß in Newport Pagnell eine Kolonie Molche entdeckt wurde. Ihr Biotop liegt mitten auf der geplanten Umgehungsstraße. Ich rief den Umweltbeauftragten des Verkehrsministeriums an und teilte einem gewissen Peter Peterson mit, daß die Arbeiten am Straßenring möglicherweise unterbrochen werden müßten.

»Das darf doch nicht wahr sein«, sagte Peterson. »Es würde uns Hunderttausende kosten, die Straße zu verlegen, und das alles, um ein paar schleimige Reptilien zu verschonen.«

Das ist genau meine Meinung, was Molche angeht. Sie hängen mir zum Halse raus. Aber ich werde dafür bezahlt, mich für die Erhaltung ihres Lebensraumes einzusetzen (zumindest in der Öffentlichkeit). Also habe ich Peterson meinen üblichen Vortrag über die Rettung der Molche gehalten (und ihn darauf hingewiesen, daß Molche Amphibien sind und keine Reptilien). Den Rest des Vormittags habe ich damit zugebracht, den Fall Newport Pagnell niederzuschreiben.

Bin in der Mittagspause zur Reinigung gegangen, um meinen Blazer abzuholen. Aber ich hatte vergessen, meine Quittung mitzunehmen. (Sie lag bei mir zu Hause, wo sie als Lesezeichen in Colin Wilsons *Der Außenseiter* diente. Mr. Wilson ist aus Leicester wie ich.)

Die Frau bei der Reinigung weigerte sich, mir meinen Blazer auszuhändigen, obschon ich ihn ihr auf der Stange zeigen konnte! »Auf diesem Blazer ist ein Abzeichen der British Legion«, sagte sie. »Sie sind zu jung für die British Legion.«

Ein Student, der hinter mir stand, kicherte vernehmlich.

»Sie sind offenbar besonders stolz auf Ihr Talent, Schlußfolgerungen zu ziehen«, sagte ich wütend zu der Frau. »Sie sollten eine *Inspector Morse*-Geschichte fürs Fernsehen schreiben.« Aber mein Witz wurde von der Pedantin nicht gewürdigt.

Der Student drängte sich vor und übergab ihr ein stinkiges Plumeau für den Schnellservice.

Es blieb mir nichts anderes übrig, als nach Hause zu fahren, die Quittung zu holen, dann zurück zur Reinigung und anschließend mit dem in Plastikfolie verpackten Blazer über der Schulter den ganzen Weg zurück ins Büro zu laufen. Ich habe nämlich auf eine Kontaktanzeige geschrieben und bin heute abend mit einer Frau verabredet, die mich kennenlernen will. Und der Blazer ist alles, was ich zum Anziehen habe.

Meine letzte derartige Verabredung war nach kürzester Zeit beendet, als nämlich Ms. Sandra Snape (fünfundzwanzig, Nichtraucherin, Vegetarierin: dunkles Haar, braune Augen, einsdreiundsiebzig, unattraktiv) plötzlich bei Burger King aufsprang und mich unter dem Vorwand, sie habe vergessen, zu Hause die Kochplatte abzuschalten, sitzenließ. Ich bin jedoch heute davon überzeugt, daß die Geschichte mit dem Herd eine Ausrede war. Denn als ich damals zu Hause ankam, stellte ich fest, daß der Saum an meinem Armeemantel aufgegangen war. Frauen können es nicht ausstehen, wenn man abgerissen aussieht.

Ich kam fünfundzwanzig Minuten zu spät von der Mittagspause zurück. Brown erwartete mich schon in meinem Büro und wedelte mit meinem Molchbericht. Ich hatte offenbar bei meinen Hochrechnungen der Lebendgeburten für 1992 einen Fehler gemacht. Anstatt 1200 hatte ich 120000 notiert. So was kann jedem passieren.

»Einhundertzwanzigtausend Molche im Jahre 1992, was, Mole?« sagte er verächtlich. »Die Bürger von Newport Pagnell werden ja regelrecht von Amphibien überschwemmt.«

Er gab mir einen offiziellen Verweis wegen meiner Verspätungen und befahl mir, meinen Kaktus zu gießen. Dann nahm er meinen Bericht mit in sein Büro. Wenn ich den Job verliere, ist es aus mit mir.

23.30 Uhr. Meine Verabredung ist geplatzt. Habe zwei Stunden und zehn Minuten bei Burger King gewartet. Vielen Dank auch, Ms. Tracy Winkler (zurückhaltend, blond, siebenundzwanzig, Nichtraucherin, Katzen und Spaziergänge)! Das war das letzte Mal, daß ich auf eine Anzeige in der *Oxford Mail* geschrieben habe. Von nun an werde ich nur noch auf Kleinanzeigen in der *London Review of Books* reagieren.

Donnerstag, 3. Januar

Ich habe die größten Probleme mit meinem Sexualleben. Eigentlich läuft es darauf hinaus, daß ich überhaupt kein Sexualleben habe. Jedenfalls nicht mit einem anderen Menschen.

Gestern abend konnte ich nicht einschlafen, weil ich mich immer wieder fragte, warum? Warum? Warum? Bin ich grotesk, schmutzig, abstoßend? Nein, das bin ich nicht. Sehe ich normal aus, bin ich sauber und nett? Ja, das bin ich. Was also mache ich falsch? Warum gelingt es mir nicht, eine durchschnittlich gutaussehende Frau in mein Bett zu bekommen?

Leide ich an ekelhaftem Körpergeruch, den jeder riecht, außer mir? Wenn das so ist, kann ich nur hoffen, daß es mir jemand sagt, damit ich den medizinischen Beistand eines Drüsenspezialisten in Anspruch nehmen kann.

Heute nacht um drei wurde ich durch einen heftigen Streit aus dem Schlaf gerissen. Das ist eigentlich nichts Ungewöhnliches, denn in diesem Haus wohnen alle möglichen Leute, darunter einige Studenten, die die ganze Nacht herumsaufen und lautstark über die Vorzüge der verschiedenen Biersorten diskutieren. Bin im Schlafanzug nach unten gegangen und habe gerade noch gesehen, wie Tariq, ein irakischer Student, der im Souterrain wohnt, von einer Truppe gewalttätig aussehender Typen abgeführt wurde.

Tariq brüllte: »Adrian, hilf mir!«

»Laßt ihn los, oder ich rufe die Polizei«, sagte ich zu einem der Typen.

»Wir *sind* die Polizei, Sir«, sagte einer mit einer gebrochenen Nase. »Ihr Freund wird des Landes verwiesen, auf Anordnung des Innenministeriums.«

Pandora erschien auf der Treppe. Sie kam aus dem Bett und war halb nackt. »Warum wird Mr. Aziz ausgewiesen?« fragte sie gebieterisch.

»Weil«, sagte der, der wie ein Schläger aussah, »die Anwesenheit von Mr. Aziz aus Gründen der nationalen Sicherheit dem öffentlichen Interesse zuwiderläuft. Vielleicht haben Sie davon gehört, daß es einen Krieg gibt?« fügte er hinzu, während er Pandoras Nippel anglotzte, die sich unter ihrem Nachthemd deutlich abmalten.

»Ich bin Student am Brasenose College und Mitglied der Jungen Konservativen«, brüllte Tariq. »Ich interessiere mich überhaupt nicht für Politik!«

Es gab nichts, was wir für ihn tun konnten. Also gingen Pandora und ich zurück ins Bett. Und wie das Pech es wollte, noch nicht mal in dasselbe.

Am nächsten Morgen um neun habe ich den Vermieter, Eric Hardwell, angerufen und mich erkundigt, ob ich in das nun freigewordene Zimmer im Souterrain ziehen könne. Ich habe es satt, in Pandoras Abstellkammer zu wohnen. Hardwell hatte schlechte Laune, weil er mit seinem Wagen im Stau steckte. Aber er stimmte meinem Vorschlag zu, unter der Voraussetzung, daß ich 1000 Pfund Kaution hinterlege, die Miete für drei Monate im voraus bezahle (1200 Pfund), eine Bankbürgschaft beibringe und ein Schreiben von meinem Rechtsanwalt, das bestätigt, daß ich keine Kerzen anzünden, keine Friteuse benutzen oder Bullterrier in meinem Souterrainzimmer züchten werde.

Ich werde wohl in meiner Abstellkammer bleiben müssen. Auf meine Friteuse bin ich angewiesen.

Lenin hatte recht: Vermieter *sind* Bastarde.

In den Nachrichten um zehn war einer, der aussah wie Tariq; er stand auf der Treppe eines Flugzeugs, das in den Golf fliegen sollte, und winkte. Ich habe zurückgewinkt, für den Fall, daß er es war.

Freitag, 4. Januar

Bin um fünf aufgewacht und konnte nicht mehr einschlafen. Ich mußte an all die Demütigungen denken, die ich in meinem Leben erdulden mußte. Nacheinander sah ich sie vor meinem geistigen Auge vorüberziehen: die Schikanen, die ich mir von Barry Kent gefallen lassen mußte, bis meine Oma dem ein Ende machte; der Tag in Skegness, als mein Vater mir und meiner Mutter eröffnete, daß seine Geliebte, Stick Insect, ihm einen Sohn, Brett, geboren hatte; der schwarze Tag, an dem meine Mutter mit unserem Nachbarn, diesem Schleimer Mr. Lucas, nach Sheffield durchbrannte; der Tag, an dem ich erfuhr, daß ich zum drittenmal durch das Biologieexamen gerasselt war; der Tag, an dem Pandora einen Bisexuellen heiratete.

Dann, nach den Demütigungen, kamen die Mißgeschicke: wie ich einmal versuchte, Leim zu schnüffeln und mir anschließend ein Modellflugzeug an der Nase klebte; der Tag, an dem meine Schwester Rosie geboren wurde und ich meine Hand nicht mehr aus der Spaghettidose bekam, in dem die 5-Pfund-Note für das Taxi zum Krankenhaus aufbewahrt wurde; wie ich einmal an Mr. John Tydeman von der BBC schrieb und ihn mit »Johnny« anredete.

Nachdem die Prozession der Fauxpas vorübergezogen war, marschierten die Gelegenheiten auf, bei denen ich mich als moralischer Feigling erwiesen hatte: wie ich einmal die Straßenseite wechselte, um meinem Vater nicht zu begegnen, weil er eine rote Pudelmütze trug; meine feige Reaktion auf einen Wutanfall meiner von den Wechseljahren gebeutelten Mutter auf dem Markt in Leicester – ich hätte sie nicht stehenlassen und mich hinter dem

Blumenstand verstecken dürfen; der Tag, an dem ich, von Eifersucht getrieben, die Freikarten für Barry Kents ersten professionellen Auftritt in einem Dichterwettbewerb zerriß und nachher behauptete, der Hund habe sie gefressen; wie ich Sharon Bott verließ, als sie mir verkündete, daß sie schwanger war.

Ich verachte mich. Ich verdiene mein Unglück. Ich bin ein wahrhaft widerlicher Mensch.

Ich war heilfroh, als mein Wecker klingelte und mich aus meiner Selbstzerfleischung riß. Es war halb sieben, Zeit zum Aufstehen.

Nippel von A. Mole
Wie Himbeeren
aus dem Tiefkühlfach
Laden sie meine Lippen ein
aber ich darf nicht
hineinbeißen
Noch nicht
bald
Aber noch nicht

Ich habe gleitende Arbeitszeit und zugesagt, um 7.30 Uhr im Büro zu erscheinen, aber irgendwie kam ich erst um 8 Uhr an, obschon ich meine Abstellkammer bereits um 7 Uhr verlassen hatte. Für eine halbe Meile hatte ich eine Stunde gebraucht. Wo war ich gewesen? Was hatte ich unterwegs gemacht? Hatte ich auf meinem Weg einen Blackout? Wurde ich überfallen und bewußtlos geschlagen? Leide ich etwa, selbst während ich das alles aufschreibe, an Gedächtnisschwund?

Pandora sagt mir dauernd, ich müsse mich unbedingt in psychiatrische Behandlung begeben. Vielleicht hat sie recht. Ich habe das Gefühl, daß ich langsam verrückt werde, daß mein Leben ein Film ist, und ich bin der Zuschauer.

Samstag, 5. Januar

Julian, dieser feine Pinkel und Pandoras Ehemann, ist wieder da. Er hatte seine Eltern auf ihrem Landsitz besucht. Als er reinkam, hat er sich regelrecht geschüttelt.

»Lieber Himmel!« sagte er. »In Twyselton Manor ist ja selbst die Vorratskammer größer als dieses verdammte Loch.«

»Warum kommst du denn dann zurück, Schätzchen?« fragte Pandora, seine sogenannte Ehefrau.

»Weil, *ma femme*, meine Eltern, diese armen, umnachteten Kreaturen, eine ganze Menge Kleingeld springen lassen, damit ich hier in Oxford bleibe und Chinesisch studiere.« Er wieherte vor Vergnügen. (Passend zu seinem Pferdegebiß.)

»Aber du hast seit über einem Jahr keine Vorlesung mehr besucht«, sagte Dr. Braithwaite (summa cum laude, Dr. phil).

»Meine Professoren sind alle solche Langweiler.«

»Was für eine Verschwendung, Liebling«, sagte Pandora. »Du bist der klügste Mann in Oxford und auch der faulste. Wenn du nicht aufpaßt, landest du noch mal im Parlament.«

Nachdem Julian seinen speckigen schweinsledernen Koffer in sein Zimmer geworfen hatte, kam er zurück in die Küche, wo Pandora gerade dabei war, Porree zu schneiden, während ich meinen neuen Sauger ausprobierte. »Na, ihr Süßen, was gibt's Neues?« fragte er und steckte sich eine von seinen ekligen russischen Zigaretten an.

»Ich hab mich in Jack Cavendish verliebt und er sich in mich. Ist das nicht einfach unglaublich?« Sie strahlte übers ganze Gesicht, und vor lauter Verzückung hackte sie noch leidenschaftlicher auf die Porreestangen ein.

»Cavendish?« überlegte Julian. »Ist das nicht dieser grauhaarige alte Linguistikprof, der seinen Schwanz nicht in der Hose halten kann?«

Pandora warf ihm einen warnenden Blick zu. »Er hat mir geschworen, daß er ab sofort absolut monogam leben wird«, sagte sie.

Als sie sich reckte, um das Messer zurück an seinen Platz auf dem magnetischen Haltebrett zu befördern, verrutschte ihr T-Shirt und entblößte ihre zarte Taille. Wütend stampfte ich mit dem Sauger in den fettigen Resten herum, die das Spülbecken verstopften, und stellte mir vor, das runde rote Sauggummi am Ende des hölzernen Griffs sei Cavendishs Kopf.

Julian wieherte verächtlich. »Cavendish weiß ja noch nicht mal, was das Wort ›monogam‹ bedeutet. Er ist ein notorischer Schürzenjäger.«

»*Gewesen*«, beharrte Pandora und fügte hinzu: »Und *selbstverständlich* kennt er die Bedeutung von ›monogam‹: immerhin ist er Professor für Linguistik.«

Ich ließ den Sauger in die fettige Brühe fallen und ging in meine Kammer. Dort holte ich mein *Condensed Oxford Dictionary* vom Regal, nahm eine Lupe zur Hand und schlug das Wort ›monogam‹ nach. Dann lachte ich laut und zynisch auf, und zwar hoffentlich so laut, daß sie mich in der Küche gehört haben.

Sonntag, 6. Januar

Bin um 3 Uhr morgens aufgewacht und konnte nicht mehr einschlafen, weil ich immer an die schöne Zeit denken mußte, als Pandora und ich fast bis zum Äußersten gegangen wären. Ich liebe sie immer noch. Ich habe mir vorgenommen, ihr zweiter Ehemann zu werden. Und dann wird sie meinen Namen annehmen. In unserem ganzen Bekanntenkreis wird man sie als »Mrs. Adrian Albert Mole« kennen.

Beim Anblick von Pandoras Taille
Die traumhafte Küstenlinie zwischen Rippen
  und Becken
Wie ein Meeresarm
Eine Bucht
Ein sicherer Hafen
Ich will ihn ansteuern
Mich von den Sternen leiten lassen
Vorsichtig meine Finger
die Küstenlinie erkunden lassen
Und meinem Schiff, meinem Zerstörer, meinem

Vergnügungsdampfer
Den Weg in deinen Hafen weisen

18 Uhr. Spülbecken immer noch verstopft. Habe drei Stunden in der Küche gesessen und in die erste Hälfte meines experimentellen Romans, *Seht! Die flachen Hügel meiner Heimat*, Vokale eingefügt. Ursprünglich hatte ich ausschließlich Konsonanten verwendet. Vor achtzehn Monaten habe ich das Manuskript an Sir Gordon Giles, den Agenten von Prinz Charles, geschickt, und der hat es mir nun zurückgeschickt und meint, ich solle erst mal die Vokale einfügen.

Seht! Die flachen Hügel meiner Heimat behandelt den Menschen und sein Dilemma am Ende des zwanzigsten Jahrhunderts, dargestellt am Beispiel eines jungen Mannes, der in einer englischen Kleinstadt lebt und stellvertretend für den »Neuen Menschen« auftritt.

Der Stil ist weitgehend an D.H. Lawrence angelehnt, hat aber auch etwas von der düsteren Stimmung eines Dostojewski und nicht zuletzt einen Anklang an die Lyrik eines Thomas Hardy.

Ich bin davon überzeugt, daß mein Werk eines Tages zur Pflichtlektüre in der Mittelschule gehören wird.

Habe die Küche schließlich fluchtartig verlassen, als dieser zerknautschte Typ, dieser wandelnde Aschenbecher Cavendish aufkreuzte. Er war nämlich zum Sonntagsessen eingeladen. Er befand sich noch keine zwei Minuten in der Wohnung, als er auch schon eine Flasche entkorkte und sich Gläser aus dem Schrank nahm. Dann setzte er sich an den Küchentisch, und zwar auf den Platz, von dem *ich* gerade erst aufgestanden war, und fing an, den letzten Schwachsinn über den Golfkrieg zu erzählen, behauptete, er würde in ein paar Monaten vorbei sein. Ich prophezeie, daß dieser Krieg Amerikas zweites Vietnam wird.

Dann kam Julian in seinem Seidenschlafanzug und mit einer Ausgabe von *Hello*! unter dem Arm in die Küche.

»Julian«, sagte Pandora, »darf ich dir meinen Liebhaber vorstellen, das ist Jack Cavendish.« Dann wandte sie sich an Cavendish und sagte: »Jack, das ist Julian Twyselton-Fife, mein Ehemann.« Pandoras Gatte und Pandoras Liebhaber schüttelten sich die Hände.

Habe mich angewidert abgewandt. Ich bin genauso liberal und zivilisiert wie jeder normale Mensch auch. In manchen Kreisen gelte ich sogar als ziemlich fortschrittlich in meinem Denken, aber selbst ich mußte mich angesichts der absoluten Verderbtheit, die diese Szene beinhaltete, schütteln.

Ich ging nach draußen, um frische Luft zu schnappen. Als ich zwei Stunden später von meinem Spaziergang die Outer Ring Road entlang zurückkehrte, war Cavendish immer noch da und gab langweilige Anekdoten über seine zahlreichen Kinder und seine drei Ex-Frauen zum besten. Habe mir mein Sonntagsessen in der Mikrowelle aufgewärmt und es mit in meine Kammer genommen. Den Rest des Abends verbrachte ich damit, mir das Gelächter aus dem Nebenzimmer anzuhören. Bin um 2 Uhr morgens aufgewacht und konnte nicht wieder einschlafen. Habe zwei DIN-A 4-Blätter mit Foltermethoden für Cavendish vollgeschrieben. Auch nicht unbedingt das Verhalten eines vernünftig denkenden Menschen.

Foltermethoden für Cavendish

1) Man kette ihn an eine Wand und stelle ein Glas Wasser gerade eine Idee weit außerhalb seiner Reichweite.
2) Man kette ihn nackt an eine Wand und lasse einen Schwarm schöner junger Mädchen vorbeispazieren, die sich auf grausame Weise über seinen schlaffen *und* erregten Penis lustig machen.
3) Man zwinge ihn, in einem Raum mit Ivan Braithwaite zu sitzen, während dieser sich lang und breit über die genauen Einzelheiten der Satzung der Labour Partei unter besonderer Berücksichtigung von Absatz 4 ausläßt. (Das ist, wie ich selbst bezeugen kann, wahre Folter.)
4) Man zeige ihm einen Videofilm von Pandoras Hochzeit mit mir. Sie strahlend im weißen Hochzeitskleid, ich mit Zylinder, Schwalbenschwanz und weißen Hand-

schuhen, eine Hand erhoben, zwei Finger zum Victory-Zeichen gestreckt.

Möge die Strafe dem Verbrechen angemessen sein.

Montag, 7. Januar

Lasse mir seit heute einen Bart wachsen.

Ein paar von den Molchen in Newport Pagnell haben die Straße überquert. Habe Peterson beim Ministerium für Transport und Verkehr angerufen, um ihn darüber zu informieren. Offenbar hat das Volk der Molche sich gespalten. Ich gehe davon aus, daß eine Molchin dahintersteckt: *cherchez la femme*.

Mittwoch, 9. Januar

Zum erstenmal in meinem ganzen Leben habe ich nicht einen einzigen Pickel, keine Pustel und keine Warze. Beim Frühstück habe ich Pandora darauf hingewiesen, daß ich zur Zeit eine makellose Haut habe. Aber sie hörte nur kurz mit dem Wimperntuschen auf, sah mich kühl an und sagte: »Du mußt dich rasieren.«

Habe mich vor der Arbeit zehn Minuten lang an der Spüle mit dem Sauger abgemüht, aber ohne Erfolg. Pandora sagte: »Wir werden wohl einen richtigen Mann kommen lassen müssen.«

Ob Pandora wohl einen blassen Schimmer davon hat, welche Auswirkungen die oben erwähnten Worte, die sie so beiläufig ausgesprochen hat, auf mich haben? Sie hat mir die Zugehörigkeit zu meinem Geschlecht abgesprochen! Sie hat mir meine armen, nutzlosen Eier abgeschnitten!

Donnerstag, 10. Januar

Brown hat mir geraten, mich zu rasieren. Ich habe mich jedoch geweigert. Ich werde mich wohl an die Gewerkschaft wenden müssen.

Freitag, 11. Januar
Bin in die Gewerkschaft eingetreten.

Pandora hat meine Liste mit den Foltervorschlägen für Cavendish gefunden. Sie hat mir bei ihrer Freundin Leonora De Witt, einer Psychotherapeutin, einen Termin besorgt. Habe mich widerwillig darauf eingelassen. Einerseits habe ich panische Angst vor meinem Unterbewußtsein und dem, was es über mich enthüllen könnte. Andererseits freue ich mich darauf, eine Stunde lang nonstop frei von der Leber weg über mich selbst reden zu dürfen, ohne unterbrochen zu werden.

Samstag, 12. Januar
Pandoras jüngst verflossener Liebhaber, Rocky (Big Boy) Livingstone, kam heute bei uns vorbei und wollte seinen Mini-Stereoturm wiederhaben. Mit seinen einsneunzig und seinen fünfundneunzig Kilo ist er ein »richtiger Mann«, wenn ich je einen gesehen habe. Pandora war ausgegangen, sie war mit ein paar von Cavendishs Kindern im Randolph Hotel verabredet. Da sie also nicht da war, hab ich ihm seine Stereoanlage gegeben. Seit Rocky und Pandora sich getrennt haben, hat er in Kettering, Newmarket und Ashby-de-la-Zouch neue Sportstudios eröffnet. Er ist immer noch glücklich mit seiner neuen Freundin, Carly Pick.

»Carly is 'n echter Star, Aidy«, sagte er. »Ich hab Respekt vor der Lady, weißt du.« Ich hab ihm von Pandora und Cavendish erzählt. Er fand es ekelhaft.

»Pandora nutzt die Leute aus«, sagte er. »Bloß, weil sie clever is, meint se, sie is...« Er suchte verzweifelt nach dem richtigen Wort und beendete seinen Satz schließlich mit »clever«.

Bevor er ging, hat er noch die Verstopfung in der Spüle beseitigt. Dafür war ich ihm sehr dankbar. Ich hatte es langsam satt, die Kochtöpfe im Handwaschbecken im Badezimmer zu spülen. Keine einzige Kasserolle paßte unter den Wasserhahn.

Bin ans Fenster gegangen, um zu sehen, wie er abfuhr. Carly Pick hatte beide Arme um seinen Hals gelegt.

Sonntag, 13. Januar

Am 15. um Mitternacht läuft das Ultimatum im Golfkrieg aus. Was soll ich tun, falls ich eingezogen werde, um für mein Land zu kämpfen? Werde ich mich mit Ruhm bedecken oder mir beim Ertönen von feindlichem Gewehrfeuer in die Hose machen?

Montag, 14. Januar

War bei Sainsbury's einkaufen und habe mir einen Vorrat an Bohnen, Kerzen, Jaffakeksen, Streichhölzern, Batterien für Taschenlampen, Paracetamol, Multivitaminbrausetabletten, Knäkkebrot und Corned beef in Dosen gekauft und in dem Schrank in meiner Kammer verstaut. Sollte der Krieg sich bis hierher ausbreiten, bin ich gerüstet. Meine Mitbewohner werden dann eben sehen müssen, wie sie klarkommen. Ich gehe davon aus, daß die Panikkäufe Ausmaße annehmen werden, die dieses Land noch nie erlebt hat. Die Menschen werden sich in den Supermärkten erbitterte Kämpfe liefern.

Am Freitag, dem 25. d. M. um 18 Uhr, habe ich einen Termin mit Leonora De Witt.

Dienstag, 15. Januar

Mitternacht. Wir befinden uns im Krieg mit dem Irak. Habe meine Mutter in Leicester angerufen und ihr befohlen, den Hund nicht rauszulassen. Er ist schon zwölf Jahre alt und erschrickt leicht über unerwartete Geräusche. Sie lachte und sagte: »Bist du verrückt geworden?« »Wahrscheinlich«, sagte ich und legte auf.

Mittwoch, 16. Januar

Habe sechzehn Flaschen Quellwasser gekauft, für den Fall, daß aufgrund der Bombardierung durch die irakische Luftwaffe die Wasserversorgung zusammenbricht. Ich mußte viermal vom Laden an der Ecke bis nach Hause laufen, aber so fühle ich mich sicherer, denn ich weiß, daß ich in dem bevorstehenden *Blitzkrieg* nicht verdursten werde.

Brown hat seit einigen Tagen keine Bemerkungen mehr über meinen Bart losgelassen. Er ist völlig damit beschäftigt, sich darüber Gedanken zu machen, welche Auswirkungen die »Operation Desert Storm« auf die Tier- und Pflanzenwelt der Wüste haben wird. Ich sagte zu ihm: »In meinen Augen steht die irakische Tier- und Pflanzenwelt auf der Seite des Feindes. Ich mache mir viel mehr Sorgen um meinen Hund, der bei meiner Mutter in Leicester ist.«

»Mole, Sie sind so beschränkt wie eh und je«, sagte Brown sarkastisch. Das war eine Beleidigung. Außer seinen Wildlife-Zeitschriften liest Brown überhaupt nichts, während ich die meisten der russischen Klassiker gelesen und mir als nächste Lektüre *Krieg und Frieden* vorgenommen habe. Da kann ja wohl von beschränkt keine Rede sein, Brown!

Donnerstag, 17. Januar

Habe mir einen tragbaren Farbfernseher gemietet, damit ich vom Bett aus den Golfkrieg verfolgen kann.

Freitag, 18. Januar

Der Sprecher der amerikanischen Streitkräfte ist ein Mann, der sich »Colon Powell« nennt. Jedesmal, wenn ich ihn sehe, muß ich an Eingeweide und Gedärme denken. Das lenkt mich vom Ernst des Krieges ab.

Samstag, 19. Januar

Bert Baxter hat mich heute im Büro angerufen. Wer immer ihm meine Nummer gegeben hat, ich bringe ihn um. Er wollte wissen, »wann du und meine Lieblingsfreundin mich besuchen kommen«. Seine »Lieblingsfreundin« ist Pandora. Warum *stirbt* Bert nicht einfach, so wie andere Rentner auch? Mit seiner Lebensqualität kann es nicht mehr weit her sein. Er ist für andere (für mich) nichts als eine Last.

Er war absolut undankbar, als ich letztes Jahr für seinen

Hund Sabre ein Grab ausgehoben habe. Dabei möchte ich den sehen, der mit seiner rostigen Pflanzkelle ein besseres Loch in steinharte Erde buddelt. Hätte ich einen anständigen Spaten zur Verfügung gehabt, dann, *naturellement*, hätte das Grab besser ausgesehen. In Wahrheit fürchtete ich mich vor Sabre und konnte ihn nicht ausstehen. Der Tag, an dem dieses Scheusal von Schäferhund eingegangen ist, war ein Freudentag für mich. Jetzt brauche ich nicht mehr seinen üblen Atem zu riechen und ihm keine Aufbaupillen von Bob Martin mehr mit Gewalt zwischen seine fürchterlichen und gemeinen Zähne zu schieben.

Er faselte noch irgendwas über den Golfkrieg, dann fragte er mich, ob ich meinen alten Feind Barry Kent heute morgen in *Stop the Week* gehört hätte. Offenbar machte Kent Reklame für seinen neuen Roman, *Das Tagebuch eines Einfaltspinsels*. Ich bin jetzt endgültig zu der Überzeugung gelangt, daß es keinen Gott geben kann. Ich war es, der Kent dazu ermutigt hat, Gedichte zu schreiben, und nun muß ich erleben, daß dieser Ex-Skinhead mit dem Gehirn von der Größe einer Erbse einen Roman geschrieben und einen Verlag gefunden hat, *der ihn veröffentlicht!!!*

Pandora hat mir heute abend berichtet, daß Kent Ned Sherrin, A. S. Byatt, Jonathan Miller und Victoria Mather fast ununterbrochen zum Lachen gebracht hat. Offenbar haben bei der BBC den ganzen Abend die Telefonleitungen nicht mehr stillgestanden, weil Hörer anriefen, um sich zu erkundigen, wann das Buch in den Handel kommt (Montag). Das ist der allerletzte Tropfen, der das Faß zum Überlaufen bringt. Mein Verstand hängt an einem seidenen Faden.

Sonntag, 20. Januar

Bin an Waterstone's Buchladen vorbeigegangen und meinte, Barry Kent im Schaufenster stehen zu sehen. Ich hob die Hand zum Gruß und sagte: »Hallo, Baz«, da merkte ich plötzlich, daß der grinsende Skinhead bloß eine Pappfigur war. Das ganze Schaufenster war vollgestopft mit Exemplaren von *Das Tagebuch eines Einfaltspinsels*. Ich schäme mich nicht zuzugeben, daß ich mehrere Flüche ausstieß.

Als ich in dem dünnen Büchlein herumblätterte, fielen mir nicht nur die vielen Obszönitäten auf, von denen die Seiten nur so strotzten, sondern auch der Name, den er einer seiner Figuren gegeben hat: »Aiden Vole«. Dieser »Aiden Vole« ist ein komplett analer Charakter. Er ist ein stockkonservativer Chauvi und ein Versager bei den Frauen. »Aiden Vole« ist eine unverschämte Karikatur meiner Person, da gibt es keinen Zweifel. Das ist üble Verleumdung. Morgen früh werde ich meinen Rechtsanwalt aufsuchen. Ich werde ihn oder sie (noch habe ich keinen Rechtsanwalt) beauftragen, Hunderttausende Pfund an Schadensersatz zu fordern. Ich habe es nicht fertiggebracht, mir das Buch zu kaufen. Wie komme ich dazu, Kents Tantiemen zu vermehren? Als ich den Laden verließ, entdeckte ich einen Aushang, der darüber informierte, daß Kent am Dienstagabend um 19 Uhr aus *Das Tagebuch eines Einfaltspinsels* lesen wird. Ich werde unter den Zuhörern sein. Wenn ich mit Kent fertig bin, wird er Waterstone's Buchladen als gebrochener Mann verlassen.

Montag, 21. Januar

An meinem Schreibtisch im Umweltministerium

Habe soeben Barry Kent in *Start the Week* auf meinem Transistorradio gehört. Er hat tatsächlich seinen Wortschatz erweitert. Melvyn Bragg meinte, dieser Aiden Vole sei »herrlich amüsant«, und wollte wissen, ob die Figur ein reales Vorbild habe. Kent lachte und sagte: »Sie sind selbst Schriftsteller, Melv; Sie wissen doch, wie das ist. Vole ist eine Mischung aus Wirklichkeit und Phantasie. Vole verkörpert alles, was mir in diesem Land am meisten stinkt, abgesehen von den Fünfpencemünzen.« Die anderen Gäste – Ken Follett, Roy Hattersley, Brenda Maddox und Edward Pearce – haben sich halb totgelacht.

Habe den Rest des Vormittags damit zugebracht, in den Gelben Seiten nach einem Rechtsanwalt mit einem vertrauenerweckenden Namen zu suchen. Habe mich für »Churchman, Churchman, Churchman und Luther« entschieden und dort angerufen. Donnerstag mittag um 11.30 Uhr habe ich einen Termin bei einem Mr. Luther. Eigentlich müßte ich am Donnerstagvormittag mit Brown die Molche in Newport Pagnell aufsuchen, aber dann wird er ihnen eben diesmal allein gegenübertreten müssen. Schließlich stehen mein Ruf und meine Zukunft als seriöser Schriftsteller auf dem Spiel.

Alfred Wainwright, der die Reiseführer von der Moorlandschaft im Lake District geschrieben hat, ist heute gestorben. Als ich einmal mit dem »Weg von den Straßen«-Jugendclub die Wanderung von Küste zu Küste machen wollte, habe ich die Karten von Mr. Wainwright benutzt. Unglücklicherweise erkrankte ich eine halbe Stunde, nachdem wir die Jugendherberge verlassen hatten, an Unterkühlung, so daß ich meinen Rekordversuch abbrechen mußte.

Dienstag, 22. Januar

Buchbesprechung von *Das Tagebuch eines Einfaltspinsels* im *Guardian:*

> »Eine glänzende Studie der *fin-de-siècle*-Kultur in der Provinz. Brillant. Düster. Witzig. Kaufen Sie es!«
> Robert Elms

Kammer, 22 Uhr. Konnte keine Eintrittskarte für Kents Lesung bekommen: ausverkauft. Habe versucht, ihn anzusprechen, als er den Buchladen betrat, kam jedoch nicht an ihn heran. Er war umringt von Journalisten und Werbeleuten. Er trug eine dunkle Sonnenbrille. Im Januar.

Mittwoch, 23. Januar

Bart entwickelt sich gut. Zwei Pickel auf meinem linken Schulterblatt. Leichter Schmerz im After, Gesundheitszustand ansonsten hervorragend.

Habe im *Independent* ein langes Interview mit Barry Kent gelesen. Er hat vom Anfang bis zum Ende nichts als Lügen erzählt. Sogar über den Grund für seinen Aufenthalt im Gefängnis hat er gelogen. Er behauptet, er sei wegen verschiedener Gewaltdelikte zu achtzehn Monaten verurteilt worden, aber ich weiß ganz genau, daß er vier Monate bekommen hat wegen böswilliger Beschädigung einer Ligusterhecke. Habe ein Fax an den *Independent* geschickt und die Tatsachen geklärt. Es hat mir kein Vergnügen bereitet, das zu tun, aber ohne die Wahrheit sind wir nicht besser als Hunde. Die Wahrheit ist das Wichtigste in meinem Leben. Ohne Wahrheit sind wir verloren.

Donnerstag, 24. Januar

Habe Brown heute morgen am Telefon angelogen und ihm erzählt, ich könne das Molchbiotop in Newport Pagnell wegen eines heftigen Migräneanfalls nicht besuchen. Brown tobte und erklärte, er habe »in zweiundzwanzig Jahren keinen einzigen Tag am Arbeitsplatz gefehlt«. Dann prahlte er noch damit, er habe »mehrere dicke Nierensteine in der Toilette auf dem Amt deponiert«. Vielleicht ist das die Erklärung dafür, daß das Klobecken einen Sprung hat.

Kam zu spät zu meinem Termin mit Mr. Luther, dem Rechtsanwalt, obschon ich rechtzeitig losgegangen bin – vielleicht schon wieder eine Zeitverschiebung oder ein Fall von Erinnerungsverlust, jedenfalls ein Rätsel. Während ich Luther (sehr ausführlich) von Kents Verleumdung meiner Person erzählte, bemerkte ich, daß er mehrmals gähnte. Wahrscheinlich ist er die halbe Nacht aufgewesen, er wirkt wie ein zügelloser Mensch. Er trug Hosenträger mit Abbildungen von Marilyn Monroe.

Schließlich hob er eine Hand und sagte in gereiztem Ton: »Genug, ich habe genug gehört.« Dann lehnte er sich über seinen Schreibtisch und fragte: »Sind Sie ungeheuer reich?«

»Nein«, erwiderte ich, »nicht ungeheuer.«

Dann fragte er: »Sind Sie bettelarm?«

»Eigentlich nicht. Darum wollte ich...«

Bevor ich meinen Satz zu Ende sprechen konnte, unterbrach er mich: »Wenn Sie nämlich weder ungeheuer reich noch bettelarm sind, können Sie es sich auf keinen Fall leisten, vor Gericht zu gehen. Denn dann können Sie nicht das Armenrecht in Anspruch nehmen, und Sie können es sich auch nicht leisten, einem Rechtsanwalt tausend Pfund pro Tag zu zahlen, stimmt's?«

»*Tausend Pfund pro Tag?*« fragte ich völlig entgeistert.

Luther grinste und zeigte mir seine goldenen Backenzähne.

Ich mußte an den Rat meiner Großmutter denken: »Traue keinem Menschen mit goldenen Backenzähnen.« Ich bedankte mich kühl, aber höflich bei Mr. Luther und verließ sein Büro. So steht es also mit der Gerechtigkeit in England. Es ist die miserabelste in der ganzen Welt. Als ich das Wartezimmer durchquerte, bemerkte ich ein Exemplar von *Das Tagebuch eines Einfaltspinsels* auf dem Tisch, direkt neben *Amnesty* und *The Republican*.

Zu Hause angekommen fand ich eine Nachricht von Leonora De Witt vor, daß sie den Termin morgen nicht einhalten kann. Warum? Muß sie zum Friseur? Läßt sie Thermopane-Fenster in ihrem Sprechzimmer einbauen? Sind ihre Eltern tot im Bett aufgefunden worden? Bin ich so unwichtig, daß Ms. De Witt nach Belieben über meine Zeit verfügen darf? Sie hat einen neuen Termin vorgeschlagen: am Donnerstag, dem 31., um 17 Uhr. Habe eine Nachricht auf ihrem Anrufbeantworter hinterlassen und mein Einverständnis, aber auch mein Mißfallen erklärt.

Samstag, 26. Januar

War die ganze letzte Nacht wach und habe im Fernsehen die »Operation Desert Storm« verfolgt. Ich finde, das ist das mindeste, was ich tun kann – schließlich kostet es die Regierung Ihrer Majestät dreißig Millionen Pfund pro Tag, die Demokratie in Kuwait zu erhalten.

Sonntag, 27. Januar

Einem Artikel des *Observer* von heute entnehme ich, daß Kuwait keine Demokratie ist und auch nie eine gewesen ist. Das Land wird von der königlichen Familie der Kuwaitis regiert.

Blaubart hat nur gelacht, als ich ihm das erzählte. »Es geht nur um Öl, Adrian«, sagte er. »Glaubst du vielleicht, die Yankees wären da unten, wenn Kuwaits Exportschlager *Rüben* wären?«

Pandora beugte sich zu ihm und küßte seinen welken Nacken.

Ich werde nie begreifen, wie sie es ertragen kann, daß ihr junges, kraftvolles Fleisch mit seiner uralten, runzligen Haut in Berührung kommt. Ich mußte ins Badezimmer gehen und tief Luft holen, um meinen Brechreiz zu beherrschen. Warum muß sie *ihn* abknutschen, wo sie doch *mich* haben könnte?

Um 16 Uhr hat meine Mutter angerufen. Im Hintergrund hörte ich meinen jungen Stiefvater, Martin Muffet, hämmern. »Martin hängt mir ein paar Regale für meinen Schnickschnack auf«, brüllte sie, um den Lärm zu übertönen. Dann wollte sie wissen, ob ich die Auszüge aus *Das Tagebuch eines Einfaltspinsels* im *Observer* gelesen hätte. »Nein«, erwiderte ich wahrheitsgemäß. »Du solltest sie lesen«, sagte meine Mutter. »Es ist absolut brillant. Wenn du Baz das nächste Mal siehst, würdest du ihn bitten, dir ein Exemplar zu geben und es für Pauline und Martin zu signieren?«

»Es ist höchst unwahrscheinlich, daß ich Kent begegne«, sagte ich. »Ich verkehre nicht in denselben illustren Kreisen wie er.«

»In welchen illustren Kreisen verkehrst du denn?« fragte meine Mutter.

»In keinen«, erwiderte ich aufrichtig. Dann legte ich den Hörer auf, kroch ins Bett und zog mir das Plumeau über den Kopf.

Montag, 28. Januar

Die Briten Jo Durie und Jeremy Bates haben das gemischte Doppel in Melbourne gewonnen. Das bedeutet eine Renaissance des britischen Tennis.

Pandoras kleine Muschi
Ich liebe ihre kleine Muschi
Ihr Fell ist so weich
Aber wenn ich sie streichle
Ruft sie die Polizei, identifiziert mich bei
Einer Gegenüberstellung
Und man verhaftet mich gleich

Mittwoch, 30. Januar
War schockiert, als ich auf *Radio Four* erfahren mußte, daß König Olaf der Fünfte von Norwegen heute beerdigt wurde. Sein Beitrag zum Erfolg der norwegischen Lederindustrie wird von der Mehrheit der britischen Öffentlichkeit kaum gewürdigt. Prinz Charles hat England am Grab vertreten.

Habe mir *Szenen aus dem Leben in der Provinz* von William Cooper aus der Bücherei ausgeliehen. Hatte so wenig Zeit, daß ich mir nur ein Buch aussuchen konnte, weil in der Abteilung Liebesromane ein »verdächtiges Paket« gefunden und die Bücherei geräumt wurde.

Spüle wieder verstopft. Habe während der Sendung *The Archers* die ganze Zeit gepumpt, aber ohne Erfolg.

Donnerstag, 31. Januar
Kam erst um 17.15 Uhr im Sprechzimmer in der Thames Street an, und Leonora De Witt war nicht gerade begeistert.

»Ich werde Ihnen die gesamte Stunde in Rechnung stellen müssen, Mr. Mole«, sagte sie und setzte sich in einen Sessel, der mit alten Teppichresten gepolstert war. »Wo möchten Sie gerne sitzen?« fragte sie. Es gab viele Stühle und Sessel in dem Zimmer. Ich suchte mir einen Stuhl aus, der an einer Wand stand.

Nachdem ich mich gesetzt hatte, sagte ich: »Ich war davon ausgegangen, daß unsere Sitzungen unter der Schirmherrschaft des National Health Service stünden.«

»Dann sind Sie einem schweren Irrtum erlegen«, sagte Ms. De Witt. »Ich berechne dreißig Pfund die Stunde – unter der Schirmherrschaft der freien Marktwirtschaft.«

»Dreißig Pfund die Stunde! Wie viele Sitzungen werde ich denn brauchen?« fragte ich.

Sie erklärte mir, daß sie das unmöglich voraussagen könne, da sie nichts über mich wisse. Das hänge ganz davon ab, was der Grund für meine Niedergeschlagenheit sei.

»Wie fühlen Sie sich im Moment?« fragte sie.

»Abgesehen davon, daß ich leichte Kopfschmerzen habe, geht es mir gut«, erwiderte ich.

»Was ist das, was Sie da mit Ihren Händen machen?« fragte sie ruhig.

»Ich glaube, das nennt man Händeringen«, sagte ich.

»Was haben Sie da auf Ihrer Stirn?« fragte sie.

»Schweiß«, sagte ich und zog ein Taschentuch aus der Hosentasche.

»Kneifen Sie gerade Ihre Pobacken zusammen, Mr. Mole?« insistierte sie.

»Ich schätze ja«, antwortete ich.

»Und nun beantworten Sie mir bitte noch einmal meine erste Frage. Wie fühlen Sie sich im Moment?«

Mit ihren großen braunen Augen blickte sie direkt in meine. Es gelang mir nicht, meinen Blick abzuwenden.

»Ich fühle mich völlig elend«, sagte ich. »Und das mit den Kopfschmerzen war gelogen.«

Sie hielt mir einen längeren Vortrag über die Methoden der *Gestalt*therapie. Sie erklärte mir, sie könne mir »Bewältigungsstrategien« beibringen. Abgesehen von Pandora ist sie wahrscheinlich die schönste Frau, mit der ich mich je unterhalten habe. Es fiel mir schwer, nicht dauernd auf ihre schwarz bestrumpften Beine zu starren, die in schwarzen Wildlederpumps steckten. Ich möchte wissen, ob sie eine Strumpfhose trug oder Strümpfe.

»Also, Mr. Mole, glauben Sie, daß wir beide miteinander arbeiten können?« fragte sie.

Dann warf sie einen Blick auf ihre Armbanduhr und erhob sich. Ihr Haar sah aus wie ein Strom bei Mitternacht, der sanft über ihren Rücken floß. Ich beteuerte ihr, daß ich sie gern einmal in der Woche aufsuchen wolle. Dann gab ich ihr dreißig Pfund und ging.

Freitag, 1. Februar

Komme soeben aus Newport Pagnell zurück. Bin völlig fertig mit den Nerven. Brown ist wie ein Wahnsinniger gefahren. Er hat zwar kein einziges Mal die Geschwindigkeitsbegrenzung überschritten, aber dafür ist er dauernd über Bordsteinkanten gebrettert, an Hecken vorbeigeschrammt, und auf der Autobahn ist er mit unserem zarten Ford Escort so dicht auf einen Schwerlastzug aufgefahren, daß uns gerade mal zwei Handbreit von dem Monster trennten.

»Da kann man wertvollen Sprit sparen, wenn man sich im Windschatten von einem LKW hält«, erklärte er mir. Der Mann ist ein fanatischer Umweltschützer. Den letzten Heiligabend hat er damit zugebracht, in Dungeness Seetang zu sortieren. Meine Beweisführung ist hiermit beendet. Gott sei Dank kommt erst mal das Wochenende. Oder *le weekend*, wie unsere Miteuropäer sich auszudrücken pflegen.

Samstag, 2. Februar

Viscount Althorp, der Bruder von Prinzessin Diana, hat seiner magersüchtigen Frau und dem Rest der Welt gestanden, daß er in Paris eine Affäre hat. Es muß ein schlimmer Schock für Prinz Charles und Prinzessin Diana gewesen sein zu erfahren, daß sie einen Ehebrecher in der Familie haben. Man sollte ihm sofort seinen Adelstitel aberkennen. Die königliche Familie und ihre engen Freunde sollten über solche primitiven Instinkte erhaben sein. Schließlich blickt die ganze Nation zu ihnen als moralische Vorbilder auf.

Habe ein Bad genommen, meinen Bart mit Shampoo gewaschen, Finger- und Zehennägel geschnitten. Habe mein Haar mit heißem Öl eingerieben, damit es glänzt und schön gesund aussieht.

23.45 Uhr. Bert Baxter hat soeben angerufen. Er hörte sich erbärmlich an. Da Pandora nicht da war, habe ich mich in einem schwachen Moment darauf eingelassen, ihm zu versprechen, daß ich morgen nach Leicester fahren und nach ihm sehen werde. Habe eine Nachricht für Pandora geschrieben und sie auf ihr Kopfkissen gelegt.

Pandora,
Baxter hat ziemlich aufgeregt angerufen und irgendwas von Selbstmord gefaselt – werde ihn morgen besuchen. Er ließ durchblicken, daß er Dich zu sehen wünscht. Ich werde um 8.30 Uhr aufstehen, damit ich den Zug noch kriege. Solltest Du bereit sein, mich zu begleiten, würde ich meinen *Modus operandi* ändern und erst um neun aufstehen, um mich von Dir in Deinem Automobil nach Leicester chauffieren zu lassen. Wir würden dann gegen 11 Uhr dort ankommen. Würdest Du wohl so gut sein und mir einen Zettel unter die Tür schieben, dem ich Deine Entscheidung entnehmen kann? Bitte, störe meine Nachtruhe nicht mit Deinem geräuschvollen Liebesleben. Die Wände in meiner Kammer sind extrem dünn, und ich habe es satt, mit Walkman zu schlafen.

Adrian

Sonntag, 3. Februar

Um 2.10 Uhr kam Pandora in meine Kammer und beschimpfte mich in den wildesten Tönen. Sie warf mir meine Nachricht ins Gesicht und schrie: »Du aufgeblasener *Schwachkopf*, du erbärmlicher *Armleuchter! ›Modus operandi‹!* ›Von Dir in Deinem Automobil chauffieren zu lassen‹! Ich will, daß du bis *morgen früh* aus dieser Kammer und aus meinem Leben verschwindest!«

Dann kam Blaubart und holte sie von mir weg. Ich lag wach im Bett und konnte sie in der Küche murmeln hören. Wie konnte sie nur so grundlos ausrasten?

Um 3.30 Uhr sind sie in Pandoras Schlafzimmer gegangen. Um 3.45 Uhr habe ich eine Kassette von Dire Straits in meinen Walkman gelegt und die Lautstärke voll aufgedreht.

Bin erst gegen Mittag aufgewacht. Habe Bert angerufen und ihm gesagt, ich könne ihn nicht besuchen, weil ich die ganze Nacht mit Leibschmerzen wachgelegen hätte. Habe genau gemerkt, daß Bert mir kein Wort geglaubt hat. »Du bist ein verdammter Lügner«, sagte er. »Ich habe eben erst mit meiner lieben Pandora gesprochen. Sie hat mich von ihrem Autotelefon aus angerufen. Sie ist in deinem Zimmer gewesen, bevor sie sich auf den Weg nach Leicester gemacht hat, und sie sagt, du hättest geschlafen wie ein Murmeltier.«

»Und warum hat sie mich dann nicht geweckt?« fragte ich.
»Weil sie deine verdammte Visage nicht mehr sehen kann«, sagte der alte Diplomat.

Montag, 4. Februar

Unerklärlicherweise heute dreiundzwanzig Minuten zu spät zur Arbeit gekommen. Brown hatte regelrecht Schaum vor dem Mund. Dann hat er auch noch behauptet, ich hätte Briefmarken geklaut. »Wenn wir unsere Umwelt erhalten wollen«, sagte er, »dann braucht das Umweltministerium jeden einzelnen Penny.« Von wegen! Als ob die Dachse und Füchse und Kaulquappen und diese miesen, stinkigen Molche alle abnippeln, bloß weil ich, Adrian Mole, zwei lausige Briefmarken benutzt habe, die sowieso von meinen Steuern bezahlt werden. Nein, Brown, da bin ich ganz anderer Meinung.

Dienstag, 5. Februar

Pandora immer noch in Leicester. Habe heute meinen Bart um die Mundpartie herum gestutzt und dabei ein paar Haarschnipsel verschluckt. Eins im Hals steckengeblieben, kolossal unangenehm.

Mittwoch, 6. Februar

Brown kam heute in mein Büro und wollte tatsächlich meine Zeugnisse sehen! Er hatte über den Bürobuschfunk mitgekriegt, daß ich dreimal durch meine Abschlußprüfung in Biologie gerasselt bin. Die einzige Person in Oxford, die – außer Pandora – von meinem dreifachen Versagen weiß, ist Megan Harris, die Sekretärin von Brown. Betrunken und in einem Zustand von Gefühlsduselei habe ich ihr das auf der letzten Weihnachtsfeier im Umweltministerium gebeichtet. Sie ist die einzige, die weiß, daß ich meinen Job als wissenschaftlicher Assistent unter Vortäuschung falscher Tatsachen erhalten habe. Ob Megan gequatscht hat? Ich muß es herausfinden.

Habe heute abend Leonora De Witt von meiner Kindheit erzählt. Es ist eine tragische Geschichte voller Ablehnung und Entfremdung, aber Leonora saß einfach da und zupfte Flusen von ihrem Pullover, was meine Aufmerksamkeit auf ihre wohlgeformten Brüste lenkte. Es war nicht zu übersehen, daß sie keinen BH trug. Am liebsten wäre ich von meinem Stuhl aufgestanden und hätte meinen Kopf an ihren Busen geschmiegt. Ich habe ebenfalls ausführlich über das Fehlverhalten meiner Eltern berichtet, aber erst als ich meinen Großvater, Albert Mole, dem ich meinen zweiten Vornamen verdanke, erwähnte, zeigte sie sich interessiert.

»Haben Sie ihn gesehen, als er tot war?« wollte sie wissen.

»Nein«, erwiderte ich. »Der Leichenbestatter hatte den Sargdeckel zugeschraubt, und bei meiner Oma zu Hause konnte niemand den Schraubenzieher finden, also...«

»Fahren Sie fort«, befahl Leonora. Also erzählte ich unter bitteren Tränen weiter. Ich erzählte ihr davon, wie ich mich vom »normalen« Leben ausgeschlossen fühle; wie sehr ich mich danach sehne, zu meinen Mitmenschen dazuzugehören, ihre Sorgen zu teilen, ihre Freude und ihr gemeinsames Singen in den Pubs.

»Die Lieder, die die Leute in den Pubs singen, sind fürchterlich«, sagte Leonora. »Wieso sehnen Sie sich danach, diese rührseligen Schnulzen mitzusingen?«

»Als Kind hab ich immer von draußen zugehört, wenn die Leute in den Pubs gesungen haben«, sagte ich. »Die Leute klangen alle so fröhlich.«

Dann klingelte der Wecker an ihrer Armbanduhr, Zeit für mich, dreißig Pfund abzudrücken und zu gehen.

Auf dem Weg nach Hause ging ich in einen Pub und bestellte mir einen Drink. Außerdem unterhielt ich mich mit einem alten Mann über das Wetter. Da aber nicht gesungen wurde, bin ich nach Hause gegangen.

Donnerstag, 7. Februar

Habe Megan heute morgen zur Rede gestellt. Ich habe sie auf dem Flur angesprochen, als sie sich gerade an dem Kaffee/Tee/Ochsenschwanzsuppen-Automaten verbrühte. Sie gab zu, sie habe sich »verplappert« und gesagt, ich sei völlig unqualifiziert für meinen Job. Dann erzählte sie mir unter dem Siegel der Verschwiegenheit, daß sie seit 1977 eine Affäre mit Brown hat! Brown und die hübsche Megan! Wie kommt es bloß, daß Frauen sich solchen abgehalfterten alten Trotteln wie Brown und Cavendish an den Hals werfen und junge, männliche, bärtige Männer wie mich ignorieren? Das widerspricht jeder Logik.

Megan war ganz wild darauf, über ihre Affäre mit Brown zu reden. Offenbar hat er ihr schon 1980 versprochen, sich von Mrs. Brown zu trennen, was er bis heute nicht getan hat. Mrs. Brown tut mir jedesmal leid, wenn sie ins Büro kommt. Sie kann ja nichts dafür, wie sie aussieht. Manche Frauen haben eben ein Händchen dafür, sich zu kleiden, und andere nicht. Mrs. Brown weiß offenbar nicht, daß man Kniestrümpfe nur zu langen Hosen oder langen Röcken trägt. Außerdem sollte ihr mal jemand sagen, daß man Warzen heutzutage entfernen kann.

Freitag, 8. Februar

Pandora ist wieder in Oxford, hat aber, außer daß Bert nicht länger suizidgefährdet ist, nicht viel erzählt. Sie hat ihm ein Kätzchen gekauft und eine Katzenklappe in seine Tür eingebaut. Brown wollte schon wieder mein Abschlußzeugnis sehen. Habe ihn vielsagend angesehen und geantwortet: »Ich denke, daß Megan alle Informationen hat, die Sie benötigen.« Mein Gott, Erpressung ist ein häßliches Wort. Ich hoffe, daß Brown mich nicht zwingen wird, es zu benutzen.

Habe mein Kondom weggeworfen. Das Haltbarkeitsdatum war abgelaufen.

Montag, 11. Februar

Megan kam heute schluchzend in mein Büro. Brown hat offenbar gestern ihren Geburtstag vergessen. Habe sie in den Arm genommen und ihr einen Kuß gegeben. Sie fühlte sich schön weich und zart an. Sie hat mich aber schnell weggeschoben und gesagt: »Ihr Bart kratzt ganz fürchterlich.«

Ob mein Bart der *wirkliche* Grund war?

Habe ich Mundgeruch? Oder stinke ich vielleicht?

Wer wird mir darauf eine ehrliche Antwort geben?

Ich kann ja verstehen, was Brown an Megan findet, aber was sie an ihm findet, wird mir auf ewig ein Rätsel bleiben. Er ist zweiundvierzig, mager und trägt abscheuliche Klamotten von C&A. Megan behauptet, er sei gut im Bett. Das soll wohl ein Witz sein. Gut in was im Bett? Im Puzzlespielen? Im Schlafen? Will sie mir vielleicht sagen, daß er ihr selbstlos den größten Teil des Plumeaus überläßt? Wenn Brown gut im Bett ist, dann bin ich ein Traktorreifen.

Dienstag, 12. Februar

Wollte heute das Molchbiotop in Northamptonshire besuchen, aber wegen »übler Schneeverhältnisse« ist die »Class 317«-Lokomotive auf der Strecke steckengeblieben. War gezwungen, in einem eiskalten Waggon zu sitzen, während der Speisewagenmann mit seiner gräßlich näselnden Stimme laufend irgendwelche Ansagen machte. War erleichtert, als dem Speisewagen endlich alle Vorräte ausgegangen waren. Als ich um 10.30 Uhr wieder in Oxford ankam, fand ich auf meinem Schreibtisch eine Nachricht von Megan vor. Rief sie an und erfuhr, daß sie sich mit Brown gestritten hatte; ihre Affäre ist beendet. Ich war völlig entsetzt. Das bedeutet, daß ich Brown nicht länger in der Hand habe. Es könnte das Ende meiner Karriere im Umweltministerium bedeuten.

Mittwoch, 13. Februar

Brown/Megan-Affäre wieder gerettet. Brown ist anscheinend am frühen Morgen zu Megan geradelt, nachdem er seiner Frau erzählt hat, er wolle Fledermäuse beobachten. Ihre Versöhnung war äußerst leidenschaftlich.

Ich kann mir nichts Geschmackloseres auf der Welt vorstellen, als Brown im Zustand orgastischer Wonne zu sehen. Außer mit Brown *gemeinsam* in einem Zustand orgastischer Wonne zu *sein*.

Habe mir ein neues Kondom gekauft – mit Spearmintgeschmack.

Habe außerdem ein paar Bananen gekauft. Megan sagt, sie sind gut für Leute, die Verdauungsschwierigkeiten haben, wie ich zum Beispiel.

Donnerstag, 14. Februar

Habe wie üblich eine Valentinskarte von Mutter erhalten. Megan wieder in Tränen aufgelöst. Brown hat den Valentinstag vergessen. Habe in der Mittagspause eine Familienpackung Papiertaschentücher gekauft, nur für Megan. Ich kann es mir nicht leisten, sie meine Kleenex verplempern zu lassen. Blaubart hat Pandora einen abscheulich extravaganten Blumenstrauß geschickt (ekelhaft, wenn man bedenkt, wie viele Menschen hungern müssen), und um sieben stand er mit einer Flasche Champagner, einer Art-nouveau-Brosche und einem Satinschlafanzug vor der Tür. Und als ob das noch nicht genug gewesen wäre, hat er sie auch noch zum Essen eingeladen und ist mit ihr in einem gemieteten Wagen mit uniformiertem Chauffeur in die Stadt gefahren! Völlig unintellektuelles Verhalten.

Cavendish führt sich auf wie ein Lottokönig anstatt wie ein Linguistikprofessor, der einen traditionsreichen Lehrstuhl bekleidet.

Nachdem sie mich allein gelassen hatten, nahm ich ein schlichtes, aus Thunfisch, Brot und Gurken bestehendes Mahl zu mir und ging früh ins Bett. Lese zur Zeit *Englische Liebesgedichte*, herausgegeben von John Betjeman. Der Valentinstag ist ein lächerlicher Zirkus, bei dem Massen von Ignoranten sich von den Glückwunschkarten-Verlagen manipulieren lassen und Millionen ausspucken – und für was? Für die Illusion, geliebt zu werden.

Freitag, 15. Februar

Eine Valentinskarte! »Von einer heimlichen Verehrerin« stand darauf! Habe im Bad laut gesungen. Bin zu Fuß zur Arbeit gegangen, ohne den Boden zu berühren! Wer ist sie? An der Unterschrift konnte ich erkennen, daß sie gebildet ist und daß sie einen Filzstift benutzt wie ich.

Leonora hatte heute ihr Haar aufgesteckt; ihre silbernen Ohrringe waren so lang, daß sie ihre schmalen Schultern berührten. Sie trug ein tief ausgeschnittenes schwarzes T-Shirt. Ein BH-Träger guckte heraus. Schwarze Spitze. Sie schob ihn ab und zu unter ihr T-Shirt. Jedesmal, wenn sie das tat, rutschte ihr glitzernder Armreif von ihrem Handgelenk bis fast an ihren Ellbogen. Ich bin nicht in Leonora De Witt verliebt. Aber ich bin von ihr besessen. Sie verfolgt mich in meinen Träumen. Sie hat mich dazu gebracht, mit einem leeren Stuhl zu reden und so zu tun, als ob er meine Mutter wäre. Ich habe dem Stuhl gesagt, daß er zuviel trinkt und seine Röcke zu kurz trägt.

Samstag, 16. Februar

Habe heute endlich meine ausgeliehenen Bücher zurück in die Bibliothek gebracht: *Der Einzelgänger* von Christopher Isherwood, *Englische Liebesgedichte* von John Betjeman, *Szenen aus dem Leben in der Provinz* von William Cooper und *Aufzeichnungen aus einem Kellerloch* von Dostojewski. Mußte sieben Pfund und achtzig Pence an Strafgebühren bezahlen. Ich wurde von der Bibliothekarin bedient, die ich am wenigsten ausstehen kann. Ich weiß nicht, wie sie heißt, aber es ist diese Waliserin mit der auffälligen Brille.

Nachdem ich meinen Scheck ausgefüllt und ihn ihr gereicht hatte, fragte sie: »Haben Sie Ihre Scheckkarte?«

»Ja«, sagte ich. »Aber ich habe sie zu Hause gelassen.«

»Dann kann ich diesen Scheck leider nicht annehmen«, sagte sie.

»Aber Sie kennen mich doch«, sagte ich. »Ich komme seit achtzehn Monaten jede Woche hierher.«

»Ich fürchte, daß ich Sie überhaupt nicht kenne«, sagte sie und gab mir meinen Scheck zurück.

»Dieser Bart ist ziemlich neu«, sagte ich kühl. »Vielleicht könnten Sie versuchen, sich mein Gesicht ohne den Bart vorzustellen.«

»Ich habe keine Zeit für solche Experimente«, sagte sie. »Jedenfalls nicht mehr seit der Sparmaßnahmen.«

Ich zeigte ihr ein kleines Foto von mir, das ich immer in meiner Brieftasche habe. Es war eins aus meiner bartlosen Zeit.

»Nein«, sagte sie, nachdem sie einen flüchtigen Blick darauf geworfen hatte. »Diesen Mann kenne ich nicht.«

»Aber dieser Mann bin *ich*!« rief ich. Hinter mir hatte sich inzwischen eine Schlange von Leuten gebildet, die sich unseren Streit mit wachsender Begeisterung anhörte. Die Brille der Bibliothekarin funkelte vor Wut.

»Seitdem die Sparmaßnahmen in Kraft getreten sind, mache ich hier die Arbeit von drei Leuten«, sagte sie. »Und Sie erschweren mir meine Arbeit noch. Bitte, gehen Sie nach Hause und sehen Sie zu, daß Sie Ihre Scheckkarte finden.«

»Es ist jetzt 17.25 Uhr, und die Bibliothek schließt in fünf Minuten«, sagte ich. »Selbst Superman könnte nicht so schnell fliegen, um rechtzeitig zurück zu sein, die Strafgebühren zu bezahlen, vier neue Bücher auszusuchen und wieder draußen zu sein, bevor die Türen abgeschlossen werden.«

Hinter mir maulte jemand: »Machen Sie, daß Sie Land gewinnen, Superman.«

Also sagte ich zu der Brillenschlange: »Ich komme morgen wieder.«

»O nein, das werden Sie nicht«, sagte sie mit einem dünnen Lächeln. »Aufgrund der Sparmaßnahmen wird die Bibliothek erst am Mittwoch wieder geöffnet.«

Auf dem Heimweg fluchte ich innerlich über die Regierung,

die mir neues Lesefutter vorenthält. Pandora hat mir strikt verboten, ihre Bücher anzurühren, seitdem ich einmal einen Schokoladenkeks in ihrer Folio-society-Ausgabe von *Nicholas Nickleby* vergessen habe; Julians Bücher sind alle auf chinesisch, und ich finde die letzten hundert Seiten von *Krieg und Frieden* ziemlich schwer zu verdauen. Auf keinen Fall kann ich es mir leisten, mir ein neues Buch zu kaufen. Selbst ein Taschenbuch kostet mindestens einen Fünfer.

Ich muß jede Woche dreißig Pfund für Leonora abdrücken. Ich mußte sogar schon meinen Bananenkonsum einschränken. Jetzt esse ich nur noch eine pro Tag.

Bin gezwungen, meine alten Tagebücher zu lesen. Einige Eintragungen sind unglaublich scharfsinnig. Und die Gedichte sind immer noch gut.

Sonntag, 17. Februar

Pandora hat heute mit mir gesprochen. Sie sagte: »Ich möchte, daß du ausziehst. Du setzt mich der Lächerlichkeit aus. Wir mögen eine Sandkastenromanze gehabt haben, aber jetzt sind wir beide erwachsen: wir haben uns in verschiedene Richtungen entwickelt, und es ist an der Zeit, daß sich unsere Wege trennen.« Dann fügte sie, wie ich fand, grausamerweise hinzu: »Und mit diesem verdammten Bart siehst du absolut lächerlich aus. Um Gottes willen, rasier ihn endlich ab!« Bin völlig am Boden zerstört ins Bett gegangen. Habe die Seite 977 aus *Krieg und Frieden* gelesen und dann nur noch dagelegen und in die Dunkelheit gestarrt.

Montag, 18. Februar

War auf dem Weg zur Arbeit im Zeitungsladen. Habe am Schwarzen Brett auf einer Postkarte der Marke Conquerer folgende Annonce gelesen, die in einer einigermaßen gebildeten Handschrift verfaßt war:

Großes, sonniges Zimmer zu vermieten, in Einfamilienhaus. An alleinstehenden, berufstätigen jungen Mann; nur Nichtraucher. Feuerzeichen bevorzugt. Mitbenutzung von Waschmaschine/Trockner. Warmmiete 75 £ pro Woche. Tel. Mrs. Hedge.

Habe Mrs. Hedge sofort nach meiner Ankunft im Büro angerufen. Sie wollte mein Geburtsdatum wissen. Ich sagte ihr, ich sei am 2. April geboren, woraufhin sie erwiderte: »Ein Widder, gut. Ich bin Schütze.«

Bin um 19 Uhr hingegangen, um mir das Zimmer anzusehen. »Es ist aber nicht besonders sonnig«, sagte ich.

»Nein«, entgegnete sie. »Aber kann man denn an einem Abend im Februar schon anderes erwarten?«

Ihre Art gefällt mir. Sie ist schon etwas älter (fünf- bis siebenunddreißig, würde ich schätzen), aber ihre Figur ist gar nicht so übel, obwohl man das heutzutage schlecht sagen kann, so wie die Frauen sich kleiden. Sie hat schönes Haar; honigfarben, so wie das Haar von Pandora, bevor sie anfing, mit Poly Color herumzupfuschen. Mrs. Hedge hatte reichlich viel Make-up aufgelegt, und ihre Wimperntusche war verschmiert. Ich hoffe, das ist kein Zeichen von Schlampigkeit. Sie ist frisch geschieden und muß ein Zimmer vermieten, um die Hypothek für das Haus zahlen zu können. Offenbar hat die Bausparkasse (die zufällig auch meine ist) sich auf gemeine Methoden verlegt.

Sie hat mir angeboten, das Bett auszuprobieren. Ich nahm das Angebot an, und beim Probeliegen überkam mich eine plötzliche Vision, und ich sah Mrs. Hedge und mich in einem leidenschaftlichen Geschlechtsverkehr verwickelt. Ich sagte laut: »Oh, Verzeihung.«

Natürlich hatte Mrs. Hedge keine Ahnung, weswegen ich mich entschuldigte, und sagte: »›Verzeihung‹? Wollen Sie damit sagen, daß Ihnen das Bett nicht gefällt?«

»Nein, nein«, stotterte ich. »Ich liebe Sie; ich meine, ich liebe das Bett.«

Da ich befürchtete, keinen guten Eindruck gemacht zu haben, rief ich sie von zu Hause noch einmal an (ich wollte sie beeindrucken) und sagte ihr, ich sei Schriftsteller, und erkundigte mich, ob sie das Kratzen meines Federhalters am frühen Morgen stören würde.

»Überhaupt nicht«, erwiderte sie. »Ich werde selbst ab und zu in der Nacht von der Muse besucht.«

Man kann in Oxford nicht durch die Straßen gehen, ohne irgendwelchen Schriftstellern über den Weg zu laufen, auch wenn manche unter ihnen noch nichts veröffentlicht haben. Kein Wunder, daß der Besitzer des Schreibwarenladens, wo ich mein Papier und meine Stifte kaufe, zweimal im Jahr auf die Kanarischen Inseln fliegt und einen Mercedes fährt. (Er fährt in *Oxford* einen Mercedes, nicht auf den Kanarischen Inseln, obschon ich mir vorstellen kann, daß ihm auf den Kanarischen Inseln ebenfalls ein Mercedes zur Verfügung steht. Allerdings bezweifle ich aufgrund der Unregelmäßigkeit seiner Reisen, daß er auf den Kanarischen Inseln tatsächlich einen Mercedes *besitzt*, wobei ich annehme, daß man dort einen mieten kann.) Ich weiß eigentlich nicht, warum ich das Bedürfnis hatte, diese verworrene Sache mit dem Mercedes auf den Kanarischen Inseln so ausführlich zu erörtern. Wahrscheinlich ist es ein weiteres Beispiel für das, was Leonora meine »kindische Pedanterie« nennt.

Dienstag, 19. Februar

Um 23 Uhr rief meine Mutter an. Sie war total in Panik und wollte wissen, ob Martin Muffet, mein jugendlicher Stiefvater, bei mir aufgekreuzt sei. Offen gesagt mußte ich laut lachen. Aus welchem Grund sollte Martin *mich* besuchen wollen? Er weiß, daß ich die verwegene zweite Ehe meiner Mutter nicht gutheiße. Abgesehen von ihrem Altersunterschied (der so groß ist wie die Mündung des Amazonas) passen die beiden weder körperlich noch geistig zusammen.

Martin ist ein Fleischpaket von einsneunzig, der allen Ernstes glaubt, daß die Queen schwer arbeitet und Paddy Ashdown keiner Lüge fähig ist. Meine Mutter ist einsfünfundsechzig und quetscht sich in Klamotten, die zwei Größen zu klein für sie sind. Sie ist der Meinung, Großbritannien sollte eine Republik werden und Ken Livingstone, der bekannte Molchliebhaber, unser erster Präsident. Bei meinem letzten Besuch fiel mir auf, daß der junge Mr. Muffet meiner Mutter gegenüber wesentlich weniger aufmerksam war als noch vor kurzem. Wahrscheinlich bereut er seine überstürzte Einfahrt in den Hafen der Ehe.

Meine Mutter sagte: »Er ist heute morgen nach London gefahren, ins Lloyd's Building, für seinen Technikkurs.«

Meine Mutter hat immer schon eine sehr vage Vorstellung von der Geographie der Britischen Inseln gehabt. Habe sie über die Entfernung aufgeklärt, die zwischen dem Lloyd's Building in London und meiner Kammer in Oxford besteht.

Kleinlaut sagte sie: »Ich dachte, er hätte vielleicht auf dem Rückweg nach Leicester mal bei dir vorbeigeschaut.«

Um 2 Uhr nachts rief sie wieder an. Die U-Bahn, in der Muffet gesessen hatte, war sechs Stunden lang irgendwo auf der Strecke steckengeblieben; oder zumindest hat er das behauptet.

Donnerstag, 21. Februar

Diesmal meinte Leonora, ich solle mir vorstellen, der Stuhl sei mein Vater. Sie gab mir einen geschnitzten afrikanischen Stock, und ich habe so lange auf den Stuhl eingeschlagen, bis ich so schlaff und erschöpft war, daß ich den Knüppel nicht mal mehr heben konnte.

»Mein Vater ist gar kein mutiger Typ«, sagte ich. »Ich weiß auch nicht, warum ich so wild geworden bin.«

»Sprechen Sie nicht mit mir, sprechen Sie mit ihm«, sagte Leonora. »Sprechen Sie mit dem Stuhl. Der Stuhl ist Ihr Vater.«

Ich kam mir blöd vor, den leeren Stuhl anzureden, aber da ich Leonora gefallen wollte, zwang ich mich dazu, dem Sitzpolster in die Augen zu sehen und sagte: »Warum hast du mir keine Schreibtischlampe gekauft, als ich für meine Abschlußprüfung in der Mittelschule gepaukt hab?«

»Gut, gut«, sagte Leonora. »Weiter so, Adrian.«

»Ich hasse deine Country-and-Western-Kassetten«, sagte ich.

»Nein«, flüsterte Leonora. »Tiefer, dunkler, eine Erinnerung, die weiter zurückliegt.«

»Ich weiß noch, als ich drei Jahre alt war«, sagte ich, »da bist du in mein Zimmer gekommen, hast mir meinen Schnuller aus dem Mund gerissen und gesagt: ›Ein *richtiger* Junge braucht keinen Schnuller.‹«

Dann schnappte ich mir noch mal den Stock, der auf dem Boden lag, und begann wieder auf den Stuhl einzudreschen, so daß Staubwolken aufwirbelten.

»Gut, gut«, sagte Leonora. »Wie *fühlen* Sie sich?«

»Ich fühle mich schrecklich«, sagte ich. »Ich hab mir die Schulter verrenkt, als ich den Stuhl verprügelt hab.«

»Nein, nein«, sagte sie gereizt. »Ich meine, wie fühlen Sie sich *innerlich*?«

Endlich schnallte ich, was sie meinte.

»Oh, ich habe meinen Frieden gefunden«, log ich. Dann stand ich auf, gab meiner therapeutischen Domina ihre dreißig Mäuse und ging. Ich mußte noch eine Tube Nurofen kaufen, bevor die Apotheken zumachten. Meine Schulter brachte mich halb um.

Freitag, 22. Februar

Die Molche in Newport Pagnell haben sich schon wieder gespalten. Jetzt gibt es drei eigenständige Molchbiotope. Irgendwas Merkwürdiges geht in der Molchwelt vor. Brown telefoniert mit Molchexperten auf der ganzen Welt, um mit ihnen über das Phänomen zu diskutieren.

Mrs. Hedge hat sich noch ein paar potentielle Mieter angesehen, aber sich dann für mich entschieden! Wurde die ganze Nacht von erotischen Träumen heimgesucht, in denen ich, Brown, Megan und Mrs. Hedge vorkamen. Ich schäme mich, aber was soll ich machen? Über mein Unterbewußtsein habe ich schließlich keine Kontrolle. War gezwungen, zum Waschsalon zu gehen, obschon es nicht mein üblicher Waschtag war.

Samstag, 23. Februar
Norman Schwarzkopf war heute abend im Fernsehen. Er deutete mit einem Zeigestab auf eine unverständliche Landkarte. Warum er einen Tarnanzug trug, ist mir ein Rätsel:

a) in der Wüste gibt es keine Bäume
b) im Besprechungszimmer waren auch keine Bäume
c) er ist zweifellos eine zu wichtige Person, um sich in die Nähe des Feindes zu begeben; er könnte sich wie Coco der Clown anziehen, ohne zu riskieren, daß auf ihn geschossen wird.

Dienstag, 26. Februar
Habe heute Mrs. Hedge besucht, um die Einzelheiten meines Mietvertrags und die Höhe der Miete zu besprechen. An ihrem Kühlschrank hatte sie ein Foto von dem verbrannten Kopf eines irakischen Soldaten, den man tot in einem Fahrzeug gefunden hatte, mit einem Mickymaus-Magneten befestigt. Habe meinen Blick abgewandt und sie um ein Glas Wasser gebeten.

Mittwoch, 27. Februar
Habe gestern abend Pandora informiert, daß ich am Wochenende ausziehen werde. Hatte gehofft, daß sie mir um den Hals fallen und mich inständig bitten würde zu bleiben, aber das tat sie nicht. Um 1 Uhr wurde ich vom Knallen eines Sektkorkens, dem Klingen von Gläsern und dem ungehemmten Lachen von Pandora, Cavendish und Julian geweckt. Das Infernalische Trio.

Donnerstag, 28. Februar
Heute abend hat Leonora die meiste Zeit geredet. Sie sagte mir, ich erwarte zuviel von mir und stelle zu hohe Ansprüche an mich selbst. Sie riet mir, nett zu mir selbst zu sein, und ließ mich eine Liste erstellen mit zehn Dingen, die ich gern mache. Jedesmal, wenn es mir gelingt, negative Gedanken über mich selbst zu vertreiben, darf ich mich dafür belohnen.

Sie wollte wissen, ob ich es mir leisten könne, mich gelegentlich selbst zu verwöhnen. Ich gab zu, daß ich Ersparnisse bei der Market Harborough Building Society habe. Daraufhin reichte sie mir ein Blatt Papier und einen Wachsmalstift für Kinder und ließ mich zehn Belohnungen aufschreiben.

Belohnungen

1) Romane lesen
2) Romane schreiben
3) Geschlechtsverkehr
4) Frauen anschauen
5) Schreibpapier kaufen
6) Bananen essen
7) Sandwiches mit Krabbenpaste
8) im Fernsehen einen Boxkampf ansehen
9) Tschaikowskymusik hören
10) einen Spaziergang auf dem Land machen

Ich fragte Leonora, womit sie sich belohnt. Mit leiser, rauher Stimme antwortete sie: »Wir sind nicht hier, um uns über mich zu unterhalten.« Dann lächelte sie und zeigte ihre schönen weißen Zähne und sagte: »Wir haben einige Gemeinsamkeiten, Adrian.«

Ich spürte die sexuelle Begierde in mir pulsieren.

»Ich sehe mir auch gerne einen Boxkampf im Fernsehen an«, sagte sie. »Ich bin ein Fan von Bruno.«

Freitag, 1. März

Habe Cavendish heute morgen beim Frühstück gefragt, ob er mir beim Umzug zu Mrs. Hedge hilft. Er hat einen großen Volvo-Kombi. »Es gibt nichts, was ich lieber täte, Aidy«, sagte er. Er bot mir an, den Umzug unverzüglich zu machen, aber ich sagte: »Morgen früh ist früh genug. Manche Leute müssen *arbeiten.*«

Er lachte und sagte: »Du glaubst also, Linguistik zu unterrichten ist ein lauer Job, was, Aidy?«

»Ja«, sagte ich, »das glaube ich tatsächlich. Ich frage mich, ob *Arbeit* für dich ein Schimpfwort mit sechs Buchstaben ist.«

»Als Professor für Linguistik«, erwiderte er wütend, »kann ich dir versichern, daß Arbeit tatsächlich ein Wort mit sechs Buchstaben ist.« Als er seinen Arm nach dem Aschenbecher ausstreckte, sprang sein Morgenmantel auf und entblößte seine welken Brustwarzen und seine graue Brustbehaarung. Mir wurde beinahe kotzübel. Ich bekam meine Bran Flakes kaum noch herunter.

Habe meinen tragbaren Fernseher wieder in den Laden gebracht. Als ich zurück war, schrieb ich ein Gedicht für Pandora und schob es ihr unter die Tür. Es war mein allerletzter Versuch, sie von Cavendish wegzubringen.

Pandora! Laß mich! von A. Mole
Laß mich deine Schenkel streicheln
dein süßes, kleines Herz erweichen
Laß mich deine Haut aus Seide spüren
deine weiße, weiche Brust berühren
Laß mich dir den Kopf verdrehen
und tief in deine Augen sehen
Laß unsre Herzen im Gleichklang schlagen
und uns in intime Sphären wagen
Laß mich dich zur Meinen machen
und mit dir beim Weine lachen
Laß mich dich mit meiner Zunge lecken
und dabei deine Makel entdecken
Laß mich dir Verzückung schenken
mit schwarzem Leder dich bedenken
Laß mich wie ein Handschuh dich umschließen
und deine heiße Liebe genießen.

Um 1 Uhr schob Pandora einen Zettel unter meine Tür.

Adrian,
wenn Du mir weiterhin solchen Schmutz schickst, werde ich Dein Geschmiere in Zukunft an die Polizei weiterleiten.

Pandora

Samstag, 2. März
Habe beim Packen darüber nachgedacht, daß ich in meinem Leben bisher keine großen Besitztümer angehäuft habe. Ich verfüge über eine Grundausstattung an Kleidung, ein paar hundert Bücher, einen Sony-Walkman, etwa ein Dutzend Kassetten, einen Becher, eine Tasse, eine Schüssel und einen Teller, ein Poster von Munch, einen Kaktus, einen Vergrößerungsspiegel mit Fuß, einen Obstkorb für meine Bananen und eine Lampe. Und das nach einem Jahr harter Arbeit beim Umweltministerium. Sicher, ich habe 2579 Pfund bei der Market Harborough Building Society gespart und 197,39 Pfund bei der Nat West, aber trotzdem.

Habe den blauen Plastikkamm wiedergefunden, den ich seit letztem Jahr suche. Er lag auf dem Kleiderschrank. Wieso? Wie ist er dorthin gekommen? Ich bin noch nie auf den Kleiderschrank geklettert, um mir die Haare zu kämmen. Habe Julian im Verdacht. Er ist ein großer Fan von Jeremy Beadle, der die Leute mit seinen blöden Streichen im Fernsehen verarscht.

23 Uhr. Bin zu müde, um viel zu schreiben, wollte nur festhalten, daß ich in Mrs. Hedges Bett liege. Es ist sehr bequem. Meine neue Adresse lautet:

8 Sitwell Villas
Summertown
Oxford

Sonntag, 3. März
Als ich heute morgen aufwachte, wußte ich erst nicht, wo ich war, aber dann fiel es mir wieder ein. Es roch nach gebratenem Speck, bin aber nicht nach unten gegangen. Ich kam mir vor wie ein Eindringling. Bin aufgestanden, auf Zehenspitzen ins Badezimmer geschlichen, habe mich angezogen, mein Bett gemacht und mich dann darauf gesetzt und den Geräuschen gelauscht, die von unten zu mir heraufdrangen. Schließlich trieb mich der Hunger doch nach unten. Mrs. Hedge war nicht da. Die Frühstücksteller standen noch immer auf dem Küchentisch. Der Tretmülleimer in der Küche quoll über. Auf dem Boden lagen

Eierschalen. Der Unterschrank unter der Spüle war voll mit schmutzigen gelben Staubtüchern. Im Kühlschrank gammelten auf unzähligen kleinen Untertassen schimmelige Essensreste vor sich hin. Die Grillpfanne stand ungespült herum. Der *Observer* war von oben bis unten mit Tomatensaft aus der Dose besprenkelt.

Es ist, wie ich befürchtet hatte: Mrs. Hedge ist eine Schlampe. Das Telefon läutete ununterbrochen. Habe Nachrichten entgegengenommen: »Ted hat angerufen.« »Jan hat angerufen.« »Martin hat angerufen.« »Kingsley bittet um Rückruf.« »Julian hat angerufen: Gehst du am Dienstag zur Vernissage?«

Als Mrs. Hedge zurückkam, war ich gerade dabei, den Küchenfußboden zu putzen. Sie trug einen großen Strauch und vier Dosen Carlsberg.

»Lieber Himmel«, sagte sie. »Sieht ganz so aus, als hätte ich einen Glücksgriff getan. Mögen Sie Hausarbeit, Mr. Mole?«

»Es fällt mir schwer, Unordnung zu tolerieren«, sagte ich.

Sie ging in den Garten, um den Strauch einzupflanzen, setzte sich dann auf der Veranda in einen eisernen Stuhl und trank das Carlsberg gierig aus der Dose. Die Kälte schien ihr nichts auszumachen. Als es anfing zu regnen, kam sie herein, nahm sich einen Golfschirm aus dem Schirmständer und ging wieder hinaus. Ich zog mich in mein Zimmer zurück und arbeitete an meinem Roman *Seht! Die flachen Hügel meiner Heimat.*

Als ich das nächste Mal nach unten ging, war Mrs. Hedge nirgendwo zu sehen. Ich stellte mit Befriedigung fest, daß die drei Dosen Carlsberg noch immer im Kühlschrank standen. Sie mag vielleicht eine Schlampe und eine Exzentrikerin sein, aber Gott sei Dank ist sie noch keine Alkoholikerin.

Montag, 4. März

Als ich von der Arbeit nach Hause kam, lag Mrs. Hedge immer noch im Bett. Die Küche sah aus wie ein Schweinestall. Das Carlsberg war aus dem Kühlschrank verschwunden. Sie muß das Bier im Bett getrunken haben! Das ist die einzige Erklärung.

Mittwoch, 6. März
Bin bei Pandora gewesen, um meine Post abzuholen. Nichts Aufregendes. Briefe von der Market Harborough Building Society, *Reader's Digest* und Plumbs, einer Firma, die für Spannbettücher wirbt. Wie ist die Firma Plumbs an meinen Namen und meine Adresse gekommen? Ich habe nie das geringste Interesse an Polstermöbeln gezeigt. Pandora hat aus meiner Kammer ein Arbeitszimmer gemacht. Habe einen Karteikasten auf ihrem Schreibtisch geöffnet, auf dem »Vorlesungsnotizen« stand. Habe kein Wort verstanden. Wahrscheinlich waren die Notizen auf serbokroatisch.

Donnerstag, 7. März
Bin heute abend ohne anzuklopfen ins Badezimmer gegangen. Mrs. Hedge saß in der Badewanne und rasierte sich die Beine. Morgen werde ich einen Riegel für die Tür kaufen. Schätze, sie trägt mindestens BH-Größe 80 C.

Freitag, 8. März
Mrs. Hedge hat gesagt: »Laden Sie ruhig Ihre Freunde nach Hause ein, Mr. Mole.« Habe ihr erklärt, daß ich keine Freunde habe. Ich bin Einzelgänger.

Als ich Leonora das gleiche sagte, meinte sie: »Bevor Sie zu Ihrer nächsten Sitzung kommen, versuchen Sie bitte, sich mit einem Fremden zu unterhalten; lächeln Sie ihn an und versuchen Sie, eine Unterhaltung in Gang zu bringen; und freunden Sie sich mit einer Frau an.«

Samstag, 9. März
Als ich heute morgen in die Küche kam, traf ich dort einen Fremden an. Er aß gerade Toast mit Marmelade. Er sagte: »Hallo, ich bin Gerry.«

Ich lächelte ihn an und sagte: »Hallo, ich bin Adrian Mole.«

Das war das ganze Ausmaß unserer Unterhaltung. Ich hatte

Schwierigkeiten, ein Gespräch mit einem Mann zu beginnen, der mit nichts anderem als dem Negligé einer Dame bekleidet war.

Habe mir eine Tasse Tee aufgegossen und bin gegangen.

Ich wünschte, ich wäre wieder in meiner Kammer.

Montag, 11. März

Mr. Major war in den Nachrichten. Er sagte: »Ich will, daß wir dort sind, wo wir hingehören, im Herzen Europas, und daß wir mit unseren Partnern gemeinsam die Zukunft gestalten.«

Was ich merkwürdig finde: Mr. Major kann das Wort »will« nicht so aussprechen, daß es sich mit »Drill« reimt, was die korrekte Aussprache wäre. Aus irgendeinem Grund sagt er »wüll«. Ich vermute, daß er diesen Sprachfehler bereits in seiner Kindheit erworben hat. Wenn der kleine John lispelte: »Ich will Schokolade« etc., etc. – ist sein Vater dann von seinem Trapez gehechtet und hat ihn angebrüllt: »Ich gebe dir gleich *will*!«, oder er brüllte vielleicht: »Wenn du noch einmal *will* sagst, schlag ich dich windelweich« und hat den armen kleinen John schluchzend im Sägemehl der großen Zirkusarena liegenlassen und ihn dazu verdammt, daß er sein Leben lang unfähig bleibt, dieses kleine Wort richtig auszusprechen?

Ich empfinde tiefes Mitgefühl mit ihm. Offenbar hätte er dringend eine Therapie nötig. Mir scheint, daß wir beide darunter leiden, daß wir uns für unsere Väter schämen müssen. Ich werde das Thema ansprechen, wenn ich das nächste Mal bei Pandora bin.

Dienstag, 12. März

Brown ist am Wochenende auf einer grasbewachsenen Böschung ausgerutscht und hat sich das Steißbein geprellt. Er war dabeigewesen, Eulenkot zu sammeln. Der Unfall hat ihn arbeitsunfähig gemacht, und nun liegt er auf einem Brett auf seinem Wohnzimmerfußboden. Hahaha! Hohoho! Dreimal Hoch!

Mittwoch, 13. März

Gordon Goffe, Browns Stellvertreter, macht sein Gewicht (einhundertdreißig Kilo) geltend. Er hat eine Untersuchung wegen »Briefmarkendiebstahls« eingeleitet. Das hat mir gerade noch gefehlt. Wollte heute die ersten Kapitel meines Romans *Seht! Die flachen Hügel meiner Heimat* an Faber und Faber schicken. Werde das Geld für das Porto wohl aus eigener Kasse abdrücken müssen. Wenn sie diese Kapitel erst mal gelesen haben, werden sie sich um den Rest reißen.

Donnerstag, 14. März

Die Birmingham Six sind aus der Haft entlassen worden.

Gordon Goffe poltert durch alle Büros und macht Stichproben in unseren Schubladen. Dabei kam heraus, daß Megan eine verbotene Menge an Kugelschreibern des Umweltministeriums gehortet hat. Sie wurde mündlich verwarnt. Diese Woche keine Sitzung bei Leonora. Sie ist auf einer Konferenz in Sacramento.

Freitag, 15. März

Barry Kent war in *Kaleidoskop* und hat aus seinem Roman *Das Tagebuch eines Einfaltspinsels* gelesen. Das wenige, das ich gehört habe, war nihilistischer Schwachsinn. Goffe kam in mein Büro gestürmt und erklärte mir, ich habe nicht das Recht, während der Arbeitszeit *Radio Four* zu hören. Ich wies ihn darauf hin, daß Mr. Brown noch nie Einwände dagegen geäußert hätte.

»Ich bin nicht Mr. Brown«, sagte Goffe. Diese Aussage war so idiotisch, daß ich nicht wußte, was ich darauf entgegnen sollte. Jetzt, drei Minuten nach Mitternacht, wüßte ich, was ich zu sagen hätte, aber nun ist es natürlich zu spät.

Samstag, 16. März

War heute bei Pandora, um meine Post abzuholen. Nichts Interessantes dabei: eine Wurfsendung, die für warme Unterwäsche wirbt; ein Preisausschreiben von *Reader's Digest* – Hauptgewinn: ein Goldbarren; ein Katalog von Plumbs, in dem man einen Rabatt auf falsche Samtvorhänge anbot. Ich werde nächsten Monat vierundzwanzig, und ich muß gestehen, liebes Tagebuch, eigentlich hatte ich erwartet, inzwischen mit interessanten und faszinierenden Leuten in Korrespondenz zu stehen. Statt dessen scheint die Welt mich als einen Menschen zu betrachten, der morgens aufsteht, seine warme Unterwäsche anzieht, seine falschen Samtvorhänge aufzieht und sich in seinen Sessel setzt, um die neueste Ausgabe von *Reader's Digest* zu lesen.

Die Katze sah mager aus, hat sich aber gefreut, mich zu sehen. Habe ihr eine ganze Dose Katzenfutter spendiert. Pandora war nicht zu Hause, also hab ich mich mal gründlich in der Wohnung umgesehen. Die Schublade, in der sie ihre Unterwäsche aufbewahrt, ist mit ekelhaften Sexspielsachen vollgestopft. Blaubart bringt's offenbar nicht mehr.

Sonntag, 17. März

Hatte heute morgen eine interessante Unterhaltung mit der jungen Frau vom Zeitungsladen über die Wahlen in Rußland. Als sie mir dann meine *Sunday Times* gab, bemerkte sie (im Scherz, nehme ich an): »Sie ist sehr schwer. Soll ich Ihnen vielleicht beim Tragen behilflich sein?«

»Nein«, erwiderte ich spaßhaft. »Ich glaube, das schaffe ich so gerade noch.« Als ich die Zeitung entgegennahm, tat ich allerdings so, als müßte ich mich unter dem Gewicht beugen. Haben wir gelacht! – Sie sieht auf ihre bescheidene Art ganz nett aus.

18 Uhr. Habe obige Eintragung noch einmal gelesen. Ich glaube, ich war unfair gegenüber der Frau vom Zeitungsladen. Ein karierter Nylonoverall ist nicht gerade ein Kleidungsstück, das die Figur betont. Und ihre Beine habe ich noch nie gesehen, weil sie immer hinter der Theke steht.

Habe soeben den Literaturteil der *Sunday Times* gelesen und mußte zu meinem Erstaunen und mit größtem Widerwillen feststellen, daß *Das Tagebuch eines Einfaltspinsels* heute auf Platz zehn der Hardcover-Bestsellerliste steht!

Montag, 18. März

Habe mir auf dem Weg zur Arbeit im Zeitungsladen eine Packung Polos gekauft. Die Verkäuferin machte eine witzige Bemerkung dazu und meinte, ich bezahlte für frische Luft, also zum Beispiel für das Loch in der Mitte! Das war mir bis dahin noch gar nicht aufgefallen. Ich gab ihr also die Polos zurück und sagte: »Okay, dann nehme ich statt dessen Trebor Mints.« Wir haben wieder unglaublich gelacht. Auf jeden Fall hat sie viel Humor. Beine immer noch hinter der Theke. Brown, der Simulant, ist immer noch zu Hause und feiert krank. Goffe tobt immer noch durch die Büros. Leonora wird mit mir zufrieden sein, wenn ich ihr von der jungen Frau im Zeitungsladen erzähle.

Dienstag, 19. März

Ein Brief von Pandora, der erste, seit ich in Sitwell Villas wohne:

Sonntag, 17. März

Adrian,
ich habe Dich bereits mehrmals gebeten, den Schlüssel zu meiner Wohnung abzugeben. Du bist meiner Bitte immer noch nicht nachgekommen. Ich fürchte, ich muß Dir ein Ultimatum stellen. Entweder der Schlüssel befindet sich bis spätestens Dienstag, 19 Uhr, in meinem Besitz, oder ich werde einen Schlosser bestellen und auf Deine Kosten ein neues Schloß einbauen lassen. Die Entscheidung liegt bei Dir. Ich werde es nicht weiter zulassen, daß Du:

Dich in die Fütterung der Katze einmischst;
b) in meiner Unterwäsche herumschnüffelst; oder
c) Dich in meiner Abwesenheit aus meinem Kühlschrank bedienst.

Wie ich schon sagte, werde ich Dir weiterhin Deine (sogenannte Post) nachsenden und Nachrichten, die ich als wichtig erachte, an Dich weiterleiten.

Um Punkt 18.59 Uhr habe ich einen Umschlag mit dem Schlüssel, einem 10-Pence-Stück und einem kurzen Schreiben unter Pandoras Tür geschoben. In dem Schreiben stand:

Pandora,

a) meiner Meinung nach ist die Katze zu mager und scheint kaum Energie zu haben;
b) ich kann mich lebhaft daran erinnern, wie Du gesagt hast: »Strapse und dergleichen sind Symbole weiblicher Versklavung durch die Begierde der Männer.« Das gleiche gilt für Vibratoren;
c) die Dose Krabbenpaste, die in Deinem Kühlschrank stand, gehörte *mir*. Ich habe sie am 20. Februar dieses Jahres gekauft. Zum Beweis habe ich immer noch den Kassenzettel. Ich gebe zu, daß ich mir eine Scheibe Brot genommen habe. Wie Dir nicht entgangen sein wird, liegt diesem Brief ein 10-Pence-Stück bei als Entschädigung für die Scheibe Vollkornbrot.

Mittwoch, 20. März

Wie bekomme ich die Beine vor die Theke?

Donnerstag, 21. März

Sie heißt Bianca. Komischer Name für eine, die in einem Zeitungsladen arbeitet. Normalerweise heißen die Joyce. Habe sie gesehen, wie sie Kartons mit Knabberzeugs aus einem Lieferwagen in den Laden trug. Beine okay, nur die Knöchel sind etwas knochig, ich würde ihr also auf einer Skala von eins bis zehn die Note fünf geben.

21 Uhr. Leonora war in einer merkwürdigen Stimmung. Sie war genervt, weil ich fünfzehn Minuten zu spät gekommen war. Ich wies sie darauf hin, daß ich trotzdem für die volle Stunde bezahlen würde.

»Darum geht es nicht, Adrian«, sagte sie. »Unsere gemeinsamen Sitzungen sind sorgfältig strukturiert. Ich bestehe darauf, daß Sie in Zukunft pünktlich erscheinen.«

»Meine chronische Unpünktlichkeit ist eins meiner vielen Probleme«, erwiderte ich. »Vielleicht sollten Sie einmal darauf eingehen.«

Als sie ihre wohlgeformten Beine unter ihrem schwarzen Seidenrock übereinanderschlug, sah ich kurz etwas Weißes aufblitzen. Von diesem Augenblick an war ich völlig hilflos und konnte ihre Fragen nur noch mit Kopfnicken oder -schütteln beantworten. Es hatte mir die Sprache verschlagen. Ich fürchtete, daß ich, sobald ich den Mund öffnete, nur noch plumpe, unartikulierte Beteuerungen meiner Geilheit stammeln könnte, was sie abschrecken und das Ende unserer gemeinsamen Sitzungen bedeuten würde.

Zehn Minuten vor Ende unserer Sitzung sagte sie: »Im Moment zeigen Sie ein typisch regressives Verhalten. Möchten Sie, daß wir die Gelegenheit ausnutzen?«

Ich nickte und sie forderte mich dazu auf, über meine frühesten Kindheitserinnerungen zu sprechen. Ich erinnerte mich daran, wie ich einmal von einem Hund gebissen wurde und meine Oma meine Wunden mit Jod behandelte. Und ich erinnerte mich daran, wie mein Opa (der inzwischen tot ist) den Hund mit Fußtritten durch die Küche gescheucht hat.

Dann war es wieder Zeit, dreißig Pfund hinzublättern und mich zu verabschieden.

Samstag, 23. März

Mrs. Hedge hat mich gefragt, ob sie Gerry heiraten, das Haus verkaufen und nach Cardiff ziehen soll. Habe ihr davon abgeraten. Ich bin gerade erst eingezogen, habe gerade erst herausgefunden, wie man mit der Grillpfanne umgeht, etc. Ich kann mir nicht schon wieder eine neue Bleibe suchen. Und überhaupt, warum fragt sie ausgerechnet mich? Ich habe erst ein paarmal mit dem häßlichen Scheusal gesprochen.

Sonntag, 24. März

Der Klodeckel stand offen, woraus ich schloß, daß Gerry *in situ* war. Bin zu Bianca gegangen, um mir die Zeitung zu kaufen, und, wie erwartet, saßen Mrs. Hedge und Gerry bei meiner Rückkehr am Küchentisch und aßen Rührei mit Speck. Mrs. Hedge machte nicht den Eindruck, als ob sie sich über mein

Erscheinen freute. Habe ein paar Reiscrispies in eine Schüssel geschüttet und sie mit in mein Zimmer genommen. Aber als ich oben ankam, waren sie ganz aufgeweicht, was ich extrem ärgerlich fand. Ich kann aufgeweichte Reiscrispies nicht ausstehen.

Montag, 25. März

Gerry gehört mittlerweile zum Inventar. Ich komme mir vor wie ein Kuckucksei im Nest, wie eine Stachelbeere im Erdbeerbeet, wie ein Piranha im Goldfischglas. Sobald ich die Küche oder das Wohnzimmer betrete, stirbt jede Unterhaltung sofort ab. Wollte mir heute abend im Fernsehen die Oskarverleihung ansehen, aber Gerry schnappte sich die Fernbedienung und behielt sie auf seinem Schoß, wodurch er mich um das Vergnügen brachte, den begabten und zugleich bescheidenen Schauspieler Jeremy Irons einen Oskar für England in Empfang nehmen zu *sehen*. Statt dessen mußte ich mir das Ereignis auf *Channel Four* anhören und mir Mr. Irons Freude ausmalen. Wer immer es war, der gesagt hat, daß »die Bilder im Radio viel besser sind«, hat sich total geirrt.

Dienstag, 26. März

Habe Bianca gebeten, mir Bescheid zu geben, falls eine Postkarte in den Zeitungsladen kommen sollte, die eine akzeptable Unterkunft anbietet. Sie hat es mir versprochen. Ich glaube, sie findet mich ganz sympathisch. Habe in der Eile den ersten Satz falsch formuliert: Postkarten können nicht in einen Zeitungsladen kommen und etwas anbieten. Leonora hat die heutige Sitzung abgesagt. »Ein Notfall«, sagte sie.

Bin ich vielleicht kein Notfall? Mein Verstand hängt an einem seidenen Faden. Leonora ist die einzige Schranke, die noch zwischen mir und der Kassenabteilung einer Irrenanstalt liegt. Wie wird sie damit fertig werden, wenn sie mich mit Schaum vor dem Mund und in einer Zwangsjacke strampelnd zwangseinweisen?

Mittwoch, 27. März

Mr. David Icke, ein berühmter Mann aus Leicester, hat verkündet, er sei »der Weg zum wahren Christentum«. Er ist im Fernsehen aufgetreten und hat den Presseleuten, die ihn mit großen Augen anglotzten, erklärt, seine Frau und seine Tochter seien »Inkarnationen des Erzengels Michael«. Er behauptete, der Planet Sirus bringe Erdbeben und Seuchen über die Menschheit. Gerry und Mrs. Hedge machten sich über ihn lustig und meinten, er hätte nicht alle Tassen im Schrank, aber ich bin mir da nicht so sicher. Wir Leute aus Leicester sind dafür bekannt, daß wir stets einen klaren Kopf bewahren. Möglicherweise weiß Mr. Icke etwas, von dem wir normalen Sterblichen noch nicht mal eine Ahnung haben.

Donnerstag, 28. März

Bianca hat in der Oberstufe einen Kurs in Astronomie besucht. Heute morgen hat sie zu mir gesagt: »Es gibt überhaupt keinen Planeten, der Sirus heißt.« »Mr. Icke hat gesagt, daß Sirus noch *unentdeckt* ist«, klärte ich sie auf. »Also *kann* er auch nicht in den Büchern auftauchen, oder?«

Da sich hinter uns eine Schlange gebildet hatte, waren wir gezwungen, unsere Diskussion abzubrechen. Habe nach der Arbeit auf dem Heimweg noch mal bei ihr vorbeigeschaut, aber Bianca war beschäftigt – irgendein alter Knacker beschwerte sich bei ihr über seine Zeitungsrechnung.

Freitag, 29. März

Je mehr ich über die Voraussagen von David Icke nachdenke, z. B., daß die Welt untergehen wird, es sei denn, »sie befreit sich von allem Übel«, um so plausibler erscheinen sie mir. Er ist ein erfolgreicher Mann, der von der BBC eingestellt wurde, und das will was heißen! Zudem war er Fußballprofi und Torwart bei Hereford City. Wir sollten ihn nicht vorschnell verhöhnen. Auch Kolumbus wurde verspottet, weil er behauptete, die Welt sei eine Kugel. Was von den ersten US-Astronauten bewiesen wurde.

Meine Mutter hat heute abend angerufen, um mich zu fragen, was ich mir nächste Woche zum Geburtstag wünsche. Habe sie gebeten, mir wie üblich einen Büchergutschein zu schenken. Dann erzählte sie noch, daß ganz Leicester völlig aus dem Häuschen sei wegen David Icke und daß »ein Run auf türkisfarbene Trainingsanzüge« ausgebrochen sei (solche, wie sie von Mr. Ickes Anhängern getragen werden). Sie sagte, seine Mutter täte ihr leid. Offenbar behauptet Icke, er sei auf dem Planeten Sirus geboren, wohingegen seine Mutter im *Leicester Mercury* behauptet, daß sie sich eindeutig daran erinnert, ihn im Leicester General Maternity Hospital zur Welt gebracht zu haben.

Heute abend sind mir meine Bananen ausgegangen. Mußte zu Fuß bis in einen entfernten Vorort laufen, wo ich schließlich welche in einem Laden mit Nachtlizenz fand.

Samstag, 30. März

Habe zwei Geburtstagskarten an mich selbst geschickt. Habe sie als Normalpost frankiert, sie müßten also Dienstag früh bei mir ankommen.

Montag, 1. April

Heute morgen rief ein Mann mit Glasgower Akzent bei mir im Büro an und sagte: »Ich habe gerade die ersten Kapitel Ihres Romans *Seht! Die flachen Hügel meiner Heimat* gelesen, und ich würde ihn gerne nächstes Jahr herausbringen. Wäre ein Vorschuß von 50000 Pfund für Sie akzeptabel?«

»Ja«, stammelte ich und erkundigte mich, wer der Anrufer sei.

»Ein *Idiot*!« rief der Hochstapler lachend und knallte den Hörer auf die Gabel.

Wie grausam kann ein Mensch sein? Fünfzehn Sekunden lang hatte ich mein Ziel erreicht. Ich war ein professioneller Schriftsteller und wohnte im eigenen Haus. Ich hatte meinen Führerschein, ein Auto in der Garage, eine Rolex und einen Mont-Blanc-Füller. In der Brusttasche meines Kaschmirmantels steckte ein Flugticket in die USA. Meine lederne Aktentasche war gefüllt mit Fanpost. Auf dem Kaminsims stapelten sich Einladungen zu literarischen Lesungen. Doch dann wurde mein Traum von diesem Schwindler zerstört, und ich war wieder nur der einfache Adrian Mole, der in seinem kleinen Büro im Umweltministerium in Oxford saß und gerade dabei war, einen Bericht über die Wanderbewegungen von Molchen zu verfassen. Habe Goffe im Verdacht.

Dienstag, 2. April

Geburtstagskarten erhalten von Mutter, Rosie, Vater, Großmutter, Mrs. Hedge und Megan. Insgesamt sechs Karten. Nicht schlecht. Hätte die beiden an mich selbst gar nicht abzuschicken brauchen.

Geschenke:

1. Büchergutschein über zehn Pfund von Mutter.
2. Gutschein für W. H. Smith von Vater (fünf Pfund).
3. 2 Paar Socken von Mrs. Hedge (weiß).
4. Kaktus von Megan (obszön).

Keine Überraschungsparty. Keine Kerzen zum Ausblasen. Kein Geburtstagsständchen. Keine Leonora – erst am Donnerstag.

Mittwoch, 3. April

Ich bin vierundzwanzig Jahre und einen Tag alt. *Frage:* Was habe ich aus meinem Leben gemacht? *Antwort:* Nichts.

Graham Greene ist heute gestorben. Vor vier Jahren habe ich ihm einmal geschrieben und ihn auf einen Grammatikfehler in seinem Buch *Der menschliche Faktor* hingewiesen. Er hat mir nie geantwortet.

Donnerstag, 4. April

Habe heute morgen meinen Bart gestutzt. Als ich aus dem Badezimmer kam, schrie Mrs. Hedge entsetzt auf. Nachdem sie sich wieder gefaßt hatte, sagte sie: »Mein Gott, Sie sehen ja aus wie der Ripper von Yorkshire.«

Hatte eine schreckliche Sitzung bei Leonora. Ich hatte ihr Sprechzimmer mit dem Selbstwertgefühl einer magersüchtigen Blattlaus betreten, aber als ich wieder herauskam, fühlte ich mich noch elender.

Die Minderwertigkeitsgefühle, mit denen ich bei Leonora ankam, waren durch die bitteren Worte meiner Mutter ausgelöst worden, mit der ich kurz zuvor telefoniert hatte. Sie hatte mich im Büro angerufen und wollte wissen, ob ich Lust hätte, mit ihr auf Barry Kents Party zu gehen, die er anläßlich des Erfolgs seines Buches *Das Tagebuch eines Einfaltspinsels* gibt. Die Party findet im North East Leicester Working Men's Club statt, und halb Leicester ist eingeladen. Ich habe zu meiner Mutter gesagt: »Eher würde ich eine Leiche waschen.«

Meine Mutter warf mir daraufhin vor, mein Verhalten sei nichts als kleinliche Eifersucht. Dann bekam sie einen Wutanfall und warf mir alles an den Kopf, was sie an mir auszusetzen hat: ich sei arrogant, anmaßend, stolz, versnobt, großspurig, ein Möchtegernintellektueller, ein Versager etc., etc.

Als ich Leonora das alles wiederholte, meinte sie: »Ich schlage vor, Sie nehmen sich das, was Ihre Mutter gesagt hat, zu Herzen. Außerdem schlage ich vor, daß Sie *zu dieser Party gehen.*« Sie hat mir erzählt, daß sie von *Das Tagebuch eines Einfaltspinsels* fünf Exemplare gekauft hat: eins für ihren Mann, Fergus; eins für ihre beste Freundin, Susan Strachan; eins für ihren Therapeuten, Simon; eins für ihre Supervisionsleiterin, Alison; und eins für sich selbst. Ich fühlte mich völlig vor den Kopf gestoßen. Als Leonora sagte, es sei Zeit zu gehen, weigerte ich mich, von meinem Stuhl aufzustehen.

Ich sagte: »Ich kann den Gedanken nicht ertragen, daß Sie es genießen, Barry Kents Buch zu lesen.«

»Das ist Ihr Pech«, sagte Leonora. »Geben Sie mir dreißig Pfund und gehen Sie.«

»Nein«, sagte ich. »Ich bin von sexuellem Verlangen nach Ihnen besessen. Ich denke Tag und Nacht an Sie. Ich habe Ihnen meine geheimsten Gedanken preisgegeben.«

»Ihre Reaktion ist absolut typisch«, sagte Leonora. »Sie werden darüber wegkommen.«

»Leonora«, sagte ich, »ich fühle mich verraten. Ich weigere mich, mich von Ihnen wie einen typischen Fall aus dem Lehrbuch behandeln zu lassen.«

Leonora erhob sich, warf ihren göttlichen Kopf in den Nacken und sagte: »Mr. Mole, die Beziehung zwischen Ihnen und mir ist rein geschäftlich. Sie wird niemals etwas anderes sein. Kommen Sie nächsten Donnerstag wieder in meine Sprechstunde.«

»Okay«, sagte ich. »Nehmen Sie Ihre dreißig Silberlinge.«

Ich warf einen Market-Harborough-Building-Society-Scheck über dreißig Pfund auf ihren Schreibtisch und knallte beim Hinausgehen die Tür zu.

Ich bin davon überzeugt, daß ich mich heute perfekter psychischer Gesundheit erfreuen würde, wenn mein Vater mir damals gestattet hätte, mich alleine von meinem Schnuller zu entwöhnen.

Samstag, 6. April

Bin ich der einzige Mensch in ganz England, der gegenüber der David-Icke-Sensation aufgeschlossen ist? Bianca nannte ihn heute morgen einen »Hirnamputierten« – aber ich wies sie darauf hin, daß sogar Jesus von seinen Zeitgenossen verunglimpft wurde. Die Presse war gegen ihn, und die Geldverleiher haben ihn überall schlechtgemacht. Außerdem war Jesus ziemlich exzentrisch, was seine Kleidung anging. Er wäre niemals zum »Bestgekleideten Palästinenser des Jahres« gewählt worden. Andererseits, hätte es in Christi Tagen bereits Trainingsanzüge gegeben, hätte er sich mit Sicherheit für die Bequemlichkeit und Pflegeleichtigkeit derartiger Kleidungsstücke entschieden.

Sonntag, 7. April

Das Tagebuch eines Einfaltspinsels ist jetzt auf Platz acht. Als ich heute abend in meiner Bilderbibel blätterte, entdeckte ich zu meiner Überraschung auf Seite 33 (Die Auferstehung des Lazarus), daß Jesus eine türkisfarbene Robe trug!!!

Montag, 8. April

Brown ist wieder da, aber er trägt ein Korsett, das merkwürdige Geräusche macht, was ziemlich praktisch ist (die Geräusche, nicht das Korsett), weil Megan sich nämlich inzwischen heimlich mit Bill Blane (Abteilung Dachse) trifft. Ich mag Bill. Habe mich heute mit ihm am Kaffeeautomaten über David Icke unterhalten. Bill stimmte mir zu, daß dieser Planet Sirus möglicherweise bisher von den Astronomen einfach übersehen wurde. Gut möglich, daß er von einem anderen, größeren Planeten verdeckt wurde.

Der Emir von Kuwait hat versprochen, nächstes Jahr Parlamentswahlen abhalten zu lassen. Er hat angekündigt, daß auch Frauen zur Wahl gehen dürfen. Gut für Sie, Sir!

Dienstag, 9. April

John Major wurde von der Presse wegen seiner Schulabschlußnoten ins Kreuzverhör genommen. Ich hoffe, die Debatte erinnert Brown nicht an meinen nicht-existenten Abschluß in Biologie. Warum, warum bloß bin ich nicht als Amerikaner auf die Welt gekommen? Bei denen bekommen die Collegestudenten Multiple-Choice-Tests als Abschlußprüfung. Die Doofköppe brauchen nichts anderes zu machen, als die Antworten anzukreuzen, die sie für die richtigen halten.

Beispiel:	Frage:	Wer hat Amerika entdeckt?
	War es:	a) Kolumbus?
		b) Mickymaus?
		c) Rambo?

Mittwoch, 10. April

Bill Blane hat mich eingeladen, morgen nach der Arbeit mit ihm ein Bier trinken zu gehen. Das könnte der Beginn einer neuen Freundschaft sein.

Donnerstag, 11. April

Bill wollte sich mit mir über Megan unterhalten. Er hat tatsächlich den ganzen Abend über nichts anderes geredet. Abgesehen davon, daß ich ihn, wenn ich wieder an der Reihe war, gefragt habe: »Noch mal das gleiche?«, bin ich überhaupt nicht zu Wort gekommen. Hab viel zuviel getrunken (drei Halbe) und mich in meinem beschwipsten Zustand auf den Weg zu Pandoras Wohnung aufgemacht, bis ich meinen Irrtum erkannte und meine Schritte wieder in Richtung des Hauses Hedge lenkte.

Freitag, 12. April

Heute abend an *Seht! Die flachen Hügel meiner Heimat* gearbeitet. Habe Kapitel elf angefangen:

> Nachdem er den Hügelkamm erklommen hatte, blickte er nach Osten und sah vor sich die Stadt Leicester im sterbenden Licht der Abendsonne erglühen. Die Wohntürme reflektierten die scharlachroten Sonnenstrahlen, warfen sie gegen die Fabrikschornsteine und das mehrstöckige Parkhaus der Royal Infirmary. Voll freudiger Erwartung und in der Gewißheit, daß er schon bald über die mit zahllosen Flickstellen übersäten Betonstraßen seiner Heimatstadt wandern würde, stieß er einen Seufzer aus. Er hätte einen diskreteren Weg in die Stadt nehmen, an der Ausfahrt 23 von der Autobahn abbiegen können, aber er zog diesen Weg vor, die Route der Viehtreiber, die die Schafe in die Stadt führten. Im übrigen besaß er kein Auto.
>
> Er war zu lange fort gewesen, dachte er bei sich. Er war der weiten Welt und ihrer Attraktionen überdrüssig geworden. Sein Herz gehörte Leicester. Er schritt den Hügel hinab,

und seine Augen füllten sich mit Tränen. Vielleicht war es der Wind? Oder der Schmerz der langen Trennung? Er würde es nie wissen. Die Sonne verschwand hinter dem mächtigen Gebäude der Allianzversicherung und der Zentrale der Leicester Building Society, und er spürte, wie die schwarzen Finger der Nacht ihn heimlich umschlangen. Bald war es ganz dunkel. Und weiter stieg er hinab. Tiefer und tiefer.

Nicht viele Menschen wissen, daß Leicester in einer Senke liegt, überlegte er. Kein Wunder, daß es die Bronchitishochburg der Welt ist, dachte er. Bald hatte er den Fuß des Hügels erreicht und befand sich auf flachem Boden.

Ich glaube, das ist wahrscheinlich das Beste, was ich je geschrieben habe. Es ist phantastisch. Ich hoffe, ich werde dieses Niveau bis zum Ende des Romans durchhalten können.

Samstag, 13. April

Notizen zu *Seht!*:

a) Soll ich meinem Helden einen Namen geben? Oder soll ich ihn weiterhin *»er«, »ihn«* etc. nennen?
b) Soll die Geschichte lebendiger sein? Im Moment passiert nicht viel. *Er* geht aus Leicester fort, dann kehrt *er* nach Leicester zurück. Soll ich den Leser wissen lassen, was *er* in der Zwischenzeit erlebt hat?
c) Soll *er* Geschlechtsverkehr haben oder einkaufen gehen? In den meisten modernen Romanen kommt das eine oder das andere vor – offenbar findet das lesende Publikum Gefallen an diesen Dingen.

Beschreibungen (irgendwo einzufügen):

Der Baum beugte sich im Wind wie ein Rentner in Land's End.

Das Spiegelei brutzelte in der Pfanne wie ein alter Mann, der in einem National-Health-Krankenhaus der dreißiger Jahre einen tuberkulösen Hustenanfall erleidet.

Ihre Brüste waren so prall wie Heißluftballons.
Ihr Gesicht war von Ärger erfüllt, ihre Augen flackerten wie ein verrückt gewordener Leuchtturm, dessen Docht eine Reinigung nötig hatte.

Der Tee tat gut. *Er* schlürfte ihn dankbar wie ein afrikanischer Elefant, der kurz zuvor festgestellt hatte, daß seine Wasserstelle ausgetrocknet war, sich dann aber an eine andere erinnert hatte und dorthin gegangen war.

Von jetzt an werde ich solche Gedanken und Ideen, die mir in den Sinn kommen, niederschreiben. Sie sind viel zu gut, um sie zu verschwenden. Es sieht so aus, als ob eine Veröffentlichung in immer nähere Reichweite rückt.

Sonntag, 14. April

Um 8.30 Uhr aufgewacht, dann gefrühstückt: Cornflakes, Toast, braunen Kompott, zwei Tassen Tee. *Sunday Times* und *Observer* gekauft. Bianca nicht im Laden. *Das Tagebuch eines Einfaltspinsels* auf Platz sieben vorgerückt. Umgezogen und Blazer angezogen. Spaziergang über die Outer Ring Road gemacht, dann zurück nach Hause. Blazer gebürstet und auf Bügel gehängt. Auf Bett gelegen. Geschlafen. Aufgewacht, Blazer angezogen, ausgegangen, bei Pizza Hut Pizza gegessen. Zurückgekommen, auf Bett gelegen, geschlafen. Aufgewacht, gebadet, Schlafanzug und Bademantel angezogen. Zehennägel geschnitten, Bart getrimmt, Haut untersucht. Kassetten alphabetisch geordnet, von Abba bis Warschaukonzert. Nach unten gegangen. Mrs. Hedge in der Küche, in Tränen aufgelöst am Küchentisch. »Ich habe niemanden, dem ich meine Sorgen anvertrauen kann«, heulte sie. Sandwiches mit Krabbenpaste gemacht. Zu Bett gegangen. Tagebucheintragungen gemacht. So kann es nicht weitergehen; im Gefängnis hätte ich mehr soziale Kontakte als hier.

Montag, 15. April

Habe Dr. Abrahams aufgesucht, den Betriebsarzt beim Umweltministerium, und ihm gesagt, ich hätte Depressionen. Er sagte mir, er habe auch Depressionen. Ich habe ihm erklärt, daß mein Leben sinnlos ist und daß ich meine Ziele nicht erreicht habe. Er sagte mir, sein Traum sei es gewesen, mit 44 Gynäkologe der Queen zu sein. Ich fragte ihn, wie alt er sei. Er sagte, er sei 45. Armer alter Teufel. Er hat mir etwas gegen meine Depressionen verschrieben. Ich fragte die Apothekerin, ob das Mittel irgendwelche Nebenwirkungen habe.

»Nun, es beeinträchtigt die Konzentrationsfähigkeit«, sagte sie. »Es könnte eine Einschränkung Ihrer Bewegungsfähigkeit verursachen. Ihr Herzschlag wird sich beschleunigen. Möglicherweise können Schweißausbrüche und Zittern auftreten sowie Verstopfung und Schwierigkeiten beim Wasserlassen. Ziemlich deprimierend, nicht wahr?«

Ich stimmte ihr zu und zerriß das Rezept.

Mittwoch, 17. April

Rocky hat mich heute morgen in seiner Limousine zur Arbeit gefahren. Wir haben über Pandora diskutiert, darüber, wie arrogant sie ist, etc. Rocky meinte: »Aber weißt du, Aid, ich werd die Kleine immer lieben, sie is, weißte, irgendwie *einzigartig*.«

Ich machte Rocky ein Kompliment zum Gebrauch von »einzigartig«.

Rocky erzählte mir, daß seine Freundin, Carly Pick, ihm neue Wörter beibringe.

Ich sagte: »Sie erweitert also deinen Wortschatz?« Aber er hat mich nur groß angesehen, woraus ich schloß, daß sie ihn noch nicht lange unterrichtet.

Als der Wagen vor dem Umweltministerium vorfuhr, bemerkte ich zu meiner Freude, daß Brown gerade aus seinem Bürofenster sah. Er ist schnell weggetaucht, aber er muß gesehen haben, wie ich aus der Limousine gestiegen bin. Es wird Brown nicht schaden zu wissen, daß ich mit den Reichen und Mächtigen verkehre.

Robert Maxwell hat den *Mirror* gerettet. Er ist ein Heiliger!

Donnerstag, 18. April

Die Molche in Newport Pagnell scheinen sich endlich beruhigt zu haben, Gott sei Dank. Die Straßenplanung ist fertiggestellt, und nächsten Monat wird mit den Bauarbeiten begonnen.

Mrs. Brown kam heute ins Büro. Sie hatte im Ashmolean Museum ihre Handtasche verloren. Brown zeigte keine Spur von Mitgefühl. Bevor er die Tür zu seinem Büro zumachte, hörte ich ihn sagen: »Das ist das zweite Mal in diesem Jahr, du blöde Kuh.« Mit Megan hätte er niemals so gesprochen. Mrs. Brown ist sehr hübsch. Sie kleidet sich nur so grauenhaft. Es ist, als ob ein Irrer in ihrem Kleiderschrank wohnt, der ihr vorschreibt, was sie jeden Morgen anziehen soll. In Oxford kann sie es sich leisten, lächerlich auszusehen. Die Leute halten sie wahrscheinlich für eine von diesen bescheuerten Professorinnen. Aber in Leicester würde sie zur Zielscheibe des Spotts werden.

Samstag, 20. April

Mrs. Hedge heute morgen wieder in Tränen aufgelöst. Ich muß fort aus diesem Jammertal. Ich brauche fröhliche Menschen um mich herum.

Bianca hat mir heute morgen eine Karte gegeben. Darauf stand in einer wilden Handschrift:

> ZIMMER ZU VERMIETEN
>
> Akademikerhaushalt ist bereit, einer toleranten Person (männl. od. weibl.) ein Zimmer gegen leichte Hausarbeit/Kinder-/Katzenhüten kostenlos zur Verfügung zu stellen. Interessant für berufstätige Person mit weitgehend freien Abenden. Bitte rufen Sie Dr. Palmer an.

Habe sofort aus der Telefonzelle vor dem Zeitungsladen angerufen. Ein Typ meldete sich.

DR. PALMER:	Christian Palmer am Apparat.
ICH:	Dr. Palmer, mein Name ist Adrian Mole. Ich habe soeben Ihre Karte im Zeitungsladen gelesen.
DR. P.:	Wann können Sie anfangen?
ICH:	Womit anfangen?
DR. P.:	Die verdammten Kids zu hüten.
ICH:	Aber Sie kennen mich doch noch gar nicht.
DR. P.:	Sie klingen okay, und Sie haben bereits bewiesen, daß Sie ein Telefon bedienen können. Sie können also kein völliger Einfaltspinsel sein. Sind Sie noch im Vollbesitz Ihrer körperlichen Fähigkeiten: Gliedmaßen, Augenlicht?
ICH:	Ja.
DR. P.:	Sind Sie jemals wegen Kindesmißhandlung belangt worden?
ICH:	Nein.
DR. P.:	Haben Sie irgendwelche besonders ekligen Angewohnheiten?
ICH:	Nein.
DR. P.:	Gut. Wann können Sie anfangen? Ich bin hier auf mich allein gestellt. Meine Frau ist in den Staaten.

Der Telefonhörer wurde fallen gelassen. Plötzlich hörte ich Palmer brüllen: »Tamsin, schraub den Deckel wieder auf die Flasche mit dem Entfärber. Sofort!«

Dann kam er zurück ans Telefon und gab mir seine Adresse in der Branbury Road.

Bin in den Zeitungsladen gegangen, um Bianca zu fragen, welche Zeitungen und Zeitschriften Palmer liest. Daran läßt sich ablesen, ob der Mann Charakter hat. Es war eine verblüffende Liste:

Zeitungen: *The Observer*, *The Daily Telegraph*, *The Sun*, *The Washington Post*, *The Oxford Mail*, *The Independent*, *The Sunday Times*, *Today*.

Zeitschriften: *Time Out*, *Private Eye*, *Just Seventeen*, *Vogue*, *Brides*, *Forum*, *Computer Weekly*, *Woman's Own*, *Paris Match*, *Gardening Today*, *Hello!*, *The Spectator*, *The Literary Review*, *Socialist Outpost*, *The Beano*, *Angler's Weekly*, *Canoeist*, *Viz*, *Interiors*, *Goal!*

Ich unterbrach sie und sagte: »Palmer muß ein Vermögen für seine Zeitungen ausgeben. Wie bezahlt er seine Rechnung?«

»Unregelmäßig«, erwiderte sie.

Sonntag, 21. April

Dr. Palmer ist groß und dünn und trägt eine Frisur wie Elvis Presley in seiner Silberne-Gewänder-in-Los-Angeles-Phase. Seine ersten Worte an mich waren: »Sind Sie unterwegs zu einer vornehmen Party?« Er lachte und befühlte das Revers an meinem Jackett.

Ich murmelte irgend etwas Unverfängliches, und er fragte: »Ist der Bart echt?«

Ich versicherte ihm, daß ich ihn höchstpersönlich hatte wachsen lassen. »Wie alt sind Sie?« fragte er.

»Vierundzwanzig«, sagte ich. Er lachte ganz merkwürdig, es hörte sich an wie ein Hundebellen. »*Vierundzwanzig*«, sagte er, »und warum wollen Sie dann unbedingt herumlaufen wie der verdammte Jack Hawkins?«

»Wer ist Jack Hawkins?« fragte ich.

»Ein Filmstar«, erwiderte er. »Jeder kennt Jack Hawkins.« Aus irgendeinem Grund wirkte er genervt. »Na ja, das heißt, es sei denn, man ist vierundzwanzig.«

Wir standen noch immer auf der Türschwelle von seinem baufälligen Haus. Eine Batterie von schmutzigen, ungespülten Milchflaschen stand vor der Tür. Ein kleines Kind undefinierbaren Geschlechts kam aus der Diele gelaufen und zupfte an Palmers Hosenbein. »Komm mal gucken, Daddy. Ich hab 'n Riesenhaufen gemacht!« sagte es.

Wir gingen alle drei in einen sehr großen Raum, der Küche, Wohnzimmer und Arbeitszimmer zugleich zu sein schien. Mitten in dem Zimmer stand ein Töpfchen in Form eines Elefanten.

Dr. Palmer schaute hinein und rief aus: »Tamsin, das ist wirklich ein wundervolles Stück Scheiße!«

Ich wandte mich ab, als er den Topf aus dem Zimmer trug. Dann hörte ich ihn rufen: »Alpha! Griffith! Kommt mal gucken, was Tamsin gemacht hat!« Auf der Treppe ertönte ein Donnern. Als ich einen Blick in die Diele warf, sah ich zwei weitere androgyne Kinder, die den Inhalt des Topfes begutachteten und ausriefen: »Boah!« und: »Ein Megaschiß!«

Während ich vor dem Spiegel über dem großen Kamin meinen Blazer zurechtrückte, dachte ich, daß dieser Haushalt für jemanden mit meinem Temperament ungeeignet war. Ich mag es nicht, kleine Kinder fluchen zu hören, und ich habe es lieber, wenn sie anständig angezogen sind und Frisuren tragen, die einen Hinweis darauf geben, welchem Geschlecht sie angehören. Als Dr. Palmer jedoch mit geleertem Topf zurückkam, stellte ich zu meiner Erleichterung fest, daß er anfing, sich die Hände abzutrocknen, woraus ich schloß, daß er zumindest mit den wesentlichen Grundsätzen der Hygiene vertraut ist. Ich willigte ein, mir das kostenlose Zimmer einmal anzusehen. Wir stiegen die Treppe hinauf, gefolgt von Tamsin, Griffith und Alpha, die sich in einer Sprache unterhielten, die ich nicht verstand.

»Sprechen sie walisisch?« fragte ich.

»Nein«, sagte Dr. Palmer lachend. »Das ist Umbagumba. Das ist ihre eigene Sprache. Sie tragen ihre Umbagumbakleider.«

Ich besah mir die Lumpen aus Stoffetzen und Schals usw., mit denen die Kinder sich ausstaffiert hatten, und war sehr erleichtert darüber, daß es sich nicht um ihre normale Art der Kleidung handelte. Ich hatte auch früher meine eigene Phantasiesprache (Ikbak), bis mein Vater sie auf einer langen Autofahrt nach Skegness aus mir herausprügelte.

Das »kostenlose« Zimmer entpuppte sich als das gesamte Dachgeschoß. An einem Ende befand sich eine Küche und an dem anderen ein privates Badezimmer. Ein richtiger Schreibtisch stand da. Ich konnte mir gut vorstellen, an diesem Schreibtisch die Druckfahnen von *Seht!* zu lesen.

»Sie können hier oben tun und lassen, was Sie wollen«, sagte Palmer, »ausgenommen, sich als Serienmörder betätigen.«

»Sind Sie Lehrer?« erlaubte ich mir zu fragen.

»Nein«, sagte er, »ich leite ein Forschungsprojekt über zeitgenössische Kultur. Wir versuchen herauszufinden, warum Leute in Kneipen, Discos, Bingohallen, ins Kino und dergleichen gehen.«

»Das tun sie, um sich zu amüsieren, nicht wahr?« sagte ich.

Palmer lachte erneut. »Yeah, aber ich muß dieser äußerst simplen Erklärung in einer dreijährigen Studie und einem siebenhundert Seiten langen Forschungsbericht auf den Grund gehen.«

Während wir wieder nach unten gingen, erklärte ich Dr. Palmer, daß ich nicht nur ein idealer Mieter, sondern außerdem ein Romancier und Dichter sei.

Er stöhnte und sagte: »Solange Sie mich *niemals* bitten, Ihre Manuskripte zu lesen, werden wir die besten Freunde bleiben.«

Nachdem er ein paar Kaffeebohnen gemahlen hatte, kochte er mir einen Kaffee und erzählte mir von seiner Frau Cassandra, die zur Zeit in Los Angeles ist und bei einem Film über Verstümmelungen Regie führt. Nach dem, wie er sie beschrieb, muß sie eine grauenhafte Person sein, aber er behauptet, daß er sie vermißt. Ich bin zu müde und verwirrt, um noch mehr zu schreiben. Dr. Palmer hat mir gesagt, daß er bis spätestens Mittwoch wissen muß, ob ich das Zimmer nehme. Er muß am Freitag zu einer Dart-Meisterschaft fahren.

Montag, 22. April

Soll ich gehen, oder soll ich bleiben?

Kann ich es aushalten, an vier Abenden die Woche drei Kinder zu hüten?

Ich könnte 75 Pfund pro Woche sparen. Das wären in einem Jahr…? Wie immer, sobald ich mit Kopfrechnen konfrontiert werde, verläßt mein Verstand meinen Körper und spaziert aus dem Zimmer.

Gott sei Dank gibt es Taschenrechner. Neunhundert Pfund! Ich müßte noch nicht mal mein soziales Leben opfern. Schließlich habe ich sowieso keins, und wenn ich Glück habe, bleibt Mrs. Palmer in Amerika oder fällt in die Niagarafälle oder sonstwas.

Donnerstag, 25. April

Habe Palmer aus dem Büro angerufen und ihm gesagt, daß ich heute abend einziehen werde. Habe Pandora angerufen, um zu fragen, ob Cavendish mir beim Umzug helfen könnte.

»Umzug?« fragte sie. »Schon wieder?« Dann: »Du ziehst ja öfter um als ein Flohzirkus.«

Habe Mrs. Hedge angerufen und sie gebeten, meine Pullover mit V-Ausschnitt aus der Waschmaschine zu nehmen und sie zum Trocknen in meinem Zimmer über die Heizung zu hängen. Habe ihr gesagt, daß ich ausziehe.

»Irgendwann zieht jeder aus«, sagte sie.

Habe meine Mutter angerufen und ihr für den Fall einer Familientragödie meine neue Adresse gegeben. Sie hielt sich eine halbe Stunde lang dran, mir von den Rücktrittsdrohungen Präsident Gorbatschows zu erzählen und daß sie den Zusammenbruch der UdSSR prophezeit. Ich fiel ihr irgendwann ins Wort und sagte: »Ich interessiere mich nicht mehr für die Geschehnisse in der Welt. Ich kann sie sowieso nicht beeinflussen, warum also soll ich mich damit belasten?«

Habe Großmutter in Leicester angerufen und lange mit ihr über Prinzessin Diana geplaudert. Großmutter sagte, sie habe den Eindruck, daß Diana in letzter Zeit gar nicht glücklich ausgesehen hat. Ich brachte meinerseits meine Besorgnis zum Ausdruck. Diana ist zu dünn.

Market Harborough Building Society angerufen, um neue Adresse anzugeben.

Bei Waterstone's angerufen. Habe so getan, als sei ich ein wütender Leser, und damit gedroht, Anzeige gegen die Buchhandlung zu erstatten wegen des Verkaufs von Pornographie, z. B. *Das Tagebuch eines Einfaltspinsels.*

Megan angerufen und mich als Brown ausgegeben. Habe seine scheußliche, quäkende Stimme nachgeahmt und gesagt: »Mein Gott, ich liebe dich, Megan.«

Schließlich polterte Brown in mein Büro und verlangte, daß ich mit dem Telefonieren aufhöre. Ich kann nur hoffen, daß er nicht an der Tür gelauscht hat.

Hatte das dringende Bedürfnis, Leonora noch einmal aufzusuchen. Sie war bereit, mich sofort zu empfangen. Sie trug ein weißes Kleid. Sie sah aus wie eine zum Opfer auserkorene Jungfrau. Ich wollte sie deflorieren, redete aber nur über Bianca. Leonora lehnte sich zu mir herüber, so daß ich einen tiefen Einblick in ihr sonnengebräuntes Dekolleté erhielt. Irgendwie sagte ich dann, daß ich mich für Bianca interessiere, obschon ich ihren kleinen Busen enttäuschend finde.

»Aber Sie könnten Bianca lieben?« fragte Leonora.

»Das ist eine lächerliche Vorstellung«, sagte ich. »Nicht die Gedanken an *Bianca* rauben mir den Schlaf, sondern die Gedanken an *Sie*.«

Leonora seufzte und sagte: »Ich schlage vor, daß Sie diese Freundschaft mit Bianca pflegen. Ich bin eine verheiratete Frau, Adrian. Ihre Zwangsvorstellungen, was meine Person angeht, sind typisch für das Verhältnis zwischen Therapeutin und Klient. So etwas nennt man Übertragung. Sie müssen die Wahrheit über Ihre Gefühle akzeptieren.«

»Die Wahrheit über meine Gefühle ist, daß ich Sie nicht liebe«, sagte ich. »Ich möchte nur mit Ihnen ins Bett gehen.«

»Dreißig Pfund bitte«, sagte Leonora.

Ich kam mir vor wie ein Freier, der eine Hure bezahlt.

Freitag, 26. April

TAG DES UMZUGS

Cavendish und Palmer sind alte Freunde. Als sie sich gegenüberstanden, zogen sie diese Mit-den-Armen-gegenseitig-um-die-Schulter-fassen-und-dann-Grinsen-und-Händeschütteln-Nummer ab, die so viele Männer in Oxford neuerdings praktizieren. Während ich meine Habseligkeiten aus der Ladefläche des schwarzen Volvo räumte und gleichzeitig versuchte, mir Tamsin, Griffith und Alpha vom Hals zu halten, hörte ich Cavendish und Palmer im Wohnzimmer lachen wie zwei Verrückte. Ich bin mir nicht sicher, aber ich glaube, sie haben das Wort »Blazer« erwähnt. Die Kinder haben den ganzen Abend lang Umbagumba gesprochen, bis ihr Vater um 23.30 Uhr nach Hause kam. Sie haben sich glatt geweigert, ins Bett zu gehen oder sich mit mir auf englisch zu unterhalten. Statt dessen lagen sie die ganze Zeit unter dem massiven Kiefernholztisch auf einem Stapel Kissen und quasselten in ihrer Phantasiesprache. Es war wie im Ausland; ich brauchte nur die Augen zuzumachen.

Samstag, 27. April

Habe mir heute morgen *Das Weiße Hotel* von D. M. Thomas gekauft. Wenn es auch nur halb so gut ist wie *Das Grandhotel Babylon* von Arnold Bennett, werde ich mehr als zufrieden sein. Als Christian sah, wie ich das Buch aus meiner Plastiktüte nahm, zog er die Augenbrauen hoch und sagte: »Lassen Sie das bloß nicht herumliegen. Alpha ist lesealtermäßig schon dreizehn.«

»Sie sollten Ihr Kind zum Lesen ermutigen«, sagte ich.

»*Das Weiße Hotel* ist wohl kaum die geeignete Lektüre für ein Kind, das immer noch glaubt, am Ende des Gartens leben Feen«, sagte Palmer scharf.

Ich muß gestehen, daß ich überrascht war. Ich war gestern am Ende des Gartens. Er ist übersät mit verrottendem Spielzeug und stinkenden Gartenabfällen. Nicht gerade das Feenland.

Habe um 23.30 Uhr *Das Weiße Hotel* aufgeschlagen. Nachdem ich zehn Minuten lang darin gelesen hatte, bin ich aufgestanden und habe meine Tür verriegelt. Dieses Buch darf niemals in Alphas Hände fallen.

Montag, 29. April

Kinder gehütet. Christian ist mit Diktaphon und Klemmbrett zum Halbfinale der Dart-Meisterschaften gefahren. Ob die schmerbäuchigen Dartspieler wohl wissen, daß sie Gegenstand eines Forschungsprojekts sind? Ich bezweifle es. Sie scheinen alle an einer Einengung des Gesichtsfeldes zu leiden, was ja auch ein Vorteil sein kann, wenn man seinen Lebensunterhalt mit Dartwerfen verdient.

Christian hat mir heute erzählt, daß Bianca sich nach mir erkundigt hat. Sie wollte wissen, ob ich mich schon häuslich eingerichtet hätte. Er hat ihr gesagt, daß die Kinder mich mögen. Ich wünschte, er hätte mir das gesagt. Christian wollte wissen, warum ich Bianca nicht einlade, mit mir auszugehen. Ich habe ihm ganz lässig geantwortet, daß ich zuviel zu tun habe. Aber, liebes Tagebuch, in Wahrheit habe ich nur Angst, daß sie *meine Einladung ablehnen könnte*. Mein Ego ist zart und zerbrechlich, und außerdem frage ich mich, ob ich mich an eine Person binden möchte, die in einem Zeitungsladen arbeitet.

Anmerkungen zu Bianca:

Nachteile

1. Sie sieht ganz nett aus, ist aber keine ausgesprochene Schönheit wie Leonora, die den Straßenverkehr zum Erliegen bringen könnte.
2. Als ich ihr gegenüber erwähnte, daß mein Fußweg zum Zeitungsladen mich auf angenehme Art an Tschechow erinnert hat, weil die Kirschbäume in Blüte standen, hat sie mich nur groß angesehen und gefragt, wer Tschechow sei.
3. Sie hat kein gebärfreudiges Becken.

4. Sie trägt Doc-Marten-Boots.
5. Sie ist ein Fan von Guns 'n' Roses.

Vorteile

1. Sie ist freundlich, besonders zu den Kindern, die ewig über den Süßigkeiten im Zeitungsladen hängen.
2. Anscheinend kann ich sie leicht zum Lachen bringen.
3. Ihre Haut wirkt wie weiße Seide. Jedesmal, wenn ich in ihrer Nähe bin, habe ich das seltsame Bedürfnis, ihre Wangen zu streicheln.

Dienstag, 30. April

Ich bin froh, daß der April vorbei ist. Es ist ein bittersüßer Monat. Die Blüten sind aufgegangen, aber der Wind fegt kräftig und bringt einem die Hosenbeine so zum Flattern, daß man sie in die Socken steckt.

Bart inzwischen recht buschig. Essensreste bleiben darin hängen. Um 9.30 Uhr machte Brown mich auf ein Stück Eiweiß aufmerksam, das mir am Bart klebte. Hatte heute morgen um 7.30 Uhr ein gekochtes Ei gegessen. Seitdem habe ich mit mindestens dreißig Leuten gesprochen oder bin von ihnen gesehen worden. Warum hat mich niemand darauf aufmerksam gemacht, daß ein Stück Eiweiß an meinem Bart klebte? Nicht, daß es ein *kleines Stück* gewesen wäre. Für Eiweiß war es ein ziemlich großes Stück, und als solches war es unmöglich zu übersehen. Werde mir einen Taschenspiegel kaufen müssen, um meinen Bart regelmäßig nach den Mahlzeiten inspizieren zu können. Ich kann es mir nicht leisten, daß mir eine solche Peinlichkeit ein zweites Mal passiert.

Mittwoch, 1. Mai

Kinder gehütet. Griffith bat mich, ihm beim Modellbau einer Scud-Rakete zu helfen, die er aus einer leeren Klopapierrolle und zerschnittenen Teilen einer Spüliflasche bastelt. Habe ihn darauf hingewiesen, daß ich Pazifist bin.

Griffith (sechs) sagte: »Wenn deine Schwester von einer Bande brutaler Schläger angegriffen würde, würdest du untätig zusehen?«

»Ja«, sagte ich. Griffith kennt meine Schwester Rosie nicht. Sie ist durchaus in der Lage, mit einer Bande brutaler Schläger allein fertig zu werden.

Christian kam um 23 Uhr von seinem Karaoke-Abend zurück. Offenbar war er gezwungen, »Love is a Many Splendoured Thing« zu singen, um seine Tarnung nicht auffliegen zu lassen. Sein Forschungsauftrag ist also tatsächlich eine Undercover-Aktion. Das erklärt, warum Christian seine abgetragenen Jeans gegen eine Polyesterhose mit Bügelfalten austauscht, wenn er sich unter die ahnungslosen Geier aus der Unterschicht mischt.

Donnerstag, 2. Mai

Habe alles, was es an *Seht! Die flachen Hügel meiner Heimat* bisher gibt, gelesen. Es ist von der ersten bis zur letzten Seite Schrott.

Freitag, 3. Mai

War vielleicht zu hart gestern abend. *Seht!* enthält Passagen, die einfach brillant sind. Ungefähr fünf.

Samstag, 4. Mai

Habe *Seht!* über Nacht auf dem Küchentisch liegenlassen. Kein Kommentar von Christian heute morgen, aber Alpha sagte: »Du hast auf Seite vier ›Erfolg‹ falsch geschrieben. Das schreibt man mit ›g‹ am Ende.« Christian hat noch nicht mal von seiner *Sun* aufgesehen.

Wenn es etwas gibt, das ich auf den Tod nicht ausstehen kann, dann ist es ein altkluges Kind. Das ist vollkommen unnatürlich. Ich war in Versuchung, Alpha zu sagen, daß jede Fee, die in dem Drecksloch am Ende des Gartens lebt, gegen Tetanus geimpft werden sollte, aber ich tat es nicht.

Habe heute morgen den neuen Plumbs-Katalog erhalten, in dem mir vier Kissen im Gobelin-Look zum Sonderpreis von £ 27,99 angeboten wurden. Wie haben die mich gefunden? Der Umschlag kam direkt von Plumbs in die Branbury Road. Beobachten die mich etwa?

Sonntag, 5. Mai

Habe meinen Blazer angezogen und um 14 Uhr meinen gewohnten Spaziergang über die Outer Ring Road gemacht. Irgend so ein alter Knacker in einem Morris Minor hielt an und wollte von mir wissen, wie er zum Oxford Bowling Club käme. Als ob *ich* das wüßte! Bei meiner Rückkehr war das Haus voll mit Freunden von Christian, die sich zu einer »Fondue-Party« eingefunden hatten, wie er das beschrieb. Sie tauchten rohes Gemüse in einen übelriechenden Topf, der etwas enthielt, das aussah wie gelbe Dispersionsfarbe. Ich lehnte die Einladung, mich zu ihnen zu gesellen, ab.

Montag, 6. Mai

Bianca kam heute morgen am Haus vorbei, als ich gerade zur Arbeit aufbrach. So konnten wir ein Stück des Wegs gemeinsam gehen. Als wir an der Ampel über die Straße gingen, berührten sich unsere Hände. Mir fuhr ein elektrischer Schock durch die Glieder. Habe mich entschuldigt und meine Hand in die Tasche meines Regenmantels gesteckt, damit mir das nicht noch einmal passiert. Sie nahm ihren Sony-Kopfhörer ab und bot mir an, mir die Guns 'n' Roses anzuhören. Nach fünf Minuten gab ich ihn ihr zurück. Konnte den Krach nicht ertragen.

Dienstag, 7. Mai

Heute morgen Bianca wieder vor dem Haus getroffen. Ich weiß nicht, warum sie immer durch diese Straße kommt. Sie liegt nicht auf ihrem Weg zur Arbeit.

Kinder gehütet. Sie sind um 21.30 Uhr ins Bett gegangen,

nachdem ich ihnen die ersten drei Kapitel von *Seht!* vorgelesen habe. Ausnahmsweise wirkten sie recht müde, gähnten usw.

Mittwoch, 8. Mai

Bianca schon wieder vor dem Haus. Sie band sich gerade die Schnürsenkel an ihren Docs zu. Sie erzählte mir, daß sie sich abends langweilt – sie hat nicht so viele Freunde in Oxford. Vor allem vermißt sie das Kino, aber sie hat es satt, immer allein hinzugehen. Sie ließ sich endlos über Al Pacino aus. Sie hat sich *Sea of Love* siebenmal angesehen. Ich hab den Film nicht ein einziges Mal gesehen. Ich persönlich kann den Mann nicht ausstehen. Habe ihr gesagt, daß ich auch seit ewigen Zeiten nicht mehr im Kino war. Als wir uns vor dem Zeitungsladen verabschiedeten, wirkte sie irritiert. Wahrscheinlich prämenstruelle Verstimmung.

Donnerstag, 9. Mai

Kinder gehütet. Habe ihnen um 19. 30 Uhr angeboten, aus *Seht!* vorzulesen, aber sie sagten wie aus einem Munde, sie seien müde und wollten ins Bett gehen! Verbrachte einen ruhigen Abend und hatte Zeit, meine Arbeitskleidung und meinen Bart zu waschen. Christian kam um 1 Uhr nach Hause, nachdem er in einem indischen Restaurant eine Schlägerei beobachtet hatte. Habe ihm geraten, seine Hose über Nacht in kaltem Wasser einzuweichen. Gelbwurz verursacht so ziemlich die hartnäckigsten Flecken, die der Menschheit bekannt sind. Wenn das Zeug sich einmal festgesetzt hat, klebt es wie Pech und Schwefel.

Montag, 13. Mai

Fürchterlicher Skandal heute mittag! Megan Harris und Bill Blane wurden beim Fotokopieren ihrer Geschlechtsteile erwischt! Es wäre nicht aufgefallen, wenn die Maschine keinen Papierstau gehabt hätte. Sie sind beide bei vollem Gehalt vom Dienst suspendiert worden. Jetzt erwartet sie ein Disziplinarverfahren. Mir ist die Sache ganz recht. Immerhin wurde mir dadurch erspart, zweihundert Seiten Gefasel über die Newport-Pagnell-Molche zu fotokopieren.

Dienstag, 14. Mai

Das ist absolut unfair. Weil Bill suspendiert ist, habe ich jetzt die ganze Verantwortung für die Dachsabteilung am Hals. Brown hat mir die Fallstudien über die Dachse auf den Tisch geknallt und gesagt: »Sie sind Bills Freund. Kümmern Sie sich um den Kram.«

Bloß weil Brown derjenige war, der die Tür zum Fotokopierraum aufbrechen mußte, ist das noch lange kein Grund, die Sache an mir auszulassen. Er mag eine Geliebte und eine Sekretärin verloren haben, aber er sollte sich an das erinnern, was er auf der Managerschulung gelernt hat, und einen klaren Kopf bewahren.

Mittwoch, 15. Mai

Bin heute im Morgengrauen aufgestanden und mit dem Taxi zu den Dachsen gefahren. Ich muß unbedingt Autofahren lernen. Auf der Rückfahrt hat der Taxifahrer sich die ganze Zeit über den Gestank beschwert. Dabei befand sich der frische Dachskot in einer verschlossenen Dose des Umweltministeriums. Es ist mir also ein Rätsel, wie der Geruch mit der Nase des Taxifahrers in Berührung kommen konnte. Was mich persönlich betrifft, ich fand den Geruch, der seinem Frischluftspender Marke »Kiefernnadelduft« entströmte, wesentlich unangenehmer.

Freitag, 17. Mai

Jetzt stecke ich schon über beide Ohren in Molchen und Dachsen, und nun kommt Brown und macht Andeutungen, daß er mir womöglich noch die Verantwortung für die *Kreuzkröten* aufhalsen will! Offenbar versucht er, mich dazu zu zwingen, daß ich meinen Job aufgebe oder wegen Überarbeitung einen Nervenzusammenbruch erleide.

Im Büro werden Fotokopien von Bills und Megans Geschlechtsteilen herumgereicht. Ich finde das absolut ekelhaft – eine rücksichtslose Invasion in ihre Privatsphäre, ganz zu schweigen von ihren privaten Körperteilen. Im übrigen sind die Fotokopien so verschwommen, daß man überhaupt nicht erkennen kann, was von Bill ist und was von Megan. Dieser Fotokopierer hat noch nie vernünftig funktioniert.

Bianca kam heute abend und brachte Palmers Zeitungsrechnung. Ich habe die Tür aufgemacht und hätte sie gerne hereingebeten, aber ich wollte nicht, daß sie denkt, ich hätte etwa Geschlechtsverkehr im Sinn gehabt – obschon das natürlich der Fall war. Ich denke eigentlich immer daran. Offensichtlich hatte sie sich zur Abwechslung große Mühe mit ihrer Kleidung gegeben. Sie trug enge Jeans, hochhackige, knöchelhohe Stiefel und eine weiße Bluse, die sie in einen braunen Ledergürtel gestopft hatte. Ihr Haar war frisch gewaschen. Ich konnte das Wash 'n' Go riechen – das Shampoo, das ich selbst benutze. Es lag mir auf der Zunge, sie zu fragen, ob sie auf eine Tasse Kaffee hereinkommen will, aber irgendwas hielt mich zurück.

Sie schien überhaupt nicht von der Tür fortgehen zu wollen – sie hielt sich die ganze Zeit dran, mir zu erzählen, wie satt sie es habe, abends nichts zu tun zu haben. Ich war gezwungen, draußen im kalten Wind zu stehen, nur mit Hemd und Hose bekleidet. Bei so was kann man sich eine schlimme Erkältung holen. Werde in den nächsten Tagen regelmäßig meine Temperatur überprüfen müssen.

Sonntag, 19. Mai

Wie ich bereits geahnt hatte, bin ich am Sonntag mit Fieber aufgewacht, habe also drei Eßlöffel Night Nurse eingenommen (obschon es erst 8.30 Uhr war) und habe mich wieder ins Bett gelegt. Um 12.30 Uhr klopfte Christian an meine Tür und fragte, ob ich drei Stunden lang die Kinder hüten könnte, während er zu einer Striptease-Vorführung in einem Arbeiterclub ginge. Nach einigem Zögern erklärte ich mich dazu bereit und erhob mich mühsam aus meinem Bett.

Ich persönlich habe mir noch nie eine Stripshow angesehen. Ich würde nicht recht wissen, welche Miene ich aufsetzen sollte. Würde ich mit einstudierter Gleichgültigkeit dreinschauen so wie die Fernsehkommissare, wenn sie gezwungen sind, die letzten Heuler in irgendwelchen Stripschuppen zu verhören? Würde ich grinsen und lachen, so als ob es mich amüsierte, einer jungen Frau dabei zuzusehen, wie sie ihre Kleider ablegt? Oder würde ich immer wieder schlucken und keuchen und glotzen und dadurch denen, die mich sehen, verraten, daß ich sexuell erregt bin? Ich fürchte, letzteres würde zutreffen.

Als Christian zurückkehrte, ging ich nach oben. Er duschte mindestens eine Dreiviertelstunde lang. Ich nehme an, daß er sich symbolisch reingewaschen hat.

Heute war ein Umbagumba-Tag, habe also nicht mit den Kindern geredet – oder vielmehr, ich *konnte* nicht mit ihnen reden.

Norman Lamont will eine Sextherapeutin auf Schadensersatz verklagen. Aber *auf welche Weise* hat sie Ihnen Schaden zugefügt, Lamont? Das britische Volk hat ein Recht, das zu wissen.

Habe am Samstag einen Brief von *Reader's Digest* erhalten, daß mein Name unter Hunderten ausgewählt wurde. Ich soll einen großen Geldpreis erhalten. Ich muß nur *Reader's Digest* abonnieren! Man kann über diese Hefte die Nase rümpfen, aber es muß auch mal gesagt werden, daß sie einem vielbeschäftigten Buchliebhaber eine bequeme Möglichkeit bieten, in Sachen Literatur auf dem laufenden zu bleiben.

Habe ebenfalls Post von Plumbs erhalten. Sie bieten mir eine runde Spitzentischdecke an und dazu noch einen passenden hölzernen Tisch, falls ich noch keinen solchen besitze. Ich muß gestehen, daß ich in Versuchung war, mir beides zu kaufen.

Donnerstag, 23. Mai

Christian hat gestern eine Party gegeben, zu der auch Cavendish und Pandora geladen waren. Habe mehrmals versucht, Pan in ein Gespräch zu verwickeln, aber jedesmal merkte ich, wie ihre Augen an mir vorbeiblickten. Bin ich wirklich so ein Langweiler?

Um 20 Uhr tauchte Bianca in einem glänzenden schwarzen

Kleid auf. Habe sie Pandora vorgestellt. »Das ist ein tolles Kleid, Bianca«, sagte Pandora. »Gott, ist Lycra nicht ein wunderbares Material? Was haben wir nur angezogen, als es das noch nicht gab?« Sie haben sich ungefähr eine halbe Stunde lang über Lycra unterhalten. Meiner Meinung nach war Pandoras teure Ausbildung die reine Verschwendung.

Irgendwann müssen mindestens fünfzig Leute in der Küche/im Wohnzimmer/im Büro versammelt gewesen sein. Die meisten waren Akademiker, was man allerdings aus ihren Gesprächen niemals hätte schließen können. Die Hauptthemen waren, der Reihenfolge nach:

1. *The Archers*
2. Fußball (Paul Gascoigne)
3. Lycra
4. die Sparmaßnahmen an den Universitäten
5. Prinzessin Diana
6. Alkoholismus
7. der Oxfordmord
8. Sex
9. die Verbrennung von Rajiv Gandhi
10. der Gossard-Wonderbra

Und so was nennt sich Intellektuelle! Meine Bemühungen, über mein Buch, *Seht! Die flachen Hügel meiner Heimat*, zu reden, trafen auf kühle Gleichgültigkeit. Jawohl! Die sogenannten »besten Köpfe« des Landes hörten mir ein paar Minuten zu, nur um sich dann mit fadenscheinigen Entschuldigungen von mir abzuwenden. Einmal, als ich gerade dabei war, einem Mann namens Professor Goodchild davon zu erzählen, wie mein Held in Kapitel elf eine Lehre bei einem Schuster macht, ließ dieser mich stehen mit den Worten: »Ersparen Sie mir bitte die verfluchten Einzelheiten.«

Aber schon Minuten später hörte ich, wie er sich über sein Aquarium unterhielt und darüber, wie man es am besten säubert.

Um 23.30 Uhr hat Bianca in Begleitung eines zwielichtigen Typen mit schwarzer Lederjacke die Party verlassen. Er ist anscheinend irgendeine Koryphäe in Astrophysik, obwohl er in meinen Augen eher wie irgend so ein Schwachkopf aussah, der nicht weiß, durch welches Ende des Teleskops er gucken muß.

Beim Aufräumen nach der Party sagte Christian zu mir: »Adrian, laß dir von mir einen Rat geben, schmeiß den verdammten Blazer weg. Kauf dir ein paar moderne Klamotten!«

Worauf ich erwiderte (ziemlich geistreich, finde ich): »Lycra paßt nicht zu mir.« Einen Moment lang wirkte er verdutzt, aber dann spülte er weiter die Gläser ab.

Auch Pandora hat einen abfälligen Kommentar von sich gegeben. »Dieser scheußliche Blazer«, sagte sie, »gib ihn um Himmels willen ans Rote Kreuz.«

Vielleicht mach ich das.

Habe stundenlang wach gelegen und mir vorgestellt, wie Bianca und der Astrophysiker zusammen die Sterne betrachten. Ob er sie wohl an sein Teleskop ranläßt?

Freitag, 24. Mai

Ein Haushalt, der auf meinem Weg zur Arbeit liegt, hat sich einen Pitbullterrier zugelegt. Oberflächlich betrachtet macht der Hund einen freundlichen Eindruck. Er steht nur hinter dem Zaun und grinst. Werde jedoch in Zukunft einen anderen Weg nehmen. Das bereitet mir ziemliche Unannehmlichkeiten, aber ich kann nicht riskieren, mir mein Gesicht entstellen zu lassen. Ich möchte, daß das Foto auf dem Umschlag meines Buches mein Gesicht in meinem jetzigen Zustand zeigt und nicht mit scheußlichen Narben bedeckt. Ich weiß zwar, daß die Schönheitschirurgen heutzutage wahre Wunder vollbringen können, aber von jetzt ab werde ich kein Risiko mehr eingehen.

Brown war heute äußerst schlecht gelaunt. Er hat einen Brief von Megans Rechtsanwalt erhalten. Sie hat gedroht, ihn wegen übler Nachrede zu verklagen, es sei denn, er ist bereit, sie umgehend wieder einzustellen. Ich hoffe, Brown gibt nach. Mrs. Julia Stone, die Megans Stelle übernommen hat, ist eine von diesen souveränen Personen, die niemals ihr Geld in einem Süßigkeitsautomaten auf dem Bahnhof verschwenden.

Samstag, 25. Mai
Oxford quillt über von Touristen, die Stadtrundfahrten in Bussen mit offenem Oberdeck machen oder mit nach oben gerichtetem Blick über die Gehwege spazieren. Für uns Einheimische ist es eine große Belästigung, alle fünf Minuten von einem Fremden nach dem Weg gefragt zu werden. Es mag ja vielleicht kleinlich von mir sein, aber es macht mir Spaß, die Leute in die falsche Richtung zu schicken.

Gerade ist es mir wieder eingefallen! Als ich gestern meinen Blazer ans Rote Kreuz gegeben habe, steckte mein Kondom noch in der Brusttasche. Das bedeutet, ich werde nicht vorbereitet sein, sollte sich heute eine Gelegenheit zum Geschlechtsverkehr ergeben. Das bedeutet außerdem, daß ich mich beim Roten Kreuz nicht mehr blicken lassen kann – jedenfalls nicht, bevor Mrs. Whitlow, die freiwillige Helferin, der ich heute den Blazer gegeben habe, entweder stirbt oder den Job aufgibt. Mrs. Whitlow hat mich schon oft dazu beglückwünscht, daß ich ein »anständiger, sauberer junger Mann« bin, obschon ich ihr überhaupt keinen Grund zu dieser Annahme gegeben habe.

Montag, 27. Mai
Wieso haben die Banken geschlossen, bloß weil heute Bank Holiday ist? Das ist schließlich ein Tag, an dem die Leute Geld *ausgeben* wollen, oder? Habe mir von Christian £ 5 für Bananen und eine Packung London Gefühlsecht geliehen.

Dienstag, 28. Mai
Habe soeben Kapitel zwölf von *Seht! Die flachen Hügel meiner Heimat* beendet: »Der Hund, er mußte sterben«

Seufzend schloß er die Tür am Haus seiner Mutter. Er hatte sie in sich zusammengesunken am Küchentisch zurückgelassen, den Oberkörper auf dem Tisch, umgeben von überquellenden Aschenbechern und leeren Bierdosen. Oben war sein Vater gerade dabei, sich Heroin in die eingefallenen Venen zu spritzen. Das Haustier der Familie, ein amerikanischer Pitbullterrier, blickte knurrend aus dem Fenster des heruntergekommenen Reihenhauses und bleckte seine furchteinflößenden Zähne. Er ging die Straße hinunter und grüßte im Vorbeigehen die stumpfsinnigen Nachbarn. In einer Gasse kopulierte ein Pärchen mit ausdruckslosen Augen und automatischen Bewegungen. Er weinte innerlich. Schmerz erfüllte seine Seele. Er verwünschte den Tag, an dem er geboren wurde. Doch dann fiel plötzlich ein Sonnenstrahl auf seinen Weg. Wie gebannt blieb er stehen. War das ein Omen, ein Zeichen, daß sein Leben sich von nun an bessern würde?

Er machte kehrt und ging zum Haus zurück. Er öffnete die Haustür. Als Butcher, der Hund, ihn anknurrte, würgte er ihn, bis er tot zu seinen Füßen lag. Er kam sich ÜBEL vor und gleichzeitig auf merkwürdige Weise GUT. Der Hund war die reinste Plage gewesen, und niemand hatte ihn je Gassi geführt. Er hatte ein reines Gewissen.

Mann! Sind das vielleicht eindrucksvolle Passagen! Ich glaube, Dostojewsky wäre stolz auf mich. Das ist mit Sicherheit der erste Hundemord in der englischen Literatur. Ich werde wohl mit einigen Briefen von Hundeliebhabern rechnen dürfen, wenn *Seht! Die flachen Hügel meiner Heimat* erst mal veröffentlicht ist. Aber dann werde ich ihnen antworten, daß ich als Schriftsteller das schreiben muß, was aus meiner Feder drängt.

Mittwoch, 29. Mai

Habe mich heute morgen am Kaffeeautomaten mit Julia Stone unterhalten, während ich darauf wartete, daß meine Ochsenschwanzsuppe in den Plastikbecher lief. Sie hat mich gebeten, die Damentoilette nicht mehr zu benutzen. Ich wies sie darauf hin, daß auf der Herrentoilette das Toilettenpapier ausgegangen ist, aber sie erklärte mir, daß sie mich wegen sexueller Belästigung melden würde, sollte ich weiterhin »in weibliche Bereiche eindringen«. Außerdem sagte sie mir, sie habe das Portobuch überprüft und festgestellt, daß ich mehr Briefmarken verbrauche als alle anderen Angestellten.

Darauf erwiderte ich ganz kühl – allerdings nicht so kühl wie meine Ochsenschwanzsuppe –, daß ich einfach mehr Briefe schreibe und deshalb mehr Briefmarken brauche. Ich fürchte jedoch, ich habe sie mir zum Feind gemacht.

Ms. Julia Stone ist eine einschüchternde Frau. Jedesmal, wenn ich mit ihr zu tun habe, schnürt es mir die Kehle zu. Lippenstift könnte vielleicht helfen. Ihr, nicht mir.

Christian hat im Golden-Gate-Club ein blaues Auge verpaßt bekommen. Sein Verbrechen bestand darin, daß er einen Schlägertypen angeglotzt hat. Ja, der Schläger hat Christian vorgeworfen, er habe ihn »angeglotzt«. Das ist ein beängstigendes Beispiel für den Zerfall der britischen Gesellschaft. Früher machte es den Schlägern Spaß, wenn sie angeglotzt wurden. Von jetzt ab werde ich immer meinen Blick abwenden, wenn sich mir ein schlägermäßiger Mensch nähert.

Habe, nachdem Christian genug Wirbel um sein blaues Auge gemacht hatte und ins Bett gegangen war, noch eine Weile am Küchentisch gesessen und versucht, ein bißchen Sex in *Seht! Die flachen Hügel meiner Heimat* einzuflechten.

> *Kapitel dreizehn: Defloration*
> Er lag in seinem Pariser Schlafzimmer im Bett. Langsam zog Fifi ihr Lycrakleid aus. Sein Atem wurde schneller. Sie stand entkleidet vor ihm, ihre Brüste in ihren Gossard-Wonderbra gezwängt, ihr Slip sauber und gebügelt. Er streckte seine Hand nach ihr aus. »Nein, nein, *mon amour*«, sagte sie jedoch mit ihrem französischen Akzent, »du mußt noch warten.« Seine Leidenschaft steigerte sich, als er sah, daß ihr Hintern glatt und ohne Pickel war. Er stöhnte und...

Es taugt nichts. Ich kann nicht über Sex schreiben. Nicht mal über französischen Sex in Paris.

Samstag, 1. Juni

Zwei Briefe, einer von Plumbs, die mir einen Satz Handtücher mit eingesticktem Monogramm am Saum anbieten; der andere von Sharon Bott.

Lieber Adrian,
ich hoffe es geht dir gut lange nicht gesehen ich habe deine Mum in der Stadt gesehen und mich mit ihr unterhalten sie hat gesagt Glenn sieht dir sehr ähnlich ich habe gesagt ja und sie hat gefragt ist er von unserem Adrian Sharon ich muß es wissen sie hat mich einfach so auf den Kopf zu gefragt ich wuste nicht was ich sagen sollte ich muß gestehen das ich damals noch einen Freund hatte als ich mit dir zusammen war ich wollte dich nicht betrügen Adrian aber du warst manchmal so verschlossen und ich wollte ein bißchen Spahß haben ich war ja noch jung. Glenn geht schon in die Schule und ist ein großer Junge. Meine Mum sagt du müstest mir etwas Geld für ihn geben aber ich hab gesagt nein Mum das wäre nicht fär weil ich weiß nicht ob Glenn von Adrian ist oder nicht Deine Mum hat mir diese Adresse gegeben damit ich dir schreiben kann Ich hofe das ich nicht zu viele Rechtschreibefehler mache und so aber ich schreibe einfach nie seit ich aus der Schule bin brauch ich das ja auch nicht ich hab Baz im Fernseh gesehen du auch Er hat es gans gut geschaft ich hab keinen Freund seit Daryl mit dem Vidio und £ 35 abgehauen ist die ich für das Gas gespart hatte Ich habe ein bißchen zugenomen aber ich gehe jetzt zu Weitwatchers und nehme wieder ab Deine Mum hat gesagt sie würde auf Glenn aufpasen sie ist so gut zu mir.

Tschüs,

Sharon

Sonntag, 2. Juni

Habe heute morgen mit meiner Mutter gesprochen und sie gebeten, ihre Nase nicht in meine Angelegenheiten zu stecken. Sie sagte: »Glenn ist das Ergebnis einer deiner Affären« und legte den Hörer auf. Ab dann war ihr Telefon besetzt.

Ich war wütend darüber, daß meine Mutter sich eingemischt hat. Wie kommt *sie* dazu, Moralpredigten über *anderer Leute* Lebenswandel zu halten? Ich weiß ganz genau, daß sie in ihrer Hochzeitsnacht keine Jungfrau mehr war. Oma hat's mir erzählt.

Außerdem hätte meine Mutter nicht im Plural sprechen dürfen. Ich habe keine *Affären* gehabt. Ich habe *eine* Affäre gehabt.

Im Singular. Mit Sharon Bott, einer Schwachsinnigen, die weder ihre Rechtschreibung beherrscht noch jemals etwas von einem Komma oder einem Punkt gehört zu haben scheint. Wahrscheinlich hält sie ein Semikolon für eine partielle Darmentfernung.

Memo an mich: Ist das Kind von mir? Bluttest? Brief schreiben und dementieren?

2 Uhr. Brief an Sharon geschrieben.

3 Uhr. Brief zerrissen. (Meine Antwort muß sorgfältig formuliert werden. Ich brauche Zeit, um mich in die Gesetzeslage bez. Vaterschaftsrecht einzulesen.)

Dienstag, 4. Juni

Gott sei Dank hat Prinz William sich wieder vollkommen erholt, nachdem ihn ein Schlag mit einem Golfschläger am Kopf getroffen hatte. Wenn ich daran denke, wie nah wir daran waren, unseren zukünftigen König zu verlieren, bleibt mir das Herz stehen. Na ja, nicht wirklich *stehen*, es hört nicht tatsächlich auf zu *schlagen*, aber ich bin froh, daß es dem Kind bessergeht. Habe Oma in Leicester angerufen. Sie wollte wissen, warum Prinz Charles seinen Sohn nicht aus dem Krankenhaus abgeholt hat. »Weiß er denn nicht, daß das in unserer englischen Kultur so Brauch ist«, fragte sie. Sie meint, daß die Monarchie den Kontakt zu den einfachen Menschen verliert, und hat sich bitter darüber beklagt, daß die königliche Yacht *Britannia* pro Woche fünfunddreißigtausend Pfund an Betriebskosten verschlingt.

17 Uhr. Habe soeben der *Oxford Mail* die Information entnommen, daß der Emir von Kuwait immer noch kein Datum für die demokratischen Wahlen in seinem Land festgesetzt hat. Merkwürdig, wenn man bedenkt, welchen Aufwand die Alliierten erst kürzlich betrieben haben. Sieh mal zu, daß du aus der Hüfte kommst, Emir! Die *Oxford Mail* hat mich weiterhin darüber informiert, daß die königliche Yacht *Britannia* fünfunddreißigtausend Pfund *pro Tag* kostet! *Pro Tag!* Habe sofort bei Oma angerufen und sie aufgeklärt. Sie war entsetzt.

Freitag, 7. Juni

Habe den ganzen Vormittag damit zugebracht, einen Bericht über Molchgeburten zu verfassen, und den Nachmittag damit, einen Bericht über die Ausbreitung der Dachse zu schreiben. Ich fürchte allerdings, daß ich bei der ganzen Schreiberei einiges verwechselt habe. Beim Fotokopieren der Berichte fiel mir auf, daß verschiedene Daten durcheinandergeraten waren. Aber Brown brüllte schon über den Flur und verlangte die Berichte, was sollte ich also machen? Er hatte für 16 Uhr eine Managersitzung anberaumt, ich hatte also keine andere Wahl, als ihm die Papiere auszuhändigen.

Samstag, 8. Juni

Brief an Sharon geschrieben:

> Liebe Sharon,
> wie nett, nach so langer Zeit wieder von Dir zu hören.
>
> Ich fürchte, ich kann unmöglich der Vater Deines Kindes Glenn sein.
>
> Ich habe erst vor kurzem meine Spermien zählen lassen, und der spermatologische Gutachter hat mir erklärt, daß meine Spermien zu schwach sind, um sich in ein Kind zu verwandeln. Das bedeutet eine persönliche Tragödie für mich, denn ich hatte geplant, mindestens sechs Kinder zu haben.
>
> Du erwähnst in Deinem Brief, daß Du mich betrogen hast. Es hat mir nichts ausgemacht, das zu lesen – ich weiß, wir hatten keine ideale Beziehung; wir stammen aus verschiedenen Verhältnissen: ich: obere Arbeiterschicht/untere Mittelschicht; Du: untere Arbeiterschicht/Unterschicht. Außerdem liegen natürlich Welten zwischen Deiner und meiner Bildung, ganz zu schweigen von unseren kulturellen Interessen. Aber trotz dieser Unterschiede war ich immer der Meinung, daß wir sexuell ganz gut miteinan-

der auskamen. Ich kann mir absolut nicht vorstellen, was Du für einen Grund hattest, mich zu betrügen und Dir einen anderen Sexualpartner zu suchen. Ich gestehe, daß Deine Enthüllung mich am Boden zerstört hat. Ich komme mir billig und ausgenutzt vor. Ich wäre Dir sehr verbunden, wenn Du Dich nicht mehr mit meiner Mutter treffen würdest. Sie ist süchtig nach menschlichen Tragödien jeder Art. Sie hält sich für eine Figur in einer Seifenoper. Ich rate Dir, zu den Weight-Watchers (übrigens nicht *Weit*-Watchers) zu gehen und eine kompetente Kinderfrau einzustellen. Meiner Mutter kann man kleine Kinder nicht anvertrauen: sie hat mich im Alter von sechs Jahren auf den Kopf fallen lassen, während sie ein gekochtes Ei aus dem Topf nahm.

Auf jeden Fall war es sehr nett, von Dir zu hören, Sharon.

Gruß

Adrian

PS Mit wem hast Du mich eigentlich betrogen? Nicht, daß es eine Rolle spielte. Ich habe jede Menge Geliebte gehabt, seit wir uns getrennt haben. Ich bin nur einfach neugierig. Und deshalb wüßte ich gerne den Namen des Jünglings, obschon es völlig unwichtig ist. Du brauchst Dich nicht verpflichtet zu fühlen, ihn mir zu nennen. Ich dachte nur, es würde Dich erleichtern, wenn Du es mir sagst. Schuldgefühle können einen ganz schön mürbe machen, nicht wahr? Würdest Du mir also schreiben und mir den Namen des Jünglings mitteilen? Ich glaube, Du würdest Dich dann viel besser fühlen.

Sonntag, 9. Juni

Habe einen ruhigen Tag verbracht und an Kapitel vierzehn meines Romans gearbeitet.

Er betrachtete den kleinen Jungen, der eine Kreuzkröte mit einem Stöckchen piekste. »Hör auf damit«, rief er. »Das ist eine bedrohte Tierart. Du mußt nett zu ihr sein.« Der kleine Junge hörte auf, die Kröte zu pieksen, und ergriff seine Hand.

»Wer bist du?« lispelte das Kind. Er wollte schreien: »Ich bin dein *Vater*, Junge«, aber er schaffte es nicht. Er sah Sharon Schlampe an, die Mutter des Jungen, die einhundertdreißig

Kilo wog und Spliß in den Haaren hatte. Wie war es möglich, daß er einmal den sexuellen Verkehr mit ihr genossen hatte?

Er ließ die Hand des Jungen los und sagte: »Ich bin niemand, Junge. Ich bin ein Fremder. Ich bin nur ein Mensch, der den Planeten liebt, auf dem wir leben – einschließlich der stummen Geschöpfe, mit denen wir ihn teilen.«

Mit diesen Worten ging er von seinem Sohn fort. Der Junge rief: »Bitte, Fremder, geh nicht.« Aber er wußte, daß er gehen mußte, bevor Sharon Schlampe von ihrem Buch aufsah, in das sie auf der Parkbank sitzend vertieft war. Der Junge sagte: »Ich wünschte, du wärst mein Vater, Fremder, dann hätte ich auch einen Daddy, der mit zum Elternabend kommt.«

Es brach ihm fast das Herz. Schluchzend ging er über den Rasen, so weit, bis der Junge so klein wie eine Ameise wirkte.

Es macht mir nichts aus zuzugeben, daß ich Tränen in den Augen hatte, während ich diese Zeilen schrieb. Gott, ich bin ganz schön clever. Ich verstehe es, auf den Saiten des Herzens zu spielen wie kein anderer Schriftsteller, den ich kenne. Ich habe das Gefühl, daß ich mein Buch durch diese Ergänzungen unglaublich verbessert habe. Allerdings fehlt immer noch ein bißchen erzählerischer Schwung (oder vielleicht auch nicht?), aber es kann niemand behaupten, daß es die Gefühle des Lesers nicht berührt.

Donnerstag, 20. Juni

Bianca kam heute abend vorbei, um sich eine Tasse Basmatireis zu borgen. Sie geht jetzt nicht mehr mit dem Sternengucker aus: sie sagt, sein Atem riecht dauernd nach Kiwi.

Das Mädel weiß sich auszudrücken, sie hat einen recht umfangreichen Wortschatz. Habe sie gefragt, warum sie in einem Zeitungsladen bedient. Sie sagte: »Es gibt keine Jobs für ausgebildete Ingenieure.«

Ich war völlig von den Socken, als ich erfuhr, daß Bianca ein Ingenieurstudium in Hydraulik absolviert hat – an der Universität Edinburgh. Bevor sie mit dem Reis wieder ging, habe ich sie gebeten, die Dusche in meinem Badezimmer zu reparieren. Sie sagte, sie würde gerne morgen abend noch einmal kommen und das für mich erledigen. Sie wollte wissen, ob sie eine Flasche Wein mitbringen solle. Ich sagte ihr, das sei nicht nötig. Sie wirkte enttäuscht. Ich hoffe bloß, daß sie keine Alkoholikerin oder eine schwere Trinkerin ist, die eine Dröhnung braucht, bevor sie irgendeine Arbeit erledigen kann.

Komme mit meinem Roman gut voran. Habe heute abend mein episches Gedicht *Die ruhelose Kaulquappe* wieder hervorgeholt. Es ist erstaunlich gut, aber ich habe keine Zeit, um es zu beenden. Der Roman hat oberste Priorität. Lyrik bringt kein Geld. Unser Hofpoet, Ted Hughes, trägt seit zwanzig Jahren auf seinem offiziellen Foto immer dasselbe Jackett.

Freitag, 21. Juni

Bianca kam heute abend *avec* Werkzeugkiste, aber *sans* Wein. Nachdem sie die Dusche repariert hatte, ist sie noch geblieben und hat davon gesprochen, wie einsam sie sich fühlt und wie sehr sie sich nach einem festen Freund sehnt. Sie wollte wissen, ob ich eine Freundin habe. Ich verneinte ihre Frage. Ich saß im Sessel unter dem Fenster, und sie lag auf meinem Bett, und zwar in einer Pose, die ein altmodischer Mann als provokativ hätte empfinden können.

Ich hätte mich gern zu ihr gelegt, aber ich war mir nicht sicher, wie sie reagieren würde. Würde sie mich mit offenen Armen und Beinen empfangen? Oder würde sie schreiend nach unten rennen und Christian bitten, die Polizei zu rufen? Frauen sind mir ein komplettes Rätsel. Erst klimpern sie mit den Wimpern, und im nächsten Augenblick nennen sie dich ein sexistisches Schwein.

Während ich versuchte, zu einem Schluß zu kommen, entstand ein peinliches Schweigen. Also fing ich an, ihr von den Überarbeitungen zu erzählen, die ich gerade an meinem Buch vornehme. Nach ungefähr zwanzig Minuten war sie tief und fest eingeschlafen. Die Situation war mir hochgradig unangenehm.

Irgendwann bin ich dann nach unten gegangen und habe Christian gebeten, sie zu wecken. »Manchmal bist du unsagbar dämlich«, sagte er verächtlich. Was hat er nur gemeint? Bezog er sich auf meine Unfähigkeit, meine Dusche selbst zu reparieren, oder auf meine Schüchternheit in Sachen Sex?

Als Bianca aufwachte, wirkte sie wie ein trauriges Kind. Ich wollte sie in den Arm nehmen, aber bevor ich dazu kam, hatte sie sich ihre Werkzeugkiste geschnappt und war ohne gute Nacht zu sagen die Treppe hinuntergelaufen.

Samstag, 22. Juni

Habe heute morgen wunderbar geduscht. Der Wasserstrahl ist wieder wesentlich stärker.

14 Uhr. Habe an Kapitel fünfzehn gearbeitet. Habe *ihn* nach China geschickt.

23.30 Uhr. Habe *ihn* aus China zurückkehren lassen. Dieses ganze Recherchieren ist mir zuviel. Habe ihn einfach nur einmal über die Chinesische Mauer laufen und dann zum East-Midlands-Flughafen zurückfliegen lassen. Bin in die Küche gegangen, um mir eine Tasse Kakao zu machen, und habe Christian von der Chinareise meines Helden erzählt. »Aber du hast mir doch gesagt, er sei ein armer Schlucker«, sagte Christian. »Woher hat er denn das Geld für das Flugticket?« Gott, wie ich Pedanten hasse.

1 Uhr. Einschub für Kapitel fünfzehn:

> Was lag dort auf der Fußmatte? Er bückte sich und hob einen Brief von *Reader's Digest* auf. Auf dem Umschlag aus hochwertigem Papier stand SOFORT ÖFFNEN. Er gehorchte. Der Umschlag enthielt einen Brief und einen Scheck über eine Million Pfund! Er war ungeheuer reich! »Wie soll ich das alles ausgeben?« fragte er die Katze. Die Katze blickte ihn mit unergründlichen Augen an. »China?« sagte er. »Ich werde einen Tagesausflug nach China machen!«

Ich hoffe, das wird meinen pedantischen Vermieter und meine kritischsten Leser zufriedenstellen.

Sonntag, 23. Juni
Habe Christian heute beim Frühstück erzählt, wie mein Held an das Geld für die Reise nach China gekommen ist. Jetzt will er wissen, was mein Held mit dem *restlichen* Geld anfängt. Ihm kann man einfach nichts recht machen.

12 Uhr

> *Kapitel sechzehn: Eine selbstlose Tat*
> Der Bettler an der Busstation in Leicester starrte fassungslos auf die £ 999000, die auf seinen Kopf herabregneten. *Er* hingegen ging wieder als armer Schlucker von dannen.

17 Uhr. Als ich heute nachmittag von meinem Spaziergang über die Outer Ring Road zurückkam, sah ich Bianca auf mich zukommen. Sie trug Shorts und ein T-Shirt: abgesehen von den Knöcheln sahen ihre Beine umwerfend aus, lang und schlank. Ich lief ihr entgegen. Zu meiner Überraschung wechselte sie die Straßenseite und ignorierte mich. Von wegen sie mag mich! Da hat Christian wohl danebengelegen! Ich habe mit Sicherheit das Richtige getan, als ich mich neulich nicht zu ihr aufs Bett gesellt habe. Ich könnte jetzt schon wegen sexueller Belästigung im Gefängnis sitzen.

Wenn ich das nächste Mal in die Bücherei gehe, werde ich mich nach einem Buch umsehen, das dem intelligenten Laien erklärt, wie das Gehirn der Frau funktioniert.

Mittwoch, 3. Juli
Brown hat mich heute daran erinnert, daß mir noch zwei Wochen Urlaub zustehen, die verfallen, wenn ich sie nicht in den nächsten zwei Monaten in Anspruch nehme.

Habe meine Reiseveranstalterin angerufen. Habe ihr gesagt, daß ich zwei Wochen Urlaub in Europa machen will, und zwar in einem Viersternehotel mit Halbpension für nicht mehr als £ 300. Sie hat mir versprochen anzurufen, falls sie irgend etwas in Albanien findet. »Nicht Albanien«, sagte ich, »ich habe gehört, das Essen soll dort unerhört sein.« Nachdem ich den Hörer aufgelegt hatte, fiel mir ein, daß das Wort für schlechtes Essen natürlich »ungenießbar« heißt. Ich hoffe, daß ich nicht an frühzeitigem Altersschwachsinn leide. Das Vergessen von Wörtern ist ein frühzeitiges Signal.

Freitag, 5. Juli

Die Frau aus dem Reisebüro hat heute angerufen. Unglücklicherweise landete das Gespräch in Browns Büro, wo ich gerade wegen meiner verunglückten Berichte über die Molche und Dachse gemaßregelt wurde. Das Verkehrsministerium war fälschlicherweise darüber in Kenntnis gesetzt worden, daß sich an der Umgehungsstraße in Newport Pagnell eine Dachsfamilie eingefunden hätte. Natürlich fühlte ich mich durch Browns Gegenwart gehemmt und konnte mich nicht richtig auf das konzentrieren, was die Frau sagte.

Ich sagte ihr, ich würde sie zurückrufen, aber sie erklärte mir: »Wenn Sie es wollen, müssen Sie *jetzt* buchen.«

»Was wollen?« fragte ich.

»Ihren Urlaub«, sagte sie. »Eine einwöchige Exkursion auf russischen Seen und Flüssen und eine Woche Moskau. Vierzehn Tage für £ 299,99 inklusive Unterkunft und Verpflegung.«

»In Ordnung«, sagte ich.

Samstag, 6. Juli

Habe die »Easy-pass«-Fahrschule angerufen und eine Gratisfahrstunde aus ihrer Werbung in der *Oxford Mail* gebucht. Werde mich am Donnerstag, dem 18. Juli, in den Straßenverkehr begeben.

Habe früher schon einmal Fahrstunden genommen, aber meine Fahrlehrer haben mich total hängenlassen. Die sind alle inkompetent.

Sonntag, 7. Juli
Habe die Kinder gehütet, während Christian zum Bingo war. Er hat £ 7,50 gewonnen und hätte beinahe den Bezirkspreis von £ 14 000 gewonnen. Er hätte nur 88 – »zwei fette Damen« – gebraucht.

Montag, 8. Juli
Habe an *Seht!* gearbeitet. Soll ich *ihm* einen Namen geben? Wenn ja, welchen? Der Name müßte ein Ausdruck sein für seinen Mut, seinen Individualismus, seine intellektuelle Potenz, seinen Erfolg bei Frauen, seine Affinität zur Natur, seine proletarischen Wurzeln.

Dienstag, 9. Juli
Wie wäre es mit Jake Westmorland?

Mittwoch, 10. Juli
Maurice Pritchard?

Donnerstag, 11. Juli
Oscar Brimmington?

Freitag, 12. Juli
Jake Pritchard?

Samstag, 13. Juli
Maurice Brimmington?

Sonntag, 14. Juli

Werde bald eine Entscheidung treffen müssen. Vorher kann ich nicht an meinem Buch weiterarbeiten. Christian ist für »Jake Westmorland«. Andererseits findet der Mann im Gemüseladen, daß »Oscar Brimmington« schön klingt. Während einem Busschaffner, den ich um seine Meinung gebeten habe, »Maurice Westmorland« besonders gut gefiel.

Montag, 15. Juli

Habe den ganzen Tag lang die Kinder gehütet. Habe mir von den Kids die Straßenverkehrsregeln abfragen lassen. Irgend jemand hat heute abend dauernd angerufen. Eine Frau. Sie sagte jedesmal nur »Hallo«. Aber auf meine Frage, mit wem ich spreche, hat sie jedesmal aufgelegt. Hörte sich an wie Bianca, aber warum sollte sie sich so kindisch benehmen?

Dienstag, 16. Juli

Brown mußte sich heute morgen im Radcliffe-Hospital sein Korsett richten lassen. Ich ergriff die Gelegenheit und ging in sein Büro, um einen Blick in meine Akte zu werfen: »MOLE ADRIAN«.

WEITBLICK – KEINEN
PÜNKTLICHKEIT – SCHWACH
INITIATIVE – KEINE
ZUVERLÄSSIGKEIT – ZIEMLICH GUT
EHRLICHKEIT – VERDACHT AUF BRIEFMARKENKLAU
ÜBERNAHME VON VERANTWORTUNG – SCHWACH
BEZIEHUNGEN ZU KOLLEGEN – ZIEMLICH GUT
Ich halte seinen Hochschulabschluß in Biologie für gefälscht.

Mittwoch, 17. Juli

Sehr geehrter Mr. Brown,
mit tiefem Bedauern erkläre ich hiermit meine Kündigung gegenüber dem Umweltministerium. Selbstverständlich werde ich die gesetzliche Kündigungsfrist von einem Monat einhalten. Bereits seit einiger Zeit bin ich mit der Leitung der Abteilung unzufrieden. Ich habe den Eindruck, daß meine Talente hier vergeudet werden. Das Sammeln von Dachskot gehörte ursprünglich nicht zu meinem Berufsbild.

Darüber hinaus hat der Tierschutz meiner Meinung nach lächerliche Ausmaße angenommen. Die Tiere haben mehr Rechte als ich. Nehmen Sie zum Beispiel die Fledermäuse. Wenn ich mich kopfüber in eine alte Kirche hängen würde, würde man mich in eine Heilanstalt einweisen. Die Fledermäuse dagegen werden von Umweltschützern wie Ihnen, Mr. Brown, noch dazu *ermutigt*. Kein Wunder, daß unsere Kirchen laufend Mitglieder verlieren.

Mit vorzüglicher Hochachtung verbleibe ich
Adrian Mole

Habe um 10 Uhr obigen Brief geschrieben, in einen Umschlag gesteckt und mit folgender Aufschrift versehen: »ZU HÄNDEN MR. BROWN«.

Um 11 Uhr, nachdem ich den Umschlag eine volle Stunde lang angestarrt hatte, legte ich ihn unter meine Schreibtischunterlage. Ich dachte, vielleicht könnte ich mich, wenn ich nur die nötige Unverfrorenheit besitze, trotz meiner getürkten Zeugnisse behaupten.

Während ich in der Mittagspause am Kaffeeautomaten war, ist der Umschlag verschwunden. Habe mein gesamtes Büro durchsucht, aber außer meinem blauen Kamm nichts gefunden.

Um 13 Uhr wurde ich in Browns Büro zitiert. Brown befahl mir, meinen Schreibtisch zu leeren und das Büro auf der Stelle zu räumen. Er gab mir einen Umschlag, der einen Scheck über £ 676,31 enthielt = das Gehalt für zwei Monate plus Urlaubsgeld, abzüglich Steuern und Versicherung.

Wer hat mein Kündigungsschreiben abgegeben? Habe die sexuell Belästigte im Verdacht.

Nun bin ich also, wie dreieinhalb Millionen meiner Mitbürger, ohne Arbeit.

1 Uhr. Christian hat mich heute abend betrunken gemacht. Habe zweieinhalb Glas Vouvray und einen halben Liter Guinness vom Faß getrunken.

Donnerstag, 18. Juli

FAHRSTUNDE

Habe bis 14 Uhr im Bett gelegen. Meine Fahrlehrerin ist eine Frau namens Fiona. Sie ist alt (47) und hat jede Menge Falten am Hals, an denen sie zupft, wenn sie nervös ist. Habe ihr *gesagt*, daß ich seit einem Jahr nicht mehr hinterm Steuer gesessen habe. Ich habe sie *gefragt*, ob ich zuerst auf dem Parkplatz von Tesco's Megastore üben könnte, aber Fiona lehnte ab und zwang mich, auf richtigen Straßen mit echtem Verkehr zu fahren. Es war also nicht meine Schuld, was im Kreisverkehr passiert ist. Fiona hätte die Fahrlehrerpedale einfach schneller betätigen müssen.

Freitag, 19. Juli

Ein Brief von Faber und Faber:

> Sehr geehrter Mr. Mole,
> mit Bedauern sende ich Ihnen hiermit das Manuskript von *Seht! Die flachen Hügel meiner Heimat* zurück.
> Es ist eine höchst amüsante Parodie der *naiven* Literatur.
> Allerdings haben wir im Moment keine Verwendung für ein solches Buch.
> Hochachtungsvoll
> Matthew Evans

Habe den Brief zerrissen, nachdem ich ihn sechsmal gelesen hatte. Das wird Mr. Evans noch einmal leid tun. Wenn mein Werk in Hotelzimmern versteigert wird, werde ich meinen Agenten anweisen, Mr. Evans als Bieter zu disqualifizieren.

Hatte keinen Grund aufzustehen, bin also den ganzen Tag im

Bett geblieben und habe darüber nachgedacht, ob es noch Zweck hat, weiterzumachen. Pandora verachtet mich, ich bin arbeitslos und ich bin unfähig, mit einem Auto geradeaus zu fahren. Bin um 19 Uhr aufgestanden und habe Leonora angerufen. Ein Mann meldete sich: »De Witt.«

»Hier spricht Adrian Mole«, sagte ich. »Könnte ich bitte Leonora sprechen?«

»Meine Frau zieht sich gerade an«, sagte er; was mich einen Moment lang aus der Fassung brachte. Bilder von Leonora in Unterwäsche schossen mir durch den Kopf.

»Es handelt sich um einen Notfall«, krächzte ich mühsam. Ich hörte, wie er den Hörer geräuschvoll ablegte und rief: »Liebling, es ist für dich. Irgendwas wegen Maulwürfen.«

Jemand murmelte einen Fluch, dann kam Leonora ans Telefon.

»Ja?«

»Leonora, ich bin völlig verzweifelt. Kann ich zu Ihnen kommen?«

»Wann?«

»Jetzt.«

»Nein, ich habe für 20 Uhr Gäste zum Dinner eingeladen, und der erste Gang ist ein Spargelsoufflé.«

Ich fragte mich, wie sie auf die Idee kam, ich sei an ihrer Speisekarte interessiert.

»Ich muß mit Ihnen reden«, sagte ich. »Ich habe meinen Job verloren, man hat meinen Roman abgelehnt, und gestern habe ich in der Fahrschule einen Auffahrunfall verursacht.«

»Das gehört alles zur Lebenserfahrung«, sagte sie. »Wenn Sie das überwunden haben, werden Sie stärker sein.«

Ich hörte ihren Mann aus dem Hintergrund etwas rufen. Dann sagte sie: »Ich muß auflegen. Versuchen Sie doch einmal, mit dieser jungen Frau, Bianca, zu reden. Auf Wiedersehen.«

Ich tat, wie sie mir geheißen hatte. Bin zu Biancas Haus gegangen und habe unter ihrem Fenster gewartet. Aber niemand ging hinein oder kam heraus.

Nachdem ich eine Stunde mit Beobachten verbracht hatte, ging ich nach Hause und legte mich ins Bett. Hoffentlich erstikken die De Witts und ihre Gäste alle an ihrem Spargelsoufflé.

Samstag, 20. Juli

Heute nachmittag stand Cassandra Palmer plötzlich vor der Tür. Christian wurde leichenblaß, als er seine Frau erblickte. Mir fiel auf, daß die Kinder sie höflich, aber ohne große Begeisterung begrüßten. Sie sieht aus, als ob sie eine berufsmäßige Schlammringerin wäre. Habe sie auf den ersten Blick verachtet. Ich kann große Frauen mit rasierten Köpfen nicht ausstehen. Ich ziehe die behaarten vor.

Ihre ersten Worte an mich waren: »*Du* bist also das Kuckucksei im Nest.«

Sonntag, 21. Juli

Heute morgen begann die Diktatur von Cassandra. In unserem Haus ist es verboten, Leitungswasser, Kaffee, Tee oder Alkohol zu trinken, Eier, Käse, Schokolade, Fruchtyoghurt, Zitronenkonfekt von Mark's and Spencer zu essen... etc., etc. Die Liste ist endlos. Außerdem ist es verboten, bestimmte Wörter auszusprechen. Ich erwähnte zufällig, daß Biancas Chef, der Mann vom Zeitungsladen, fett ist. »Er ist nicht fett, er ist dimensionsmäßig herausgefordert«, fuhr sie mich an.

Ich hielt das für einen guten Witz und lachte, aber als Cassandra ihre Lippen grimmig aufeinanderpreßte, wurde mir zu meinem Entsetzen klar, daß sie es ernst meinte.

Beim Mittagessen machte Christian seiner Frau gegenüber eine Bemerkung darüber, daß er seine Haare verliert. Er werde »langsam kahl«, wie er sich ausdrückte. Wieder war Cassandra in ihrem Element.

»Du bist ein wenig follikular beeinträchtigt, das ist alles«, erklärte sie, während sie das Haupt ihres Gatten begutachtete.

Mit dieser Frau und *ihrer* Sprache halte ich es in einem Haus nicht aus. Sie ist noch nicht mal nett anzusehen. Sie ist so häßlich wie die Nacht finster oder, wie sie sich ausdrücken würde, sie ist gesichtsmäßig beeinträchtigt.

Montag, 22. Juli
Habe Bianca gebeten, nach einer angemessenen Bleibe für mich Ausschau zu halten. Sie hat zugesagt, obschon es eigentlich nichts mehr gibt, was mich hier in Oxford hält außer meiner unerwiderten Liebe zu Dr. Pandora Braithwaite.

Dienstag, 23. Juli

Dr. Braithwaite
Seit du deinen Ph. D. hast,
bin ich dir nur noch eine Last.
Du liebtest mich einst, doch nun nicht länger.
Pandora, laß die andren Männer!
Du schworst mir Liebe ewiglich,
bis daß die ganze Welt zerbricht.
Heirate mich, ich bitte dich,
mein Leben geb ich hin für dich.
Ich bleib zu Haus und hüt den Hund
und bleib bescheiden im Hintergrund.
Kehrst du heim von geist'ger Plackerei,
brat ich dir ein Spiegelei.
Wenn aus dem Serbokroatischen du übersetzt,
pfleg ich den Garten bis zuletzt.
Gern will ich deine Laken waschen,
wenn du von mir dich läßt vernaschen.

Habe Pandora das Gedicht um 4 Uhr in den Briefschlitz ihrer Tür gesteckt. Das ist mein allerletzter verzweifelter Versuch, Pandoras wahre Gefühle für mich zu eruieren. Leonora hat gesagt, ich muß mich emotional weiterentwickeln. Wie wird Pandora wohl reagieren?

Mittwoch, 24. Juli
Habe diesen Brief auf der Fußmatte gefunden.

Lieber Adrian,
Du hast mich heute morgen um 4 Uhr mit Deinem ungeschickten Gefummel an meinem Briefkasten geweckt. Mein Geliebter und ich haben uns über Dein Gedicht köstlich amüsiert. Ich hoffe für Dich, daß es lustig *gemeint* war. Falls *nicht*, rate ich Dir, Dich von Leonora weiterhin psychiatrisch behandeln zu lassen. Sie hat mir erzählt, daß Du sie nicht mehr regelmäßig aufsuchst. Sind es die Kosten?

Ich *weiß*, daß Du Dir £ 30 die Woche leisten kannst. Du trinkst nicht, Du rauchst nicht, Du trägst keine anständigen Klamotten. Du schneidest Dir die Haare selbst, Du fährst kein Auto. Du spielst nicht und nimmst auch keine Drogen. Du wohnst mietfrei. Heb ein bißchen Geld von Deinem kostbaren Bausparkonto ab und *besorge Dir Hilfe*.

Gruß
Pandora

PS Ich habe übrigens keinen Ph. D., wie Du in Deinem Gedicht behauptest. Ich bin eine Dr. phil. Das ist ein kleiner, aber wichtiger Unterschied hier in Oxford.

Das war's also. Wenn Pandora morgen zu mir käme und mich anflehte, Mrs. A. A. Mole werden zu dürfen, würde ich sie eiskalt abblitzen lassen. Ich habe mich weiterentwickelt. Ich muß Leonora sehen. Unbedingt.

Donnerstag, 25. Juli
17.15 Uhr. Habe soeben Leonora angerufen und darauf bestanden, daß sie mir einen Dringlichkeitstermin einräumt. Habe ihr gesagt, daß ich ihr etwas Bedeutendes mitzuteilen habe. Sie hat sich schließlich darauf eingelassen.

21.30 Uhr. Als ich heute abend in Leonoras Sprechzimmer stürzte, traf ich sie dort mit einem anderen Klienten an, einem Mann mittleren Alters, der in ein Kleenex schluchzte (wahrscheinlich Frauenprobleme). Ich war zehn Minuten zu früh, und Leonora war wütend und befahl mir, draußen zu warten. Um Punkt 18.30 Uhr klopfte ich an ihre Tür, und sie rief: »Herein.« Sie hatte immer noch schlechte Laune. Ich versuchte also, Konversation zu machen, und erkundigte mich, was den schluchzenden mittelalterlichen Mann so aufgebracht hätte. Das machte sie nur noch wütender. »Was die Leute mir in diesem Zimmer sagen, ist absolut vertraulich«, sagte sie. »Wie würden *Sie* sich wohl fühlen, wenn ich mit anderen Klienten über *Ihre* Probleme diskutierte?«

»Ich möchte lieber nicht darüber nachdenken, daß Sie auch noch andere Klienten haben«, gestand ich ihr.

Sie seufzte tief und wickelte eine Strähne ihres schwarzen Haars um einen Finger. »Was haben Sie mir also Bedeutsames zu berichten?« fragte sie schließlich.

»Ich habe mich weiterentwickelt und Pandora Braithwaite überwunden«, sagte ich. Ich erzählte ihr von dem Gedicht und von Pandoras Reaktion. In diesem Augenblick trat ein großer, dunkelhaariger Mann in einem Wildlederhemd ein. Er schien überrascht, mich zu sehen.

»Entschuldige, Liebling. Ich kann die kleine Reibe für den Parmesankäse nicht finden.«

»Die zweite Schublade von oben, Liebling, neben dem Herd«, sagte sie und blickte mit bewundernden Augen zu ihm auf.

»Bitte vielmals um Entschuldigung«, sagte er.

Als er hinausgegangen war, erhob ich mich und sagte: »Wie kommt Ihr Ehemann dazu, meine Sitzung mit seinen lächerlichen Haushaltsproblemen zu unterbrechen?«

»Mein Mann wußte nicht, daß Sie da sind«, sagte Leonora. »Ich habe Ihren Termin dazwischengeschoben, falls Sie sich erinnern.« Sie sprach sehr beherrscht, aber ich sah, daß eine Vene an ihrer Schläfe pulsierte und wie sie die Hände rang.

»Sie sollten lernen, Ihren Ärger rauszulassen, Leonora. Es tut Ihnen nicht gut, wenn Sie ihn unterdrücken«, sagte ich.

Da sagte sie: »Mr. Mole, Sie machen bei mir keinerlei Fortschritte. Ich schlage vor, Sie suchen sich einen anderen Analytiker.«

»Nein«, sagte ich. »Ich möchte nur zu Ihnen kommen. Sie sind die einzige, die mich noch am Leben hält.«

»Aha«, sagte sie. »Denken Sie mal über das nach, was Sie da sagen. Wollen Sie mir vielleicht erzählen, daß Sie sich umbringen würden, wenn Sie mich nicht hätten?«

Ich zögerte. Aus dem Erdgeschoß hörte ich Töpfe klappern und Gläser klingen, und ein köstlicher Duft ließ mir das Wasser im Mund zusammenlaufen. Aus irgendeinem Grund platzte ich heraus: »Darf ich zum Abendessen bleiben?«

»Nein. Ich pflege niemals soziale Kontakte mit meinen Klienten«, sagte sie und sah auf ihre schmale goldene Armbanduhr.

Ich setzte mich wieder und fragte: »Wie verrückt bin ich, auf einer Skala von eins bis zehn gemessen?«

»Sie sind überhaupt nicht verrückt«, sagte sie. »Wie Freud schon sagte: ›Ein Therapeut kann weder Verrückte noch Verliebte behandeln.‹«

»Aber ich *bin* verliebt. In Sie«, fügte ich hinzu.

Leonora stieß einen tiefen Seufzer aus. Ihre Brüste hoben und senkten sich unter ihrem bestickten Pullover.

»Aus diesem Grund halte ich es für ratsam, daß Sie einen anderen Therapeuten aufsuchen. Ich habe einen Freund, Reinhard Kowolski. Er hat einen ausgezeichneten Ruf...«

Ich hatte nicht vor, mir noch mehr über Herrn Kowolski anzuhören. Ich verließ ihr Sprechzimmer, legte die dreißig Pfund neben den lachenden Buddha auf den Dielentisch und ging hinaus auf die Straße.

Da ich wütend war, beschloß ich, meine Wut herauszulassen, und trat eine leere Cola-Light-Dose bis nach Hause vor mir her.

Habe mir, nachdem ich auf meinem Dachboden angekommen war, für morgen früh meine Kleidung für die Arbeitssuche zurechtgelegt. Habe mich anschließend mit der *Oxford Mail* aufs Bett gelegt und alle interessanten Anzeigen in den Spalten mit den Stellenangeboten angekreuzt.

Es wurde keine Stelle angeboten für jemanden mit einem Abschluß in einem Englischleistungskurs.

Freitag, 26. Juli
Bin zur Arbeitsvermittlung gegangen, aber die Warteschlange war zu lang. Also ging ich wieder nach Hause, wo ich Cassandra in der Küche antraf, die gerade dabei war, mit einem Stift die Bücher der Kinder zu inspizieren. Sie fischte sich eines heraus und machte aus Winnie the Pooh *Winnie the Shit*. »Ich kann Zweideutigkeiten nicht ausstehen«, erklärte sie mir, während sie die Kappe auf den Magic Marker steckte.

Samstag, 27. Juli
Habe Brown bei W. H. Smith's gesehen, wo er die aktuellen Ökozeitschriften kaufte. Er lächelte mich an und sagte: »Na, genießen Sie Ihr Freizeitleben, Mole?«

Habe mir ein Lächeln abgerungen und erwidert: »Im Gegenteil, Brown, ich arbeite so hart wie immer. Ich bin im mittleren Management beim Book Trust in Cambridge beschäftigt, für £ 25 000 pro Jahr plus Firmenwagen. Ich habe die Stelle aufgrund meines Abschlusses in Englischer Literatur bekommen.« Brown stürzte aus dem Laden und vergaß, seine Zeitschriften zu bezahlen. Auf dem Gehweg wurde er von einem Wächter aufgehalten. Ich bin nicht mehr dageblieben, um Zeuge von Browns Demütigung zu werden.

Sonntag, 28. Juli
Bin den ganzen Tag in meinem Zimmer geblieben, um Cassandra nicht über den Weg zu laufen. Sie besteht darauf, daß alle Hausbewohner jeden Morgen eine halbe Stunde lang meditieren. Christian hat sein Forschungsprojekt über Massenkultur aufgegeben, weil Cassandra sich dauernd darüber beschwerte, daß seine Klamotten nach Zigarettenqualm stanken, wenn er von seinen Streifzügen in die Welt der Unterschicht zurückkehrte. Wenn sie nicht aufpaßt, ruiniert sie ihm noch seine Karriere als Akademiker.

Lebe zur Zeit von meinen Ersparnissen, aber das kann nicht so weitergehen. Der Staat wird mich unterstützen müssen –

schließlich habe ich ja nicht darum gebeten, in die Welt gesetzt zu werden, oder? Und eines Tages wird der Staat noch dankbar dafür sein, daß er mich unterstützt hat. Wenn ich nämlich erst mal in die Steuerprogression komme. Bevor ich mich jedoch seinem Wohlwollen ausliefere, werde ich morgen die Straßen von Oxford abklappern und einen Job suchen, irgendeinen Job, bei dem ich weder Auto fahren noch mit Tieren arbeiten muß.

Nächstes Jahr werde ich ein Vierteljahrhundert gelebt haben, und bis jetzt habe ich noch keine nennenswerten Spuren in der Welt zurückgelassen – abgesehen von dem Literaturpreis des *Leicester Mercury*, den ich als Siebzehnjähriger gewonnen habe.

Was stünde wohl auf meinem Grabstein, wenn ich morgen sterben würde?

Adrian Albert Mole
Romancier ohne Veröffentlichungen
und Fußgänger

Von wenigen betrauert
von vielen verachtet
Gewinner des Essay-Preises
»Haltet Leicester sauber«
des *Leicester Mercury*

Dienstag, 30. Juli

Warum wollen Bettler *immer* Geld für eine Tasse Tee haben? Trinkt von denen denn keiner Kaffee?

Mittwoch, 31. Juli

Wieso haben die Palastdiener nicht dafür gesorgt, daß Prinzessin Diana gestern abend bei dem Open-air-Pavarotti-Konzert nicht naß wurde? Wenn sie jetzt eine Lungenentzündung kriegt und stirbt, wird das Land in eine Krise gestürzt werden, und Charles wird vor Gram umkommen. Er betet sie an, das ist nicht zu übersehen. Dafür müßten Köpfe rollen.

Donnerstag, 1. August

Lieber Adrian,
es tut mir so leit für Dich das Deine Sahmen so unbrauchbar sind der Mann, mit dem ich Dich betrogen habe war Barry Kent ich bin froh das ich das entlich losgeworden bin.

Herzliche Grüße
Sharon

Barry Kent! Ich hätte es wissen müssen! Er ist ein unmoralisches, untalentiertes Arschloch! Er ist noch verabscheuungswürdiger als eine Jauchegrube. Er hat einen Schreibstil wie ein Leitartikler beim *Daily Sport*, dem aberwitzigsten unter den Boulevardblättern. Er würde nicht wissen, was ein Semikolon ist, selbst wenn ihm eins in sein Bierglas fiele. Das wenige, was ich von *Das Tagebuch eines Einfaltspinsels* gelesen habe, hat mich zu der Überzeugung gebracht, daß Kent wegen Verbrechen gegen die englische Sprache verhaftet werden müßte. Er hat es verdient, daß man ihn ewig in der Hölle schmoren läßt und ihm dabei ein Feuerrad an seinen betrügerischen Penis bindet.

Freitag, 2. August

Liebe Sharon,
vielen Dank für Dein Mitgefühl wegen »meiner Samen«, wie Du Dich ausdrückst. Darf ich Dir den Vorschlag machen, Dich mit Barry Kent in Verbindung zu setzen (der, wie du weißt, inzwischen reich *und* berühmt ist) und ihn um einen Beitrag zu Glenns Erziehung zu bitten. Das mindeste, was Kent tun kann, ist, Glenn auf eine Privatschule zu schicken und seinem Sohn auf diese Weise einen exzellenten Start ins Leben zu ermöglichen.

Mit herzlichen Grüßen verbleibe ich
Adrian

PS Ich bin mir ganz sicher, daß Barry begeistert sein wird, wenn er erfährt, daß er ein Kind hat.
PPS Eton ist eine ziemlich gute Privatschule

Sonntag, 4. August

Cassandra hat heute morgen beim Frühstück verkündet, daß sie die Schlösser aus den Badezimmer- und Klotüren entfernt hat. »Die Engländer haben nur deswegen Probleme mit ihrer Sexualität, weil sie Hemmungen wegen ihrer Körperfunktionen haben und mit Nacktheit nicht umgehen können«, sagte sie. Dabei warf sie ihrem Mann, der errötete und sich die Nase rieb, einen bedeutungsvollen Blick zu.

Die Königinmutter wird heute einundneunzig. Ich nehme an, daß sie es nicht mehr für lohnend hält, sich jetzt noch ihre Zähne behandeln zu lassen. Das kann ich gut verstehen.

Montag, 5. August

Habe wegen meiner Rußlandtour im Reisebüro angerufen und ihnen mitgeteilt, daß ich ein Opfer des Stellenabbaus geworden bin und deswegen von meiner Reise zurücktreten und mein Geld wiederhaben möchte. Sie haben mir erklärt, das sei nicht möglich, und mich auf das Kleingedruckte in meinen Reiseunterlagen hingewiesen. Habe vergeblich versucht, es zu entziffern. Schließlich bin ich zu Boots gegangen, um mir eine Lesebrille »von der Stange« für £ 7,99 zu kaufen. Die Frau vom Reisebüro hatte recht; ich bin gezwungen, die Reise anzutreten.

Dienstag, 6. August

Christian hat mir heute (peinlich berührt) eröffnet, daß Cassandra den Dachboden für sich beansprucht. Sie will ein Reinkarnationszentrum eröffnen, wo die Leute mit ihren früheren Leben in Kontakt treten können. Sie will, daß ich bis Mitte September ausziehe. Ich konnte mich nicht beherrschen und platzte heraus: »Ihre Frau ist eine Kuh!« Christian sagte: »Ich weiß, aber früher war sie ein Kätzchen.«

Jetzt habe ich also keine Arbeit mehr und, wenn ich von meiner Rußlandtour zurückkomme, auch keine Bleibe.

Donnerstag, 8. August

Sehr geehrter John Tydeman,
als ich Ihnen das letzte Mal schrieb, habe ich mich dafür entschuldigt, daß ich mit dem 700-Seiten-Roman *Seht! Die flachen Hügel meiner Heimat* Ihr Faxgerät blockiert habe. Sie schickten mir das Manuskript (schließlich) zurück und schrieben, ich zitiere: »Ihr Manuskript enthält Konsonanten im Überfluß, während die Vokale sehr dünn gesät sind, so dünn, daß sie nicht existieren.«

Ich bin sicher, Sie werden entzückt sein zu hören, daß ich nun die Vokale eingesetzt und das ganze Jahr damit verbracht habe, die ersten sechzehn Kapitel zu überarbeiten. Es wäre mir eine Ehre, Ihre Meinung zu den sechzehn Kapiteln, die ich diesem Brief beigefügt habe, zu hören. Ich weiß, Sie sind ein vielbeschäftigter Mensch, aber es würde Sie nicht viel Zeit kosten. Sie können sie ja während Ihrer Kaffeepause in der Cafeteria der BBC lesen etc.

Mit freundlichen Grüßen verbleibe ich, Sir,
Adrian Mole

22.30 Uhr. Hatte heute meine letzte Sitzung bei Leonora. Sie hat mich aus meiner Position als Klient entlassen. Ich habe mein Blatt überreizt und ihr meine Liebe erklärt. Das heißt, es war eher eine öffentliche Bekanntmachung als eine Erklärung. Wahrscheinlich hat ganz Oxford mich gehört. Jedenfalls hat ihr Mann mich gehört, denn er kam plötzlich mit einem Geschirrtuch und einer kleinen blauen Kanne in der Hand ins Zimmer und fragte Leonora, ob sie Probleme hätte.

»Danke, Fergus, Liebling«, sagte sie. »Mr. Mole geht gleich.«

»Ich bin vor der Tür, falls du mich brauchst«, sagte er, ging hinaus und ließ die Tür angelehnt.

»Mr. Mole«, sagte Leonora, »ich beende hiermit unsere geschäftliche Verbindung, aber bevor Sie gehen, möchte ich Ihnen noch versichern, daß Ihre Probleme gelöst werden können. Sie erwarten zuviel von sich«, sagte sie und lehnte sich mitfühlend zu mir herüber. »Befreien Sie sich aus Ihrem eigenen Würgegriff. Seien Sie *nett* zu sich. Sie haben oft davon gesprochen, daß Sie sich Sorgen machen wegen des Hungers in der Welt, wegen des

Ozonlochs, der wachsenden Zahl der Obdachlosen, der Aidsepidemie. Das sind nicht allein Ihre Probleme. Viele einfühlsame Menschen auf der Welt teilen sie mit Ihnen. Diese traurigen Situationen können Sie nicht kontrollieren – höchstens, indem Sie Geld spenden. Über Ihre persönlichen Sorgen jedoch, wie zum Beispiel Ihren Mißerfolg mit Ihrem Roman, Ihre Probleme mit Frauen, haben Sie eine gewisse Kontrolle.« An dieser Stelle hörte sie auf zu sprechen, und es sah so aus, als ob sie meine Hand nehmen wollte, aber das tat sie nicht.

»Sie sind ein attraktiver, gesunder junger Mann«, sagte sie. »Ich habe Ihr Manuskript nicht gelesen, ich kann also nicht beurteilen, ob Sie literarisches Talent besitzen oder nicht, aber ich weiß, daß es irgendwo da draußen jemanden gibt, der Sie glücklich machen kann.«

Ich drehte mich auf dem Stuhl um und blickte aus dem Fenster. »Natürlich nicht *da* draußen«, schnappte sie, als sie meinem Blick folgte. Dann erhob sie sich, reichte mir die Hand und sagte: »Ich werde Ihnen diese Sitzung nicht in Rechnung stellen.«

»Es ist keine Übertragung«, sagte ich, »es ist wahre Liebe.«

»Das habe ich jetzt mindestens schon zwanzigmal gehört«, sagte sie und stand auf. Die Ringe an ihren Fingern glitzerten, als sie mir die Hand schüttelte. Beim Hinausgehen kam ich an ihrem Mann vorbei, der nach zwanzig Minuten immer noch dabei war, die kleine blaue Kanne abzutrocknen. Wenn ich je einen Fall gesehen habe, der behandlungsbedürftig war, dann war es dieser.

»Ich habe vor, Ihre Frau eines Tages zu ehelichen«, sagte ich, bevor ich die Haustür schloß.

»Ja, das sagen sie alle. Tschüs!« Er ging lächelnd zu Leonora hinüber, und ich schloß die Tür hinter einem schmerzhaften – und teuren – Abschnitt meines Lebens.

Freitag, 9. August

Adrian,
was zum Teufel denkst Du Dir dabei, Sharon Bott anzustiften, mir zu schreiben und von mir Geld zu verlangen, damit

sie ihren verdammten Sprößling nach Eton schicken kann? Ich wohne zur Zeit bei Jeanette Winterson und versuche, meinen zweiten Roman zu beenden, und ich kann auf derartigen Scheißdreck verzichten.

Baz

Samstag, 10. August

Habe heute die Anzeigen im Schaufenster der Jobvermittlung studiert. Es gab drei Stellenangebote. Eins für einen »unabhängigen Säuberungsfachmann« (Straßenfeger?), eins für einen »nicht ortsgebundenen Mitarbeiter in einem Partyservice« (Pizzalieferant?) und eins für einen »Teilzeit-Spieltherapeuten mit prakt. Erfahrung als Clown« (!) Habe mich bei meiner Rückkehr in Cassandras Straflager nicht gerade auf mein Briefpapier gestürzt.

Sonntag, 11. August

War im Zeitungsladen. Bianca ist aus Griechenland zurück. Sie hat eine phantastische Farbe. Sie trug ein tief ausgeschnittenes weißes T-Shirt, das kaum ihre Brüste bedeckte. Sie sahen aus wie kleine, reife, rotbraune Äpfel. Habe sie scherzhaft gefragt, ob sie eine Ferienromanze gehabt hat. Sie lachte und gab zu, daß das stimmte – mit einem Fischer, der noch nie etwas von Tschechow gehört hatte. Ich fragte sie, ob sie das Verhältnis fortführen wolle. Sie warf mir einen merkwürdigen Blick zu und fragte: »Wie würdest du das denn *finden*, Adrian?«

Gerade als ich ihr eine Antwort geben wollte, drückte ein Angehöriger der Unterschicht ihr die *Sunday Sport* in die Hand, und so habe ich die Gelegenheit verpaßt.

22 Uhr. Wie denke ich über Biancas Ferienromanze? Ich freue mich jedesmal, wenn ich sie sehe, aber ich kann nicht anders, ich vergleiche sie immer mit der wunderbaren Leonora: Bianca ist ein Karamelbonbon; Leonora ist ein in Goldpapier eingewickelter Champagnertrüffel.

Dienstag, 13. August

Reise am Donnerstag nach Rußland ab. Habe mir eine neue Kulturtasche gekauft – es war an der Zeit, daß ich mir mal wieder etwas gönnte. Ich hoffe, es werden ein paar ansehnliche Frauen im gebärfähigen Alter mitreisen.

Habe den ganzen Abend Koffer gepackt. Bin zu dem Schluß gekommen, keine Bücher mitzunehmen. Wahrscheinlich hat das Schiff eine Bibliothek, die gute Übersetzungen der russischen Klassiker enthält. Ich hoffe, meine Mitreisenden sind kultivierte Menschen. Es wäre mir unerträglich, den Salon und die Decks mit Bier trinkenden englischen Flegeln teilen zu müssen. Habe eine große Menge halbreifer Bananen eingepackt. Ich bin es gewohnt, pro Tag eine Banane zu essen, und ich habe gehört, Bananen sollen in Rußland Mangelware sein.

Samstag, 17. August

Flußcamp – Rußland

Es ist 19.30 Uhr. Es gibt keinen Kreuzfahrtdampfer. Es gibt keine Passagiere. Jedes Mitglied der Reisegruppe paddelt sein eigenes Kanu. Ich hocke in einem Zweimannzelt. Draußen schwirren ganze Schwärme von riesigen schwarzen Mücken herum. Die warten nur darauf, daß ich mein Zelt verlasse. Ich kann das Geräusch der Stromschnellen bis hier hören. Wenn ich Glück habe, sterbe ich heute nacht im Schlaf.

Leonard Clifton, der Mann, mit dem ich mein Zelt teile, bearbeitet draußen Bäume mit einer Machete, die er sich von Boris, einem unserer Flußführer, geliehen hat. Ich hoffe inständig, daß einer von Cliftons Bäumen auf seinem kahlen Schädel landet. Ich halte es nicht mehr aus, mir noch eine Nacht seine endlosen Anekdoten über die Heilsarmee anzuhören.

Habe Boris heute morgen angeboten, ihm alle meine Rubel zu geben, wenn er dafür sorgt, daß ich nach Moskau ausgeflogen werde. Er hörte einen Moment lang auf, das Loch an meinem Kanu zu reparieren, und sagte: »Sie müssen aber bis zum Ende des Flusses paddeln, Mr. Mole; hier gibt es kein Dörfer, kein Leute und kein Telefonen.«

Sobald ich wieder in die Zivilisation zurückkehre, werde ich die Reisegesellschaft auf Schadensersatz verklagen, und wenn sie daran pleite geht. Sie haben mit keinem Wort erwähnt, daß ich ein Kanu paddeln, in einem Zelt schlafen oder Flußwasser trinken muß. Aber die schlimmste aller Entbehrungen besteht darin, daß ich nichts zu lesen habe. Clifton hat mir seine Bibel geliehen, aber die ist in den letzten Stromschnellen über Bord gegangen. Als ich sie versinken sah, rief ich: »Mein Gott, mein Gott, warum hast du mich verlassen?« Die anderen in der Gruppe waren ziemlich verblüfft und ich selbst, muß ich gestehen, auch.

Monica und Stella Brightways, die Zwillinge aus Barnstaple, haben draußen das Lied »Ten Green Bottles« angestimmt. Leonard und die anderen sind lüstern eingefallen.

22 Uhr. Zelt. Komme soeben aus dem Wald zurück, wo ich gezwungen war, im Dunkeln zu urinieren. Habe einen Moment lang mit den anderen am Lagerfeuer gestanden und schwarzen Tee getrunken.

Monica Brightways hatte einen heftigen Streit mit dem Pfadfinderführer aus Hull. Sie behauptete, gesehen zu haben, wie er sich heute mittag zwei Scheiben Schwarzbrot aus dem Sack genommen hat. Er bestritt das entschieden und warf ihr seinerseits vor, sie würde rücksichtslos das Lagerfeuer mit Beschlag belegen. Alle anderen ergriffen Partei für einen der beiden, außer mir, da ich sie beide nicht ausstehen kann.

Bin heute elfmal gekentert. Die anderen Skipper waren sauer auf mich, weil ich sie aufhielt. Die haben gut reden. Sie sind alle Mitglieder in der British Canoe Union. Ich dagegen bin ein kompletter Neuling, und einen See bei Windstärke neun zu überqueren ist mir ein Alptraum. Die Wellen! Der Wind! Das Wasser! Der dräuende, schwarze russische Himmel! Die Gefahr! Die Angst!

Ich bete zu Gott, daß wir bald das Ende unserer Reise erreichen. Ich sehne mich nach Moskau. Obschon ich in meinem Hotelzimmer werde bleiben müssen; die Mücken haben sich gnadenlos über mein Gesicht hergemacht. Ich sehe aus wie der Elefantenmensch auf Speed.

Mitternacht. Es wird nun Wodka getrunken. Von meinem Zelt aus kann ich jedes Wort verstehen. Die Russen sind ziemlich gefühlsduselig. Jedesmal, wenn sie von »unseren Seelen« reden, fangen die Engländer an zu kichern. Ich sehne mich nach Schlaf. Ich sehne mich außerdem nach warmem Wasser und einer Toilette.

Moskau! Moskau! Moskau!

Mittwoch, 21. August

Im Zug nach Moskau

Das Klo im Zug spottet jeder Beschreibung. Ich werde es jedoch trotzdem versuchen. Schließlich bin ich Schriftsteller.

Man stelle sich vor, daß zwanzig an Durchfall leidende Büffel zwei Wochen lang im Klo eingesperrt waren. Dann versuche man, sich vorzustellen, daß zusätzlich ein offener Abwasserkanal quer über den Boden verläuft. Man füge einen IRA-Häftling hinzu, der aus Protest gegen die Haftbedingungen neben das Klo scheißt. Um den passenden Geruch zu bekommen, grabe man ein paar verfaulte Leichen aus, füge noch ein paar gesunde junge Stinktiere hinzu, und man kommt dem, wie das Klo im Zug riecht und aussieht, ziemlich nahe.

Leonard Clifton ist dabei, einen Beschwerdebrief an Präsident Gorbatschow zu schreiben.

»Ich glaube, Gorbatschow hat im Moment andere Dinge im Kopf«, sagte ich, »zum Beispiel, wie er einen Bürgerkrieg verhindern und seine Mitbürger ernähren soll.«

Man sollte meinen, das sei eine harmlose Bemerkung gewesen, aber Clifton ist völlig ausgeflippt. »Mole«, brüllte er, »du hast mir mit deinem erbärmlichen Gejammer und deinen gemeinen, zynischen Kommentaren meinen ganzen Urlaub verdorben!«

Ich war wie vom Donner gerührt. Niemand aus der Gruppe hat mich verteidigt – außer den Brightways-Zwillingen, die sich schon mehrfach der Gruppe gegenüber dahingehend geäußert hatten, daß sie alle »lebenden Kreaturen lieben«. Es spielte also sowieso keine Rolle, was sie sagten. Zweifelsohne setzen sie mein Leben mit dem eines Köderwurms gleich.

Donnerstag, 22. August
Hotelzimmer – Moskau
Ich wohne im Hotel »Ukraina«, in der Nähe der Moskwa. Von außen sieht das Gebäude aus wie eine Injektionsspritze. Innen ist es voller verwirrter Gäste aus aller Herren Länder. Ihre Verwirrung entsteht dadurch, daß das Hotelpersonal so gut wie keine Auskunft über irgend etwas gibt.

So weiß zum Beispiel kaum jemand, *wo* die Mahlzeiten eingenommen werden oder *ob* überhaupt irgendwelche Mahlzeiten angeboten werden.

Zum Frühstück gab es heute morgen eine Scheibe Schwarzbrot, vier Scheiben rote Bete, einen Zweig frischen Koriander und eine Tasse kalten schwarzen Tee.

In der Warteschlange hinter mir jammerte eine Amerikanerin ihrem Mann vor: »Norm, ich muß meinen Fruchtsaft haben.«

Norm verließ die Warteschlange und ging auf eine Gruppe von Kellnern zu, die gelangweilt herumstanden.

Ich beobachtete, wie er pantomimisch eine Apfelsine darstellte, erst am Baum, dann ohne Baum. Die Kellner schauten ihn teilnahmslos an, dann wandten sie ihm den Rücken zu und beugten sich über ein Transistorradio. Norm reihte sich wieder in die Schlange ein. Seine Frau warf ihm einen verächtlichen Blick zu.

»Ich muß einfach irgendwas Fruchtiges zum Frühstück haben«, sagte sie. »Das *weißt* du, Norm. Du weißt genau, daß meine Verdauung sonst streikt.«

Norm verzog das Gesicht, um anzudeuten, daß er *genau* wußte, was passierte, wenn die Verdauung seiner Frau streikte. Ich dachte beglückt an die Bananen in meinem Zimmer.

Sie waren Gold wert.

Um halb zehn fanden sich die meisten aus unserer Gruppe im Foyer ein, um zu unserer Besichtigungstour an den Roten Platz aufzubrechen. Habe hinter einem Pfeiler verborgen die vierzehn Mückenstiche, die mein Gesicht entstellt haben, mit einem Desinfektionsmittel betupft.

Wir mußten zehn Minuten lang auf Monica und Stella Brightways, die Zwillinge aus Barnstaple, warten. Als sie schließlich kamen, behaupteten sie, sie hätten so lange auf den Aufzug gewartet, der sie von ihrem Zimmer im neunzehnten Stockwerk nach unten bringen sollte. Schließlich brachen wir in einem Bus auf, dessen Auspuff im Fahrzeuginnern neben meinem Sitz zu münden schien. Von den Dieselabgasen mußte ich heftig husten und würgen, und ich versuchte vergebens, ein Fenster zu öffnen. Der Busfahrer trug einen Gorbatschow-Button und schien ziemlich schlechte Laune zu haben. Unser Bus hielt am Rand des Roten Platzes. Wir stiegen aus und versammelten uns um unsere Touristenführerin, Natascha. Sie hielt einen rotweißen Schirm hoch, und wir trotteten wie schwachsinnige Schafe hinter ihr her. Als wir auf dem Platz standen, bemerkten wir, daß irgend etwas im Gange war, ein Protestmarsch oder irgendeine Demo. Ich verlor den rotweißen Schirm aus den Augen und verirrte mich in der Menschenmenge. Hinter mir hörte ich ein ominöses Dröhnen, aber ich war unfähig, mich von der Stelle zu bewegen.

Eine alte Dame mit einem Kopftuch hob drohend die Faust in Richtung des Geräuschs. Dabei schrie sie irgend etwas auf russisch, wobei Spucke aus ihrem Mund spritzte und auf meinem sauberen Pullover landete. Dann teilte sich die Menge, und das Dröhnen kam näher, und dann rasselten die Ketten eines russischen Armeepanzers zwei Zentimeter von meinem rechten Schuh entfernt vorbei. Der Panzer hielt an, und ein junger Mann kletterte hinauf und schwenkte eine Fahne. Es war die Flagge mit Hammer und Sichel, die früher überall in Moskau zu sehen war. Die Menge tobte begeistert. Was war da los? Hatte Dynamo Moskau ein Fußballspiel gewonnen? Nein, etwas viel Bedeutenderes spielte sich dort ab.

Eine junge Frau, die zuviel blauen Lidschatten aufgelegt hatte, sagte zu mir: »Engländer, du erlebst heute das Ende des Kommunismus.«

»Ich wäre beinahe von einem Panzer überfahren worden«, sagte ich.

»Ein stolzer Tod«, sagte sie. Ich nahm eine Banane aus meiner Tasche, um meinen Blutzuckerspiegel zu erhöhen. Als ich anfing, sie zu schälen, füllten die Augen der jungen Frau sich mit Tränen. Ich hielt ihr die Banane hin, um sie davon abbeißen zu lassen. Sie mißverstand jedoch meine Geste und rief irgend etwas auf russisch. Die Menge tobte und jubelte. Dann drehte die junge Frau sich wieder zu mir und übersetzte, was sie riefen: »Unter Jelzin Bananen für alle!« Die Menge begann zu singen. Dann aß die junge Frau meine Banane.

»Das ist natürlich eine symbolische Geste«, sagte sie.

Als ich ins Hotel zurückkam, saß eine kräftige, junge russische Frau auf einem Stuhl vor meiner Zimmertür. Sie trug ein tief ausgeschnittenes braunes Lamé-Minikleid.

»Ah, Mr. Mole«, sagte sie. »Ich bin Lara. Ich komme in Ihr Zimmer. Natürlich zum Schlafen.«

»Gehört das zum Intouristprogramm?« fragte ich.

»Nein«, sagte sie, »ich bin natürlich in Sie verliebt.«

Sie folgte mir in mein Zimmer und ging sofort auf die Bananen zu, die auf dem Nachttisch lagen. Sie blickte lüstern auf sie hinab, und da begriff ich. Sie wollte nicht mich: sie wollte die Bananen. Ich gab ihr zwei. Da ging sie weg. Geschlechtsverkehr mit ihr hätte schädlich für mich sein können. Sie hatte Schenkel wie Baumstämme.

Freitag, 23. August

Habe fast die ganze Nacht wach gelegen, meine Mückenstiche gekratzt, meine voreilige Entscheidung bedauert und mich gefragt, wie die Kunde von meinen Bananen sich so schnell verbreitet hatte. Am nächsten Tag waren die Straßen überfüllt mit randalierenden Moskowitern, und wir durften das Hotel nicht verlassen.

Als ich nach dem Mittagessen (Schwarzbrot, Rote-Bete-Suppe, ein verschrumpeltes Stück Fleisch, eine kalte Kartoffel) in mein Zimmer kam, waren meine Bananen verschwunden. Ich war schockiert.

Habe mich bei Natascha beschwert, aber sie sagte nur: »Sie hatten *zehn* Bananen?« Ihre Augen füllten sich mit Tränen, dann fauchte sie: »Sie hätten sie natürlich im Hotelsafe deponieren müssen. Sie werden wohl inzwischen auf dem schwarzen Markt den Besitzer wechseln.«

Traf Leonard Clifton in der schummrigen Hotelbar an. Es hat

einen Putsch gegen Gorbatschow gegeben und dann einen Gegenputsch von Boris Jelzin.

»Das ist ein schlechter Tag für den Sowjetkommunismus«, sagte er, »aber ein guter Tag für Jesus.«

England! England! England!

Ich sehne mich nach meinem Dachboden.

Montag, 2. September

Oxford

Liege im Bett, erschöpft und scheußlich entstellt. Wieso gibt es Mücken? Wieso? Cassandra sagte, sie seien ein »wichtiges Glied in der Nahrungskette«. Also, ich, Adrian Mole, würde sie mit Vergnügen ausrotten. Und wenn die Nahrungskette reißt und die Menschheit verhungert, dann sei's drum.

Habe an die Reisegesellschaft geschrieben und ihnen gedroht, sie bei A.B.T.A. anzuzeigen, falls sie mir mein Geld nicht *vollständig* zurückerstatten plus eine Entschädigung zahlen für das doppelte Trauma, das ich wegen der Mücken und der Revolution erlitten habe.

Dienstag, 3. September

Christian ist heute am Reisebüro vorbeigekommen. Er sagt, der Laden habe verlassen ausgesehen. Auf der Fußmatte im Laden habe ein ganzer Stapel ungeöffnete Post gelegen.

Donnerstag, 5. September

Antwortschreiben von John Tydeman, Chefredakteur der Hörspielabteilung, BBC Radio.

Sehr geehrter Adrian,
um ehrlich zu sein, Adrian, mir wurde das Herz schwer, als ich aus dem Urlaub zurückkehrte und feststellte, daß Ihr Manuskript *Seht! Die flachen Hügel meiner Heimat* wieder auf meinem Schreibtisch gelandet war. Sie schreiben in Ihrem Brief: »Ich weiß, Sie sind ein vielbeschäftigter

Mensch.« Ja, ich bin verdammt viel beschäftigt, unglaublich viel beschäftigt.

Was meinen Sie eigentlich mit »Kaffeepause«? Ich habe während meiner ganzen langen Laufbahn bei der BBC nicht eine einzige Kaffeepause gehabt. Ich trinke meinen Kaffee am Schreibtisch. Ich begebe mich nicht in eine Cafeteria, wo ich mich auf einem Sofa ausruhe und handgeschriebene Manuskripte lese, die 473 Seiten umfassen. Mein Rat an Sie (ohne Ihr erbärmliches MS gelesen zu haben) ist folgender:

1. Lernen Sie tippen.
2. Kürzen Sie den Text um mindestens die Hälfte.
3. Legen Sie einen adressierten Umschlag und Porto bei. Die BBC steckt in einer Finanzkrise. Auf keinen Fall können wir Ihre literarischen Ergüsse bezuschussen.
4. Suchen Sie sich einen *Verleger*. Ich bin *kein* Verleger. Ich bin Chefredakteur der Hörspielabteilung. Allerdings frage ich mich manchmal, ob ich nicht Marjorie Proops bin.

Es tut mir leid, Ihnen in diesem Ton schreiben zu müssen, aber meine Erfahrung hat mich gelehrt, daß es das beste ist, jungen Schriftstellern gegenüber offen zu sein.
Mit guten Wünschen für Ihre Zukunft verbleibe ich

John Tydeman

Der arme alte Tydeman! Der ist offenbar völlig durchgedreht. »Manchmal frage ich mich, ob ich nicht Marjorie Proops bin« (!) – vielleicht sollte man den Intendanten darüber informieren, daß sein Hörspielredakteur sich für eine Kummertante hält.

Und er hat sogar zugegeben, daß er das überarbeitete Manuskript von *Seht! Für was bezahlen wir Gebührenzahler eigentlich?* noch nicht einmal gelesen hat.

Sehr geehrter Mr. Tydeman,
ich würde es begrüßen, wenn Sie mir mein MS auf schnellstem Wege zurücksenden. Ich möchte nicht, daß es auf den Korridoren der BBC herumgereicht wird und irgendeinem unausgelasteten Produzenten in die Hände gerät, der sich in der Welt des Rundfunks einen Namen machen will.

Adrian Mole

PS Gestatten Sie mir, Sir, Sie darüber aufzuklären, daß Sie *nicht* Marjorie Proops sind.

Samstag, 7. September

War fast den ganzen Tag vergeblich auf der Suche nach einem preiswerten Zimmer. Als ich meine müden Füße heimwärts lenkte, kam ich am Reisebüro vorbei. An der Tür war ein Schild befestigt:

> Diese Geschäftsstelle wurde geschlossen. Nachfragen sind zu richten an Churchman, Churchman, Churchman und Luther, Rechtsanwälte.

Habe mir die Telefonnummer nicht notiert. Sie steht bereits in meinem Filofax unter »R«. Ein älteres Ehepaar allerdings schrieb sie sich ab. Sie hatten Fahrradferien in »Peter Mayle Country« in der Provence gebucht und hätten morgen abreisen sollen. Sie sahen sich mit der schrecklichen Tatsache konfrontiert, daß sie nun nicht an der berühmten Tafel auf der berüchtigten Terrasse sitzen und möglicherweise mit Pierre Mayle nebst *femme* Tee trinken würden.

Im Weggehen hörte ich, wie sie zu ihm sagte: »Nimm's nicht so tragisch, Derek, wir haben doch noch den Wohnwagen in Ingoldmells.« Eine wunderbare Frau, unerschütterlich im Angesicht der Katastrophe. Mr. Mayle wurde um die Gelegenheit gebracht, eine echte Britin kennenzulernen.

Sonntag, 8. September

Habe mich für Jake Westmorland entschieden.

> *Kapitel siebzehn: Jake – ein Held unserer Tage*
> Jake stand auf seinem Panzer auf dem Roten Platz. Wie gut, daß ich in der Schule Russisch statt Französisch gewählt habe, dachte er. Dann, nachdem er die Massen mit einer leichten Handbewegung zum Schweigen gebracht hatte, begann er zu sprechen.

»Ich bin Jake Westmorland«, rief er. Die revolutionären Horden grölten ihm dankbar zu. Ein Meer von Bannern flatterte vergnügt im Wind. Die Kuppel der St.-Basilius-Kathedrale leuchtete in der heißen russischen Sonne, während Jake versuchte, die Massen wieder zu beruhigen und mit seiner Rede zu beginnen. Die Rede, die, wie er hoffte, den Zerfall der Sowjetunion verhindern würde...

Montag, 9. September

Habe elf Reden für Jake geschrieben und sie alle in den Papierkorb geworfen. Keine von ihnen war dazu angetan, den Lauf der Weltgeschichte zu beeinflussen.

...Aber noch ehe Jake dazu kam, jene Rede zu halten, die die Sowjetunion womöglich hätte retten können, ertönte ein Schuß, und Jake fiel von seinem Panzer und in die Arme von Natascha, seiner russischen Geliebten. Sie warf Jake über ihre Schulter, und die schweigende Menge teilte sich, um den Weg für die beiden frei zu machen.

Donnerstag, 12. September

Cassandra hat mir befohlen, bis spätestens Sonntagmittag aus dem Haus zu sein! Die verdammten, lausigen Studenten haben alle zu mietenden Zimmer mit Beschlag belegt. Ich hatte keine andere Wahl, als mich auf Gedeih und Verderb dem Stadtrat von Oxford auszuliefern. Aber der Beamte, mit dem ich heute gesprochen habe, beharrte auf seinem Standpunkt, ich sei »aus eigenem Verschulden obdachlos«, und weigerte sich, mir zu helfen. Habe angefangen, Pappkartons zu sammeln. Entweder, um meine Sachen darin zu verstauen, oder um darin zu schlafen – wer weiß?

Freitag, 13. September

Christian ist mit den Kindern nach Wigan gefahren zu seiner Mutter. Cassandra, das Scheusal, läuft in ihren grauenhaften Klamotten im Haus herum und singt ihren lächerlichen Rap. Habe sie heute abend gefragt, ob ich meine Bücher hier auf dem

Dachboden verstauen kann, bis ich eine neue Wohnung gefunden habe. »Bücher?« fragte sie, als ob sie das Wort noch nie gehört hätte.

»Ja«, sagte ich, »*Bücher.* Du weißt schon, diese Dinger mit all dem Papier zwischen zwei Pappdeckeln. Manchen Leuten macht es Spaß, sie zu lesen.«

Cassandra schnaubte verächtlich. »Bücher gehören der Vergangenheit an, genauso wie Pfennigabsätze und Gerry and the Pacemakers. Wir leben in den neunziger Jahren, Adrian. Das Zeitalter der Technologie.«

Sie ging an ihren PC und drückte eine Taste. Der Bildschirm füllte sich mit kleinen grünen Männchen mit Wikingerhelmen, die gegen kleine rote Männchen mit Baseballmützen kämpften, die aus einer Höhle kamen. Cassandra starrte begierig auf den Bildschirm. Ich hatte das Gefühl, daß unser Gespräch beendet war, und verließ das Zimmer.

Frage: Ist die Welt dabei durchzudrehen, oder bin ich es?

Samstag, 14. September

8.30 Uhr

Alternativen

1. Pandora (aussichtslos)
2. Bianca (unmöglich)
3. Mutter (letzte Zuflucht)
4. Bed and Breakfast (teuer)
5. Wohnheim (Flöhe, Gewalt)
6. Straße

11.30 Uhr

1. Pandora hat mich eiskalt abblitzen lassen. Sie ist eine wahre *Belle Dame sans Merci.*
2. Bianca ist nach Wolverhampton zu einem Guns-'n'-Roses-Konzert gefahren. Habe eine Nachricht im Zeitungsladen hinterlassen.
3. Meine Mutter ist unterwegs, um sich einen neuen Getreidekreis in der Nähe von Kettering anzusehen.

4. Das billigste Bed and Breakfast kostet £ 15,99 *pro Nacht!*
5. Unter »Wohnheim« steht nichts im Telefonbuch.
6. Bin um Punkt zwölf auf der Straße gelandet.

23.35 Uhr, Leicester. Im Haus von Bert Baxter
Soweit ist es also gekommen. Ich bin so tief gesunken, daß ich im Wohnzimmer eines Rentners, wo es nach Katzen stinkt, auf einer Pritsche schlafen muß. Für heute nacht nimmt Baxter mir £ 5 ab, plus £ 2,50 für Speck und Eier. Das Haus meiner Mutter ist unbeleuchtet und verschlossen, und der Schlüssel liegt nicht an seinem gewöhnlichen Platz in der Dachrinne. Unter normalen Umständen hätte ich das kleine Fenster in der Speisekammer aufgebrochen und wäre hineingeklettert, aber meine Mutter hat eine Alarmanlage einbauen lassen. Ist sie größenwahnsinnig geworden oder was?

Mein angeblich mittelloser Vater ist mit einer reichen geschiedenen Frau namens Belinda Bellingham nach Florida in Urlaub gefahren. Ich weiß, ich könnte zu meiner Oma ziehen, aber ich möchte ihr ersparen zu erfahren, daß ich arbeits- und obdachlos bin. Der Schock würde sie umbringen. Sie hat mein Abschlußzeugnis von der Mittelschule eingerahmt und an die Wand gehängt. Mein Abiturzeugnis hängt in einem silbernen Rahmen über dem Kamin. Warum sollte ich einer alternden Diabetikerin solchen Kummer bereiten?

Montag, 16. September

1.35 Uhr. Versuche gerade, auf der Ausziehcouch im Wohnzimmer meiner Mutter zu schlafen. Während ich schreibe, dudelt der Fernseher im Schlafzimmer meiner Mutter. Die Waschmaschine hat gerade den Schleudergang eingelegt. Die Spülmaschine quietscht, und irgend jemand steht unter der Dusche. Folglich dröhnen die Wasserleitungen im ganzen Haus. Mein Stiefvater, Martin Muffet, ist soeben mit seiner Do-it-yourself-Werkzeugkiste nach oben gegangen. Schläft in diesem Haus eigentlich niemand?

Dienstag, 17. September

Meine Großmutter weiß alles. Meine Mutter hat es ihr erzählt. Sie ist empört. Hoffentlich findet sie niemals heraus, daß ich eine Nacht bei Bert Baxter verbringen mußte.

Mittwoch, 18. September

O. weiß von B&B bei B. B. Sie hat B. B. bei C&A getroffen.

Freitag, 20. September

Heute morgen kam eine Postkarte von der Hängebrücke in Clifton.

> Lieber Adrian,
> ich habe erst jetzt Deine Nachricht erhalten! Tut mir leid, daß ich Dich nicht mehr gesehen habe, bevor Du ausgezogen bist. Cassandra ist wirklich nicht das, was man sich unter einer Frau vorstellt!
>
> Ich war noch nie in Leicester. Ist es schön dort? Ich hoffe es für Dich!
>
> Hier ist Platz auf dem Fußboden für Dich, falls du Lust hast, nach Oxford zurückzukommen! Ich kenne jemanden, bei dem ich mir eine Zweiermatratze leihen kann.
>
> Bitte laß bald von Dir hören!
> Alles Liebe B.

Gräßlich, diese Ausrufezeichen. Könnte ich einen Fußboden mit einer Frau teilen, die mir das so leichtfertig anbietet? Und wie würde die Schlafordnung wohl aussehen? Diese »Zweiermatratze«, die sie erwähnt. Soll die für mich alleine sein? Wenn ja, warum eine für zwei? Ich gehe davon aus, daß sie für sich ein ordentliches Bett hat. Habe mich entschlossen, ihr einen mehrdeutigen Brief zu schreiben, in dem ich mir meine Möglichkeiten offenhalte, ohne mich auf irgend etwas festzulegen. Meine Mutter, die mir die Postkarte brachte, als ich noch im Bett lag, wollte *alles* über »B.« wissen. Größe, Gewicht, Figur, Hautfarbe, Ausbildung, Gesellschaftsschicht, Akzent, Kleidung, Schuhe. »Ist sie nett?« Habe ich »mit ihr geschlafen«? »Warum nicht?« Verglichen mit meiner Mutter ist die Spanische Inquisition ein Witz. Ein kompletter Witz.

Liebe Bianca,
es war sehr nett von Dir, mir zu schreiben und mir die Benutzung einer Zweiermatratze auf Deinem Fußboden anzubieten.

Ich muß gestehen, daß ich in einer Art Panik gehandelt habe, als ich um Deine Hilfe bei der Lösung meiner vorübergehenden Schwierigkeiten betreffs Unterkunft bat.

Ich bin über Deine Reaktion überrascht. Wir kennen uns noch nicht lange. Du kannst nicht wissen, ob ich womöglich an einer schweren Charakterschwäche oder an einer Psychose leide.

Ich würde Dir raten, in Zukunft etwas mehr Vorsicht walten zu lassen. Es würde mich betrüben zu sehen, wie Du von jemandem ausgenutzt wirst. Ich habe noch keine festen Pläne für die Zukunft. Leicester hat ein gewisses *je ne sais quoi:* es ist recht angenehm im Herbst, wenn die Blätter fallen und den Straßen und Wegen ein wenig Farbe verleihen.

Herzliche Grüße
Adrian

Sonntag, 22. September

Hatte mich auf ein traditonelles Sonntagsessen mit Yorkshire-Pudding und Soße etc. gefreut. Aber meine Mutter ließ mich um 13 Uhr wissen, daß sie kein Sonntagsessen mehr *zubereitet*. Statt dessen fuhren wir in Muffets Auto zu einem Schuppen, wo wir £ 4,99 pro Nase für ein paar Scheiben Pappe und vertrocknetes Gemüse hinblättern mußten, die uns von einem schwachsinnigen jungen Mann mit Kochmütze serviert wurden. Meine Schwester Rosie verschüttete Muffets Bier über den ganzen Tisch. Habe versucht, die Situation mit einem halben Dutzend Bierdeckeln zu retten – aber die Bierdeckel saugten einfach kein Bier auf. Sie stießen alle Flüssigkeit ab. Schließlich warf der Schwachsinnige uns einen stinkigen Lappen zu.

Frage: Welchem Zweck dienen die modernen Bierdeckel? Sind sie rein symbolischer Natur wie zum Beispiel ein Kruzifix?

18 Uhr. Meine Mutter hat mir erklärt, daß ich ihr für die Unterkunft »mindestens fünfunddreißig Pfund die Woche zahlen« muß, »oder du landest wieder auf der Straße«. Zählen Blutsbande im Jahre 1991 überhaupt nichts mehr?

Dienstag, 24. September

Meine Großmutter hat gesagt, ich kann bei ihr mietfrei wohnen, wenn ich den Rasen mähe, die Uhren aufziehe und für sie einkaufen gehe. Habe sofort zugesagt.

Mittwoch, 25. September

Habe Oma heute abend die ersten drei Kapitel von *Seht!* vorgelesen. Sie sagt, es ist das Beste, was sie je gehört hat. Sie findet, die Verleger, die es abgelehnt haben, müssen bescheuert sein. Für Mr. John Tydeman hatte sie nur Verachtung übrig. Sie hat ihm erst neulich geschrieben, um sich über die Sexszenen in *The Archers* zu beschweren. Sie behauptet, er hat ihr noch nicht einmal persönlich geantwortet. Offenbar hat er eine Maschine, die das für ihn erledigt.

Sonntag, 29. September

Archers Omnibus. Spiegelei, Speck, geröstetes Brot, *The People.* Roastbeef, Bratkartoffeln, Kartoffelpüree, Kohl, Möhren, Erbsen, Yorkshire-Pudding, Soße, Apfelstreusel, Zuckerguß, Tasse Tee, extrastarke Pfefferminzdrops, *News of the World.* Lachsbrote in Dosen, Mandarinen und Marmelade, Rosinenkuchen, Tasse Tee.

Montag, 30. September

Kapitel achtzehn: Zurück in den Hügeln

Jake lehnte sich in seinem Schaukelstuhl zurück und sah seiner Großmutter dabei zu, wie sie eine Strohpuppe bastelte. Ihre Wangen glühten in der Hitze des Ofens wie rote Äpfel.

Der Kupferkessel sang. Der Kanarienvogel im Käfig am Fenster stimmte mit ein. Jake stieß einen tiefen, zufriedenen Seufzer aus. Er war froh, Rußland und die unerfreuliche Zeit mit Natascha hinter sich gelassen zu haben. Hier konnte er sich wirklich entspannen, hier, in den Hügeln, in der Hütte seiner Großmutter.

Dienstag, 1. Oktober

Mein Vater kam heute abend mit Belinda Bellingham zu meiner Großmutter, um uns einander vorzustellen. Ich war wie vom Donner gerührt: sie ist eine piekfeine Person! Mein Vater aspiriert jetzt seine »t's«, er sagt jetzt »Thisch« statt »Tisch«. Außerdem hat er sich gute Manieren angewöhnt: jedesmal, wenn meine Großmutter das Zimmer betrat, sprang er von seinem Sessel auf.

Schließlich fuhr sie ihn an: »Bleib *sitzen*, George. Du führst dich ja auf wie ein Stehaufmännchen.«

Mrs. Bellingham ist blond und hübsch und hat diese Wangenknochen, die Jahrhunderte sorgfältiger Auslese verraten. Mir kam sie sehr blaß vor, wenn man bedenkt, daß sie gerade erst zwei Wochen in der Sonne verbracht hat. Später am Abend fand ich heraus, daß sie sich vor Hautkrebs fürchtet. Anscheinend hat sie ihren ganzen Urlaub damit zugebracht, von einem schattigen Fleckchen zum nächsten zu rennen. Mrs. Bellingham ist Geschäftsführerin von »Bell Safe« – eine Firma, die Alarmsysteme vertreibt. Nächsten Montag fängt mein Vater in der Firma als Mrs. Bellinghams Verkaufsleiter an. Sie wollten meine Großmutter dazu überreden, sich zum Selbstkostenpreis eine Alarmanlage einbauen zu lassen, aber sie lehnte ab und sagte: »Nein danke. Wenn ich aus dem Haus muß, stelle ich das Radio laut und lasse die Tür offen.«

Mrs. Bellingham und mein Vater sahen sich entsetzt an. Aber Oma fuhr fort: »Ich bin in sechzig Jahren noch nie ausgeraubt worden, und außerdem, wenn ich mir eine Alarmanlage einbauen ließe, dann wüßten die Leute, daß ich etwas Wertvolles besitze, stimmt's?«

Es entstand ein peinliches Schweigen. Schließlich sagte mein

Vater: »Also, Belinda, dann werde ich dich mal nach Hause bringen, ja?«

Er holte ihren Mantel und half ihr hinein. Offenbar hat sie ihm Unterricht in Etikette gegeben. Als sie weg waren, schockierte mich meine Großmutter mit dem Kommentar: »Dein Vater ist ein richtiger Arschkriecher geworden, was?«

Vielleicht leidet sie an frühzeitigen Symptomen von seniler Geistesschwäche. Ich habe sie noch nie Schimpfwörter benutzen hören.

Sir Alan Green, der oberste Staatsanwalt, ist dabei erwischt worden, wie er sich mit einer Prostituierten unterhalten hat, und zurückgetreten. Nach dem Erlaß über sexuelle Vergehen aus dem Jahre 1985 kann ein Mann, der dabei erwischt wird, daß er sich einer Frau mehrmals nähert, von der Polizei verhaftet werden. Das ist mir neu. Werde von nun an höchste Vorsicht walten lassen, wem ich mich auf der Straße nähere.

Freitag, 4. Oktober

Oma und ich haben heute einen gründlichen Hausputz gehalten. Oma hat eine Bazillenphobie. Sie ist davon überzeugt, daß sie überall auf der Lauer liegen und nur darauf warten, sie anzuspringen und umzubringen. Ich persönlich sehe die Ursache dafür in der Fernsehreklame für einen WC-Reiniger, in dem »Bazillen« von der Größe eines Koboldes auftauchen, die boshaft kichernd hinter der Biegung des Siphons lauern. Obschon ich diese Reklame schon mehrere hundert Mal gesehen habe, kann ich mich nicht erinnern, wie der WC-Reiniger heißt.

Frage: Ist Fernsehwerbung effektiv?

Nach dem Hausputz hat Oma sich vor den Fernseher gesetzt und sich angesehen, wie die Labour Party zum Abschluß ihrer Sitzung in Brighton »We Are the Champions« gesungen hat. Nicht viele Mitglieder des Schattenkabinetts kannten den Text. Ich hoffe, Freddy Mercury hat sich das nicht angesehen – ihm hätten die Zähne weh getan, von seinem Magen ganz zu schweigen.

Sonntag, 6. Oktober
Als ich heute im *Observer* blätterte, starrte mir plötzlich Barry Kents häßliche Visage entgegen. Anscheinend ist er einem Verein namens The Groucho Club beigetreten. Habe den Artikel darüber begierig gelesen. Es ist genau die Art von Verein, in dem ich gerne Mitglied würde. Sollte ich dieses Ziel jemals erreichen, werde ich dem Manager (Liam) die Wahrheit über Kents Vergangenheit erzählen und dafür sorgen, daß er disqualifiziert wird.

Elizabeth Taylor hat einen Maurer mit einer schlechten Dauerwelle geheiratet. Er heißt Larry Fortensky. Michael Jacksons Affe, Bubbles, war der Brautführer.

Kapitel neunzehn: Zeit, wieder auf Reisen zu gehen
Als die Dorfglocke Mitternacht schlug, schlüpfte Jake aus der Hütte. Auf leisen Sohlen lief er die Straße hinunter auf das Minitaxi zu, das ihn, wie bestellt, am Postamt erwartete. Als er seinen Rucksack in den Kofferraum warf und in das Taxi stieg, atmete er erleichtert auf. Er wollte nie wieder die rosigen Wangen seiner Großmutter sehen, und er schwor sich, die nächste Strohpuppe, die ihm in die Finger fallen würde, auf der Stelle zu verbrennen.

»Drücken Sie auf die Tube!« herrschte Jake den Taxifahrer an. »Fahren Sie mich in den nächsten städtischen Ballungsraum.«

Der Fahrer des Minitaxis zog die Augenbrauen zusammen. »Was ist 'n städtischer Ballungsraum auf englisch?« fragte er.

»Okay, Sie Tölpel«, schnappte Jake. »Wenn Sie es genau wissen wollen, bringen Sie mich zum Groucho Club.«

Als der Taxifahrer die magischen Worte vernahm, strafften sich seine Schultern. Seine Schuppen hörten auf zu rieseln. Seit Jahren hatte er auf den Tag gewartet, an dem er diese Worte hören würde: »Bringen Sie mich zum Groucho Club«. Er sah Jake jetzt mit Respekt an und tat, wie ihm geheißen. Er trat das Gaspedal durch, und das Taxi raste von den Hügeln der großen Metropole entgegen, wo die Größen der Gesellschaft im Groucho zweifellos dabei waren, den Hauswein zu schlürfen und geistreich zu parlieren. Jake hoffte, Belinda würde dort sein, an der Bar sitzen, ihre wohlgeformten Beine zeigen und hysterisch über einen von Jeffrey Barnards Witzen lachen.

Montag, 7. Oktober

Barry Kent dreht für BBC2 einen Film über seine »Wurzeln«. Die Fernsehkameras waren heute im Co-op und haben den halben Laden blockiert. Habe mich beim Manager (der zufällig keinen Tag älter als siebzehn wirkte) beschwert, weil ich nicht an das Katzenfutter kam. Er sagte: »Barry Kent kommt heute persönlich hierher.« Es hörte sich an, als ob er von einem Mitglied der königlichen Familie redete.

Ich sagte: »Das interessiert mich nicht die Bohne. Ich möchte drei Dosen Whiskas, und zwar *sofort!*« Der jugendliche Manager ging zu einem der Kameraleute und bat ihn unterwürfig, ihm drei Dosen Katzenfutter herüberzureichen. Der Kameramann kam der Bitte höchst widerwillig, wie mir schien, nach, und nachdem ich den vom Starrausch überwältigten Jungen bezahlt hatte, verließ ich den Laden.

Dienstag, 8. Oktober

Meine Mutter hat sich dazu überreden lassen, vor der Kamera über »den Barry Kent, den sie als Jungen gekannt hat«, zu sprechen. Habe sie beschworen, die Wahrheit über diesen rücksichtslosen, verlogenen, schmuddeligen, begriffsstutzigen Jungen zu erzählen, den wir alle gekannt und verachtet haben.

Statt dessen sagte meine Mutter: »Ich habe Barry immer als einen empfindsamen Jungen erlebt.« Der Regisseur wollte sie neben ihrem überquellenden Mülleimer hinter dem Haus filmen.

»Müßte ich nicht von einem Maskenbildner geschminkt und zurechtgemacht werden?« fragte meine Mutter. Aber Nick, der Regisseur, sagte: »Nein, Mrs. Mole, wir machen das ganz authentisch.« Meine Mutter befühlte den Herpes an ihrer Lippe und sagte: »Ich hatte mit ein bißchen Tarnfarbe für mich gerechnet, um das hier zu verdecken.« Statt dessen wurde ein starker Scheinwerfer auf sie gerichtet, der jede einzelne Linie und Falte im Gesicht meiner Mutter ausleuchtete.

Dann rief der Regisseur: »Go!«, und meine Mutter legte los.

Sie war völlig aus dem Häuschen. Nach siebzehn vergeblichen Versuchen packten die Leute von BBC2 ihren Kram zusammen und fuhren ab. Meine Mutter rannte nach oben und warf sich auf ihr Bett. Es gibt keinen bedauernswerteren Anblick als einen Menschen, den man vergeblich zu interviewen versucht hat.

Samstag, 12. Oktober

Kent tänzelt noch immer in der Nachbarschaft herum. Habe ihn gesehen, wie er beim Straßenentlanggehen gefilmt wurde. Er trug einen bodenlangen Mantel, Cowboystiefel und eine Sonnenbrille. Habe mich geduckt, um nicht gesehen zu werden. Ich lege keinen Wert darauf, als der Einfaltspinsel aus *Das Tagebuch eines Einfaltspinsels* identifiziert zu werden.

Bin mit dem Hund auf dem Feld spazierengegangen, wo Pandora früher ihr Pony, Blossom, ausgeritten hat. Er wurde ziemlich schnell müde. Mußte ihn nach Hause tragen.

Auf dem Nachhauseweg bin ich Mrs. Kent, Barrys Mutter, begegnet. Sie führte ihren Pitbullterrier aus. Habe sie gefragt, ob sie das Vieh angemeldet hat (was gesetzlich vorgeschrieben ist).

Sie sagte: »Butcher würde keiner Fliege etwas zuleide tun.«

»Ich sorge mich nicht um die Fliegen«, erwiderte ich. »Sondern um das zarte Fleisch von kleinen Kindern.«

Sie wechselte das Thema und erzählte mir, daß Barry ihr das Haus gekauft hat, in dem sie jetzt wohnt. Darüber mußte ich herzhaft lachen. Das Haus der Familie Kent gilt hier in der Gegend als Synonym für Verwahrlosung. Die machen jeden Winter Brennholz aus den Zimmertüren.

Sonntag, 13. Oktober

Heute nacht Kapitel neunzehn vollendet.

Jake hatte es satt, Interviews zu geben. Er befahl den Journalisten, den Groucho Club zu verlassen und ihn in Ruhe zu lassen. Er wandte sich an Lenny Henry. »Laß uns einen trinken, Len«, sagte er. Lenny lächelte, und Jake schnalzte mit den Fingern. Augenblicklich eilte ein Kellner herbei und verbeugte sich ehrerbietig vor Jake. »Eine Flasche Champagner – eine große – und drei Gläser«, denn Jake hatte soeben einen seiner besten Freunde, Richard Ingrams, berühmt aus *New Quiz*, durch die geheiligten Schwingtüren hineintreten sehen. »Hey, Rich, komm rüber!« rief Jake. Aus der Eingangshalle waren Geräusche wie von einer Rauferei zu hören. Als Jake sich umwandte, sah er, wie Liam, der Manager, Kent Barry, den gescheiterten Schriftsteller, aus dem Club und in den Rinnstein warf.

Montag, 14. Oktober

Liebe Bianca,
ich habe noch einmal über Dein Angebot nachgedacht. Kann ich es noch in Anspruch nehmen? Es käme mir sehr gelegen, wenn ich ein paar Nächte auf Deinem Fußboden in Oxford verbringen könnte. Um ehrlich zu sein, ich halte es keinen Augenblick länger bei meiner Familie aus. Es ist nicht nur der Geräuschpegel und das ewige Gezänk; es sind die kleinen Dinge – der verkrustete Hals der Curryketchupflasche, die schleimige Seifenschale, die Hundehaare in der Butter. Du kannst mich unter der oben angegebenen Nummer zu jeder Tages- und Nachtzeit anrufen. In diesem Haus schläft niemand.

Herzlichst
Adrian Mole

Dienstag, 15. Oktober

Meine Schwester Rosie hat mir heute morgen eröffnet, daß sie mich nicht ausstehen kann. Es brach aus ihr heraus, als ich ihr vorschlug, sich die Haare zu kämmen, bevor sie zur Schule geht. Meine Mutter ist aufgestanden und nach unten gekommen. Sie steckte sich die zweite Zigarette des Tages an (die erste raucht sie im Bett) und ergriff sofort Rosies Partei. Sie sagte: »Laß das Kind in Ruhe.«

Ich sagte: »Irgend jemand muß schließlich in diesem Haus für Anstand sorgen.«

»Du hast es gerade nötig«, sagte meine Mutter. »Dein Bart sieht aus wie ein Rattennest. Ich begreife nicht, wie du das so nah an deinem Mund erträgst. Wenn jemand vom Gesundheitsamt ihn inspizieren würde, würde er aus dem Verkehr gezogen.«

Im darauffolgenden Streit wurden von beiden Seiten allerhand Gemeinheiten ausgesprochen, was mir nun leid tut. Ich warf ihr vor, sie sei eine unmoralische Person und habe ihre Kinder vernachlässigt. Im Gegenzug hielt sie mir vor, ich sei ein »milchbärtiger Einfaltspinsel«. Sie hat mir gesagt, sie hätte heimlich mein Manuskript *Seht!* gelesen, und es sei »von der ersten bis zur letzten Seite der reinste Stuß«. Sie sagte: »Für den unwahrscheinlichen Fall, daß du es jemals veröffentlichst, hoffe ich, daß du ein Pseudonym benutzen wirst, denn um ehrlich zu sein, Adrian, ich könnte die Schande nicht ertragen.«

Ich habe meinen Kopf auf den Küchentisch gelegt und bitterlich geweint.

Da legte meine Mutter ihren Arm um meine Schultern und sagte: »Ist ja schon gut, Adrian. Nicht weinen. Ich hab's nicht so gemeint, ich finde, für einen ersten Versuch ist *Seht! Die flachen Hügel meiner Heimat* gar nicht so schlecht.«

Aber es hatte keinen Zweck. Ich habe geweint, bis ich völlig ausgetrocknet war.

22 Uhr. Warum hat Bianca noch nicht angerufen? Habe den Brief doch per Expreß geschickt.

Donnerstag, 17. Oktober

Habe noch etwas Geld von meinem Sparkonto bei der Market Harborough Building Society abgehoben. Mein Traum vom eigenen Heim ist in noch weitere Ferne gerückt.

Habe eine Postkarte von der Forth Bridge erhalten, ohne Absender, aber in London abgestempelt.

Lieber Adrian,
ich gehe nach London, um mir einen ordentlichen Job zu suchen. Habe einen Vorsprechtermin bei British Rail.

Schreibe in Eile. Schicke Deine Antwort bitte an die Adresse meiner Freundin Lucy:

c/o Lucy Clay
Flat 10
Dexter House
Coghill Street
Oxford

Sie hat mir versprochen, die Post an mich weiterzuleiten. Ich hoffe, es geht Dir gut. Ich vermisse Dich!

Alles Liebe

B.

PS Was hältst Du von einem Fußboden in London, falls ich einen finde?

Freitag, 18. Oktober

Kapitel zwanzig: Die Abrechnung

Jake zog das Erdungskabel aus dem Stecker des Rasenmähers und setzte den Stecker dann wieder zusammen. Er hörte seine Mutter mit ihrem Geliebten (einem Schuljungen namens Craig) telefonieren.

Er wartete, bis sie ihr Liebesgesäusel beendet hatte und wieder auf der Terrasse erschien. »Ich habe den Rasen zur Hälfte gemäht, Mutter«, rief er, »aber jetzt muß ich zum Friseur gehen.«

Seine Mutter zog die Augenbrauen zusammen und ließ Asche überall auf ihr Kaschmirkleid fallen. »Aber Jake, Liebling«, wandte sie ein. »Du weißt doch, daß ich halbe Sachen nicht ausstehen kann.« Sie ging auf den Rasenmäher zu.

Jake mußte innerlich lachen. Auf diesen Wesenszug seiner Mutter hatte er gesetzt. Als er durch die Terrassentür ins Haus trat, hörte er hinter sich den Rasenmäher losdröhnen. Dann folgte ein schriller Schrei.

Jake wurde sofort von Schuldgefühlen gepackt, doch dann tröstete er sich damit, daß er seine Mutter immer wieder ermahnt hatte, eine Sicherung einzubauen; ein Rat, den sie törichterweise stets ignoriert hatte.

Sonntag, 20. Oktober

Heute war mein Vater an der Reihe, einen Tag mit Rosie zu verbringen. Wie immer ist er mit ihr zu McDonald's gegangen. Während sie nach ihren Schuhen suchte, hatten mein Vater und ich ein Gespräch von Mann zu Mann über meine Mutter. Wir waren uns einig, daß es unmöglich ist, mit ihr zusammenzuleben. Wir haben uns köstlich über Martin Muffet amüsiert, der im Garten dabei war, mit Hilfe seiner Black-und-Decker-Werkbank ein Gewächshaus zu bauen. Wir waren beide der Meinung, daß Muffet um zehn Jahre gealtert ist, seit er meine Mutter geheiratet hat.

Ich beglückwünschte meinen Vater zu dem Fang, den er mit Belinda Bellingham gemacht hat, und gestand ihm, daß ich nicht viel Glück mit Frauen habe. Mein Vater meinte: »Sag ihnen, was sie hören wollen, Sohn, und kauf ihnen alle vierzehn Tage einen Blumenstrauß. Das ist das ganze Geheimnis.«

Ich fragte ihn, ob er beabsichtigt, Mrs. Bellingham zu heiraten, aber bevor er mir eine Antwort geben konnte, wankte meine Mutter mit einem riesigen Karton Krempel herein, den sie auf dem Flohmarkt gekauft hatte. Sie hatte ein Gemälde von Christus am Kreuz gekauft, einen Aschenbecher mit zwei aufgemalten Scotchterriern, einen Toastständer aus Aluminium, siebenundzwanzig krumme Kerzen, eine Tischdecke aus Cordsamt, eine LP von Tom Jones, sechs Kochäpfel und ein Steuerrad. Während sie den Schrott aufgeregt auf den Küchentisch packte, sah ich, wie mein Vater sie mit liebestrunkenen Augen – anders kann man es nicht beschreiben – anblickte.

Montag, 21. Oktober

Bianca hat angerufen, aber ich war gerade bei Bert Baxter, um ihm seine ekelhaften Zehennägel zu schneiden. Meine Mutter hat eine Telefonnummer aufgeschrieben, unter der ich Bianca erreichen kann, aber dann hat sie den Zettel sogleich verlegt. Wir haben das ganze Haus abgesucht, konnten den Zettel aber nicht finden. Wahrscheinlich hat der Hund ihn gefressen. Er hat sich neuerdings angewöhnt, ganze Seiten des *Leicester Mercury* zu vertilgen. Entweder wird er langsam immer neurotischer, oder er leidet an Vitaminmangel – wer weiß? Wir können es uns nicht leisten, deswegen mit ihm zum Tierarzt zu gehen.

Dienstag, 22. Oktober

Habe eine Postkarte vom Busbahnhof in Leicester an Bianca c/o Lucy Clay geschickt:

Liebe Bianca,
vielen Dank für Deine Postkarte von der Forth Bridge.

Ich war sehr überrascht zu hören, daß Du aus Oxford weggehst und in den »Smoke« ziehst, wie die Cockneys sagen.

Ich wünsche Dir Glück bei Deiner Suche nach einem »ordentlichen Job«. Halte mich auf dem laufenden. Ich habe bisher noch kein Glück gehabt, aber ich geb's nicht auf.

Das Leben mit meiner Familie ist sehr schwierig. Wir haben einfach einen völlig unterschiedlichen Lebensstil. Ich bemühe mich, den Lärm und die Unordnung zu tolerieren, aber es ist hart, sehr hart.

Es grüßt Dich
mit den besten Wünschen
Adrian

Mrs. Bellingham hat mir einen Job als Verkäufer von Sicherheitsanlagen angeboten. Die Arbeitszeit ist abends. Ich muß nervöse Hausbesitzer im Dunkeln aufsuchen und ihnen so lange eine Heidenangst einjagen, bis sie einen Kaufvertrag für ein Alarmsystem oder eine Sicherheitsbeleuchtung unterschreiben. Habe gesagt, ich würd's mir überlegen.

Daraufhin sagte Mrs. Bellingham auf ihre vorsichtige Art: »Es gibt drei Millionen Arbeitslose. Wieso mußt du darüber nachdenken?«

Ich sagte, ich gäbe mich der Hoffnung hin, daß auch Bettler noch eine Wahl haben.

Sie bietet mir £ 3,14 die Stunde an. Keine Provision, keine Sozialversicherung, kein Arbeitsvertrag – cash in die Hand. Ich fragte sie, ob sie etwas dagegen hätte, daß ich Mitglied in der Gewerkschaft bin. Da wurde sie leichenblaß und sagte: »Leider ja. Die Zähmung der Gewerkschaften war die größte Leistung von Mrs. Thatcher.« Mein Vater ist der Lakai einer Thatcheranhängerin!

Donnerstag, 24. Oktober

Ich verachte mich selbst. Ich habe erst zwei Abende gearbeitet, aber ich habe bereits ein komplettes Sicherheitssystem, sechs Alarmanlagen für Autos, vier Türspione und ein halbes Dutzend Fahrradschlösser verkauft. Meine Methode ist ganz simpel. Ich gehe in ein Haus und zeige den Eigentümern die Mappe, die Mrs. Bellingham für mich zusammengestellt hat. Ihr Inhalt besteht aus Schauergeschichten, die der Regenbogenpresse und Polizeiberichten entnommen sind. Wenn man dieses beängstigende Dokument erst einmal durchgeblättert hat, müßte man als Hausbesitzer schon von erheblicher Unbekümmertheit sein, um nicht einzusehen, daß eine größere Sicherheit für das Eigenheim wünschenswert wäre.

Mrs. Bellingham hat mich angewiesen, den Leuten folgende Frage zu stellen: »Meinen Sie nicht, daß Ihre Familie es verdient, vor den Mächten des Bösen, die in unserer Gemeinde ihr Unwesen treiben, besser beschützt zu werden?«

Bisher hat erst einer diese Frage mit »Nein« beantwortet, und das war ein völlig überfordert wirkender Vater von sechs halbwüchsigen Jungs.

Montag, 28. Oktober

Habe meinen Bart abrasiert. Mrs. Bellingham war der Meinung, ich sähe mit Bart wenig vertrauenerweckend aus. Ich stehe völlig in ihrer Macht. Wenn sie von mir verlangte, in einem Batman-Outfit zu arbeiten, müßte ich ihr gehorchen. Ich habe als ihr Angestellter keinerlei Rechte.

Donnerstag, 31. Oktober

Endlich! Es geht wieder aufwärts mit der Wirtschaft! Der britische Unternehmerverband C.B.I. hat verlauten lassen, daß in den nächsten Jahren ein Wachstum in Produktion und Export zu erwarten ist. Laut seinen Berichten stehen den Produktionsbetrieben große Aufträge in Aussicht. Habe meiner Mutter diese guten Neuigkeiten berichtet. »Ja«, sagte sie, »und am Samstag feiert der Hund Hochzeit, und ich bin seine Brautjungfer.« Und dann bekamen sie und Martin Muffet wie üblich einen irrsinnigen Lachanfall.

Ken Barlow, berühmt aus der Serie *Coronation Street*, stand wegen Verbreitung von Langeweile vor Gericht. Er wurde für unschuldig befunden und mit einem Preis von £ 50000 belohnt.

Meine Mutter hat in dem neuen Supermarkt, der im Zentrum von Leicester eröffnet hat, einen Job als Sicherheitskraft bekommen. In ihrer Uniform sieht sie aus wie eine Polizistin aus New York City. Sie hat der Sicherheitsfirma »Group Five« erzählt, sie sei *fünfunddreißig Jahre* alt! Jetzt hat sie dauernd Angst, daß herauskommen könnte, wie alt sie tatsächlich ist, nämlich siebenundvierzig. Werden die Leute bei Group Five nur halb überprüft? Oder hat ihr Vorstellungsgespräch in einem mit Kerzen beleuchteten Büro stattgefunden? Ich fragte sie das.

Sie sagte: »Ich hab mir jede Menge Make-up von Max Factor aufgelegt und mich mit dem Rücken zum Fenster gesetzt.«

Freitg, 1. November

Angesichts meines wachsenden Erfolgs beim Vertrieb ihrer Sicherheitsutensilien hat Mrs. Bellingham meinen Stundenlohn von £ 3,14 auf £ 3,25 erhöht! Mann o Mann! Schießt eine Kanone ab! Laßt die Ballons steigen! Knackt den Schampus! Macht eine Pressemitteilung! Benachrichtigt die Red Arrows!

Samstag, 2. November

Mit seinem Schweizer Armeemesser setzte Jake die Alarmanlage außer Kraft. Innerhalb weniger Augenblicke hatte er die Vorhängeschlösser, Riegel und Ketten der Haustür überwunden und stand in der Eingangshalle von Bellingham Towers.

Im Obergeschoß lagen die Eigentümer des historischen Landhauses, Sir George und Lady Belinda, in tiefem Schlaf, nachdem sie sich eine Stunde lang heftig geliebt hatten. Auch ihre Tochter, die Ehrenwerte Rosemary, befand sich dort. Kichernd steckte Jake das Familiensilber und verschiedene *objets d'art* in eine schwarze Plastiktüte. Er verspürte keine Schuldgefühle. Er raubte die Stinkreichen aus, um die Stinkarmen zu retten. Er war der Robin Hood von Leicester.

Meine Mutter behauptet, ich sehe genauso aus wie John Major, vor allem, wenn ich meine Lesebrille trage. Das ist kompletter Blödsinn: im Gegensatz zu Mr. Major besitze ich Lippen. Sie sind vielleicht ein bißchen schmal, aber sie sind zweifellos vorhanden. Wenn ich Major wäre, würde ich mich einer Lippentransplantation unterziehen. Mick Jagger könnte als Spender in Frage kommen.

Dienstag, 5. November

Robert Maxwell, der Zeitungsmagnat, ist auf seiner Yacht *Lady Ghislaine* über Bord gegangen.

War heute auf der Gemeindeparty mit Freudenfeuer für Senioren, und zwar habe ich Bert Baxter in seinem Rollstuhl hingeschoben. Nach einer halben Stunde wurde Baxter aufgefordert, die Party zu verlassen, weil er dabei gesehen (und natürlich gehört) wurde, wie er Feuerwerkskörper in das Feuer warf. Die Organisatorin der Party, Mrs. Plumbstead, sagte zu ihrer Rechtfertigung: »Die Sicherheit geht vor.«

»Als ich ein Junge war, gab es so etwas wie Sicherheit noch nicht«, sagte Baxter verächtlich.

Ich schob ihn schweigend nach Hause. Ich war wütend. Seinetwegen habe ich die Folienkartoffeln, die Würstchen und die

Suppe verpaßt. Und dann mußte ich noch eine Stunde warten, bis die Gemeindeschwester kam und ihn ins Bett legte.

Donnerstag, 7. November

Kevin Maxwell bestreitet, daß die Geschäfte seines verblichenen Vaters in finanziellen Schwierigkeiten stecken.

Frage: Würden unsere Banken einem Mann in Geldschwierigkeiten einen Kredit über 2,5 Milliarden Pfund gewähren?

Antwort: Natürlich nicht! Unsere Banken sind respektable Finanzinstitute.

Sonntag, 10. November

War bei Großmutter wegen der Mohnblumenzeremonie am Gedenktag für die Toten der Weltkriege. Ich bin stolz auf meinen Großvater, Albert Mole. Er hat als tapferer Soldat im Ersten Weltkrieg gekämpft, damit ich heute nicht unter der Tyrannei eines fremden Unterdrückers leben muß.

Ich kann den obigen Satz nicht so stehenlassen. In Wahrheit hat mein armer toter Großvater im Ersten Weltkrieg gekämpft, weil er den Befehl dazu erhalten hatte. Er hat immer getan, was ihm befohlen wurde. In dieser Hinsicht komme ich genau auf ihn.

Montag, 11. November

Ein paar Halbstarke aus Leicester grölten, »Hey, John Major, wie geht's Norma?«, als ich heute abend aus dem Kino kam. Ich dachte, vielleicht stattet der Premierminister der Handelskammer von Leicester gerade einen Besuch ab, oder sonstwas, und blickte mich um, aber er war nirgendwo zu sehen. Dann wurde mir zu meinem Entsetzen klar, daß ihre Halbstarkensprüche auf mich gemünzt waren.

Mittwoch, 13. November

Ein Brief von Bianca.

Lieber Adrian,
vielen Dank für Deinen Brief, den Lucy mir nachgeschickt hat. Wie Du an meiner Adresse sehen kannst, wohne ich jetzt in London. Im Moment habe ich ein kleines Zimmer in Soho gemietet, aber es kostet £ 110 die Woche, ich werde also nicht lange hier bleiben!

Ich habe einen Job als Kellnerin in einem Restaurant namens »Savages«. Der Besitzer ist ein bißchen merkwürdig, aber die Angestellten sind nett. Ich würde mich freuen, Dich zu sehen, wenn Du mal wieder nach London kommst. Montags hab ich meinen freien Tag. Wie kommst Du mit Deinem Roman voran? Bist Du mit der Überarbeitung fertig? Ich kann es kaum erwarten, den ganzen Roman zu lesen!

Alles Liebe
Bianca (Dartington)

Donnerstag, 14. November

Liebe Bianca,
vielen Dank für Deinen Brief vom 11. Nov. Ich muß gestehen, daß es mich ziemlich überrascht hat, von Dir zu hören. Ich bin fast nie in London, aber vielleicht komme ich vorbei und besuche Dich, wenn ich das nächste Mal dort bin. Ist Soho nicht eine gefährliche Wohngegend? Bitte, sei vorsichtig, wenn Du durch die Straßen gehst. Ich persönlich vertrockne hier in dieser provinziellen Hölle.

Mit *Seht!* mache ich gute Fortschritte. Ich habe meinem Helden den Namen Jake Westmorland gegeben. Was hältst Du davon?

Bitte schreib mir wieder.
Herzliche Grüße

Adrian

Freitag, 15. November
Heute ist der Börsenmarkt in New York zusammengebrochen. Hoffe, daß sich das nicht auf die Zinsen bei der Market Harborough Building Society auswirkt.

Samstag, 16. November
Keine Antwort von B.

Sonntag, 17. November
Wieso wird in diesem Land sonntags keine Post ausgetragen? Wahrscheinlich hat die Kirche etwas dagegen. Glauben die Popen vielleicht, daß Gott einen Furz darauf gibt, ob Menschen sonntags Post erhalten oder nicht?

Montag, 18. November
Als Drucksache. Eine Postkarte mit dem Holborn Viadukt.

Lieber Adrian,
nein, Soho ist nicht gefährlich. Jake Westmorland finde ich *toll*. Wann kommst Du nach London?

Alles Liebe
Bianca

Dienstag, 19. November
Habe Bianca eine Postkarte mit dem Clock Tower von Leicester geschickt.

Liebe Bianca,
zufällig werde ich am Montag in London sein. Hättest Du Lust, mit mir zum Mittagessen auszugehen? Bitte schreibe mir oder rufe an, um mir Bescheid zu geben.

Mit den besten Wünschen
Adrian

PS Ich habe mir den Bart abrasiert. Die Bilder von Terry Waite im Fernsehen haben mich zu diesem Entschluß veranlaßt.

Mittwoch, 20. November
Die Weihnachtskarte von Großmutter ist angekommen. Die Läden sind überfüllt mit Nikoläusen, die mit irgendwelchen Glöckchen bimmeln und den anständigen Einkäufern im Weg stehen. Meine Mutter hat mir erzählt, daß sie während ihrer Arbeitszeit beobachtet hat, wie eine ältere Dame eine Schachtel Cadbury-Schokolade geklaut hat. Habe sie gefragt, was sie unternommen hat. Sie sagte: »Ich hab mich umgedreht und bin in die andere Richtung gegangen.«

Im Moment gibt es einen regelrechten Ansturm auf Alarmsysteme. Alle wollen die Dinger noch vor Weihnachten eingebaut haben, wenn sie ihre Häuser mit langlebigen Gebrauchsgütern und Nintendo-Spielen füllen.

Samstag, 23. November
Eine Postkarte von Bianca mit dem Kristallpalast.

Lieber Adrian,
ich muß am Montag arbeiten. Im Moment ist Hochsaison für Büropartys, aber komm trotzdem her. Ich werde früher Schluß machen. Ich freue mich auf Dich. Komm um 14.30 Uhr ins »Savages«, Dean Street.

Liebe Größe
Bianca

Sonntag, 24. November
Freddie Mercury ist an Aids gestorben. Hatte keine Zeit zu trauern, habe jedoch »Bohemian Rhapsody«, eine meiner Lieblingsplatten, aufgelegt.

Habe meine Garderobe auf meinem Bett ausgelegt (das heißt den *Inhalt* meiner Garderobe) und überlegt, was ich auf meiner

Fahrt nach London anziehen soll. Ich möchte von den feixenden Bewohnern der Metropole nicht als Tagesausflügler aus der Provinz erkannt werden. Habe mich für die schwarze Hose, das schwarze Hemd und das Tweed-Jackett entschieden. Meine grauen Schuhe müssen reichen. Habe den Wecker auf 8.30 Uhr gestellt. Der Zug fährt um 12.30 Uhr ab.

Montag, 25. November

Soho

Bin in Bianca Dartington verliebt. Hoffnungslos, hilflos, wahnsinnig, irrsinnig, sagenhaft.

Dienstag, 26. November

Bin immer noch hier in Soho, in Biancas Zimmer über »Branda's Patisserie« in der Old Compton Street. Habe seit Montag 15.30 Uhr kaum Tageslicht gesehen.

Mittwoch, 27. November

Gedicht an Bianca Dartington:

Sanfter Blick
Schwarzes Haar
Welche Anmut
Wunderbar
Freie mich, sei mein Weib
Sei mein Glück mit Herz und Leib

Donnerstag, 28. November

Habe meine Mutter angerufen und sie gebeten, mir meine Bücher in die Old Compton Street zu schicken. Habe sie darüber informiert, daß ich jetzt mit Bianca in London lebe. Sie wollte meine Adresse haben, aber darauf bin ich nicht hereingefallen. Habe aufgelegt.

Freitag, 29. November
Gott, ich liebe sie! Ich liebe sie! Jede Minute, die sie nicht bei mir ist und im »Savages« arbeitet, ist mir eine Qual.

Frage: Wieso habe ich nicht gewußt, daß der menschliche Körper solche Wonnen erleben kann?

Antwort: Deshalb, Mole, weil du noch nie mit Bianca Dartington – die dich mit Leib und Seele liebt – geschlafen hattest.

Samstag, 30. November
Was habe ich bloß an Pandora Braithwaite gefunden? Sie ist eine überhebliche, arrogante Männerfresserin. Ganz und gar unausstehlich. Verglichen mit Bianca ist sie nichts, überhaupt nichts. Und was Leonora De Witt angeht, ich kann mich kaum noch an ihr Gesicht erinnern.

Ich möchte dieses Zimmer nie mehr verlassen. Ich möchte mein ganzes Leben in diesen vier Wänden verbringen (bis auf gelegentliche Ausflüge ins Badezimmer, das wir uns mit einem Feuerschlucker namens Norman teilen müssen).

Die Wände sind lavendelfarben gestrichen, und an die Decke hat Bianca kleine Sterne und Monde geklebt, die im Dunkeln leuchten. An der Wand zwischen den Fenstern hängt ein Poster mit der Hafenbrücke von Sydney. Das Doppelbett ist mit einer Tagesdecke aus indischem Stoff bedeckt, und darauf liegen jede Menge Kissen. Dann haben wir noch eine Kommode, die Bianca weiß angestrichen hat, und einen alten Sessel, über dem eine alte Tischdecke liegt. Einen wackligen Tisch, der teilweise golden angestrichen ist, und zwei Stühle aus Kiefernholz. Und über dem Bett hängt ein riesengroßes Foto von Isambard Kingdom Brunel, Biancas Schwarm.

Wenn ich morgens aufwache, kann ich es jedesmal nicht glauben, daß die schlanke Frau mit den langen Beinen, die neben mir liegt, die meine ist. Ich stehe immer als erster auf und setze den Wasserkessel auf. Dann lege ich zwei Scheiben Toast unter den Grill und bringe meiner Geliebten das Frühstück ans Bett. Ich erlaube ihr erst aufzustehen, wenn der Gasofen das Zimmer angewärmt hat. Sie erkältet sich so leicht.

Ihre Zufriedenheit ist mir viel wichtiger als meine eigene.

Heute morgen lief »Stand By Me« von Ben E. King auf *Capital Radio*.

»Ich liebe dieses Lied«, sagte ich. »Mein Vater hat es immer gespielt.«

»Ich liebe es auch«, sagte Bianca.

Wir haben zu dem Stück getanzt, ich in meinen Boxershorts und Bianca in ihrem rosa geblümten Schlüpfer.

»Stand By Me« ist jetzt unser Lied.

Sonntag, 1. Dezember

Heute waren wir in der National Gallery. Wir sind im Sainsbury-Flügel herumgelaufen wie die siamesischen Zwillinge. Wir ertragen es nicht, auch nur einen Augenblick lang getrennt zu sein. Die Renaissance-Gemälde leuchteten wie Juwelen und entfachten unsere Leidenschaft. Unsere Geschlechtsteile sind ein bißchen wund und angegriffen, aber das hat uns nicht daran gehindert, miteinander zu schlafen, sobald wir wieder in unserem Zimmer waren. Norman klopfte von nebenan an die Wand und hätte uns beinahe den Spaß verdorben, aber wir haben es geschafft, ihn zu ignorieren.

Montag, 2. Dezember

Als ich mir heute morgen meine Schuhe und Strümpfe anzog, bemerkte ich, daß Bianca mir mit einem seltsamen Ausdruck im Gesicht zusah.

»Was ist los, Liebling?« fragte ich.

Nach längerem guten Zureden gestand sie mir schließlich, daß sie alles an mir liebt, außer meine grauen Slipper und meine weißen Frotteesocken. Als Zeichen meiner Liebe zu ihr riß ich das Fenster auf und warf mein einziges Paar Socken und Schuhe auf die Old Compton Street. Die Folge dessen war, daß ich den ganzen Tag das Haus nicht verlassen konnte. Ich war ein barfüßiger Gefangener der Liebe.

Am Spätnachmittag hat Bianca mir drei Paar Socken aus dem

Sock Shop und ein Paar dunkle Straßenschuhe von Bally gekauft. Alles paßt perfekt. Die Schuhe sind *seriös*. Ich kam mir richtig erwachsen vor, als ich damit durchs Zimmer ging. Sodann ging ich zur Nat West Bank in der Wardour Street und habe mir am Geldautomaten £ 100 gezogen. Das war die höchste Summe, die ich jemals auf einmal abgehoben habe. Ich habe Bianca das Geld für die Schuhe gegeben (£ 59,99), was ebenfalls die höchste Summe ist, die ich jemals für ein Paar Schuhe ausgegeben habe. Es ist jetzt übrigens spät am Abend, und die grauen Slipper liegen immer noch in der Gosse. Habe einen Penner dabei beobachtet, wie er sie anprobierte, aber er zog die Augenbrauen zusammen und zog sie sofort wieder aus, obschon sie ihm gut zu passen schienen.

Mittwoch, 4. Dezember

Habe heute meine Mutter angerufen, um sie zu fragen, warum sie mir meine Bücher nicht geschickt hat.

»Vor allem weil du dich geweigert hast, mir deine Adresse zu geben, du blöder Hund!« brüllte sie. Dann erzählte sie mir, sie habe sich bei Cortney Elliot, unserem Briefträger, erkundigt, was es kosten würde, die Bücher mit der Post zu verschicken. Anscheinend hat er die Kosten auf hundert Pfund geschätzt! Sie sagte mir, daß mein Vater am Freitag nach London fährt, um an einer Konferenz über die Sicherheit von Eigenheimen teilzunehmen. Sie sagte, sie wolle ihn bitten, mir die Bücher und den Rest meiner weltlichen Güter vorbeizubringen. Habe widerwillig eingewilligt und ihr meine Adresse gegeben.

Nachdem Bianca zur Arbeit gegangen war, habe ich mich aufgemacht in die Oxford Street und Schaufel und Handfeger gekauft, ein Päckchen gelbe Staubtücher, eine Flasche Allzweckreiniger, einen Aufnehmer, etwas flüssiges Putzmittel und bei Knickerbox einen weißen Satinschlüpfer.

Als Bianca um 15 Uhr nach Hause kam, war sie ganz begeistert, unser Zimmer blitzsauber und ordentlich vorzufinden. Fast so begeistert wie ich um 1 Uhr, als sie den weißen Satinschlüpfer angezogen hat.

Freitag, 6. Dezember

Mein Vater war absolut schlecht gelaunt, als er heute abend hier ankam. Die Konferenz fand in Watford statt, er mußte also einen Riesenumweg machen, um meinen Kram abzuliefern. Als er die Old Compton Street endlich gefunden hatte, war es bereits 21.30 Uhr.

Er hat vor dem Haus mit eingeschalteter Warnblinkanlage auf dem gelben Doppelstreifen geparkt. Gemeinsam schleppten wir die Kartons und Plastiktüten mit Klamotten die vier Etagen hoch bis in unser Zimmer. Als wir fertig waren, ließ mein Vater sich erschöpft auf das Bett fallen. Er war so naßgeschwitzt, daß die kahle Stelle an seinem Kopf glänzte. Ich war froh, daß Bianca arbeiten war. Als er sich wieder erholt hatte, habe ich ihn noch nach unten begleitet. Mrs. Bellingham hatte ihn angewiesen, nicht zu spät nach Hause zu kommen. Offenbar hat er Angst vor ihr. Als wir zu seinem Auto gingen, deutete mein Vater plötzlich auf den Rinnstein und rief: »Was zum Teufel ist das?«

An seinem Montego waren Parkkrallen angebracht worden. Ich dachte, er würde zusammenbrechen und mitten auf der Straße anfangen zu heulen, aber statt dessen drehte er völlig durch und trat wütend und laut fluchend auf die gelben Krallen ein. Die Idioten, die vor dem Café gegenüber in der Kälte saßen und ihren Cappuccino tranken, haben sich köstlich amüsiert.

Ich habe ihm angeboten, ihn in die Außenbezirke Londons zu begleiten, um den umständlichen bürokratischen Prozeß in Gang zu bringen, den man durchlaufen muß, will man sein Auto von den Parkkrallen wieder befreien lassen. Aber er fuhr mich nur an: »Hau du bloß ab nach oben in dein verdammtes Liebesnest.« Dann winkte er ein Taxi heran und sprang hinein. Während ich ihm nachsah, wie es in die Wardour Street einbog, war mir klar, daß es nicht mehr lange dauern konnte, bis mein Vater anfangen würde, dem Taxifahrer etwas über sein Pech, seinen mißratenen Sohn, seine schreckliche Geliebte und seine unzuverlässige Ex-Frau vorzujammern.

Samstag, 7. Dezember
Habe mir einen schönen Tag gemacht und meine Bücher katalogisiert und in das Bücherregal eingeordnet, das ich aus drei Brettern und neun alten Ziegelsteinen konstruiert habe, die ich neulich in einem Container in der Greek Street gefunden habe. Kosten? Null. In demselben Container habe ich ein Exemplar von *Moral Thinking* von John Wilson gefunden. Es ist allerdings von 1970, aus der Zeit, als es in der Serie *The Archers* noch keinen Sex gab. Die Moral in dem Buch dürfte ziemlich überholt sein.

Bianca kam heute mittag nach Hause und wollte wissen, ob ich im »Savages« einen Teilzeitjob als Tellerwäscher haben will. Das ist cash auf die Kralle, schwarz verdientes Geld, ohne Abzüge. Ich habe also ja gesagt.

Wir haben uns die Thames Barrier bei Greenwich angesehen und über unsere Zukunft geredet. Wir haben uns geschworen, daß wir weder Reichtum noch Ruhm zwischen uns kommen lassen wollen.

Ich fange am Montag mit dem Tellerwaschen an.

Montag, 9. Dezember
Peter Savage, der Eigentümer des »Savages«, hat wirklich einen passenden Namen. Ich habe noch nie einen so jähzornigen Mann kennengelernt. Er ist zu allen grob, zu den Angestellten wie zu den Gästen. Die Gäste halten ihn für exzentrisch und finden ihn amüsant. Die Angestellten hassen ihn und malen sich in den Pausen aus, wie sie ihn umbringen wollen. Er ist groß und fett und hat ein Gesicht wie eine Fleischtomate. Er kleidet sich wie Bertie Wooster und redet wie Bob Hoskins, der mit *Roger Rabbit* berühmt geworden ist. An seiner Garrick-Club-Krawatte trägt er eine Nadel mit Anti-Atomkraft-Emblem.

In kultureller Hinsicht ist er überall zu Hause.

Dienstag, 10. Dezember
Um 10 Uhr war Savage schon besoffen. Um 12 Uhr hat er in den Blumentopf mit der Yukkapalme in der Ecke des Restaurants gekotzt. Um 13 Uhr kam seine Frau, beschimpfte ihn und trug ihn dann mit Hilfe von Luigi, dem Chefkellner, nach draußen in ihr Auto.

Lese zur Zeit das *Lexikon der Gemeinplätze* von Sir Ernest Gowers. Bin jetzt auf Seite 143: *Klischees.* Es liegt mir fern, überheblich zu sein, aber ich bin mir sicher, daß mein Schreibstil sich enorm verbessern wird.

Bianca hat mich heute abend verblüfft, als sie plötzlich ausrief: »Adrian, kannst du nicht mit dem ewigen Schniefen aufhören? Bitte! Nimm dir doch ein Taschentuch!«

Mittwoch, 11. Dezember
Für £ 3,90 die Stunde muß ich mich mit fettigen Töpfen und Pfannen abplacken, während die Gäste für einen Engelbarsch £ 17 und für eine Flasche Wein £ 18 abdrücken! Savage ist offenbar nicht so blöd, wie er aussieht.

Heute mittag hat die Werbeagentur Fogle, Fogle, Brimmington und Hayes im »Savages« ihre Weihnachtsfeier veranstaltet. Wir hatten »geschlossene Gesellschaft«. Bianca sagt, der Geschäftsführer, Piers Fogle, hat ihr erzählt, daß sie einen Grund zum Feiern haben, weil sie gerade mit einem Werbeslogan für Kondome einen Vertrag über £ 500 000 abgeschlossen haben.

»Was der gutgekleidete Herr heutzutage trägt« wird demnächst auf Werbeflächen im ganzen Land erscheinen.

Ihre Rechnung betrug £ 700. Sie haben Bianca und allen anderen Kellnern und Kellnerinnen je £ 5 Trinkgeld gegeben. Ich, der Küchensklave, bin natürlich mal wieder leer ausgegangen. Luigi reckte den gestreckten Zeigefinger hinter Fogles Rücken, als dieser aus dem Restaurant wankte.

Samstag, 14. Dezember

Wir haben seit vierundzwanzig Stunden nicht mehr miteinander geschlafen. Bianca hat eine Blasenentzündung.

Sonntag, 15. Dezember

Habe in der Charing Cross Road *Freude beim Sex* gekauft. Blasenentzündung wird auch die »Flitterwochenkrankheit« genannt. Sie kann durch häufigen und intensiven Geschlechtsverkehr hervorgerufen werden. Die arme Bianca rennt alle zehn Minuten aufs Klo. Warum muß man für jedes Vergnügen bezahlen?

Montag, 16. Dezember

Savage hatte heute morgen einen Gerichtstermin, weil er letzten April einen Gast tätlich angegriffen hatte. Er wurde zu einer Geldstrafe von £ 500 verurteilt und muß soviel Schadensersatz zahlen, wie ich bei ihm in fünf Jahren verdiene. Nachher kam er mit Mrs. Savage und seinem Rechtsanwalt ins Restaurant, um zu feiern, weil er nicht im Gefängnis gelandet war. Aber nachdem sie ihren Champagner getrunken und ihre Tagliatelle verspeist hatten, entdeckte Savage an Tisch acht ein paar Manager von *Channel Four*, die er sofort heftig beschimpfte, weil sie seiner Meinung nach nicht genug Beiträge über Rodeln in ihrem Sportprogramm zeigen.

Nach Biancas Berichten sagte Mrs. Savage: »Hör auf, Liebling, es wird langsam langweilig.«

Darauf brüllte er: »Halt die Klappe, du fette Kuh!«

»Ich trage Größe achtunddreißig, du Bastard!« schrie sie zurück.

Der Rechtsanwalt versuchte, die beiden zu beschwichtigen, aber Savage warf den Tisch um, und am Ende warf Luigi seinen Chef aus dessen eigenem Restaurant.

Mich persönlich würde es freuen, wenn man Savage bei Brot und Wasser in Ketten legte und die Ratten an seinen Füßen nagten – und dabei bin ich für die Reform des Strafvollzugs.

Dienstag, 17. Dezember
Haben mit sanftem Geschlechtsverkehr experimentiert. Ich war der passive Partner.

Später hatten wir unseren ersten Streit. Wo werden wir Weihnachten verbringen? In unserem Zimmer? Bei ihren Eltern? Bei meinen Eltern? Oder bei Luigi, der uns zu sich nach Harrow eingeladen hat? Wir haben uns nicht angeschrien, aber es bestand (und besteht noch immer) ein deutlicher Mangel an weihnachtlichem guten Willen. Bianca hat mir heute abend im Bett den Rücken zugedreht.

Donnerstag, 19. Dezember
Wir sind, wie üblich, ineinander verschlungen aufgewacht. Wir haben Weihnachten nicht mehr erwähnt, dafür aber Liebe, Leidenschaft und Ehe. Wir werden Weihnachten bei ihren Eltern in Richmond verbringen. Ihr Vater wird uns an Heiligabend abholen. Dadurch bleibt es mir erspart, Weihnachtsgeschenke für meine Familie zu kaufen.

Samstag, 21. Dezember
Heute abend ist Savage mit einem mit blinkenden Lichtern geschmückten Miniaturweihnachtsbaum im Restaurant herumstolziert. Er hat alle Frauen geküßt und allen Männern seinen Zigarrenrauch ins Gesicht geblasen. Luigi hat ihn in die Küche geschoben und ihn an die Spüle gelehnt. Dann fing Savage an, mir zu erzählen, seine Mutter habe ihn nie geliebt und sein Vater sei mit einer versoffenen Krankenschwester durchgebrannt, als er acht Jahre alt war. (Als Savage *junior* acht war.) Er brach weinend zusammen, aber ich hatte keine Zeit, ihn zu trösten. Der Koch brüllte dauernd nach sauberen Tellern.

Sonntag, 22. Dezember
Bianca ist heute im Bett geblieben. Die Ärmste ist völlig erschöpft. Aber so hatte ich Zeit, an Kapitel einundzwanzig von *Seht! Die flachen Hügel meiner Heimat* zu arbeiten.

> Jake fuhr mit seinen Fingern an ihrem Rücken entlang. Selbst für seine durch jahrelanges Hantieren mit Spülwasser rauh gewordenen Finger fühlte sich ihre Haut wie reinste Seide an. Sie wand sich seufzend auf dem Flanellaken. »Hör nicht auf«, sagte sie, und ihre Stimme klang wie Peitschenknallen. »Hör niemals auf, Jake...«

Dienstag, 24. Dezember
HEILIGABEND
Habe mich heute mutig ins Gewühl gestürzt und bin losgezogen, um ein Weihnachtsgeschenk für Bianca zu kaufen. Nachdem ich zwei Stunden lang die Straßen abgeklappert hatte, bin ich schließlich bei Knickerbox gelandet und habe ihr rote Strapse gekauft, einen roten Schlüpfer und einen schwarzen Spitzen-BH. Als die Verkäuferin mich nach der Größe fragte, mußte ich gestehen, daß ich sie nicht kannte. Ich sagte: »Sie hat keine Rubensfigur, aber sie ist auch nicht Naomi Campbell.«

Die Frau verdrehte die Augen und sagte: »Okay, sie trägt also eine Medium-Größe, ja?«

»Sie sieht ein bißchen aus wie Paula Yates«, sagte ich, »aber sie hat schwarze Haare.«

Die Frau seufzte. »Paula Yates, wenn sie stillt, oder wenn sie nicht stillt?« fragte sie.

»Wenn sie nicht stillt«, sagte ich. Sie riß ein paar Teile von den Ständern und wickelte sie in Geschenkpapier ein.

Habe mir bei Burger King den Kopf darüber zerbrochen, ob ich ihren Eltern etwas schenken soll oder nicht. Habe mich um halb fünf entschieden, mich bei ihnen beliebt zu machen und habe ihrer Mutter einen Dufttopf auf Pfirsichbasis gekauft. Habe anschließend Bianca im »Savages« angerufen, um sie zu fragen, was ich ihrem Vater kaufen soll. Sie sagte, ihr Vater lese gern

Gedichte, also habe ich ihm ein Buch von John Hegley gekauft. Es heißt *Kann ich jetzt runterkommen, Dad?* und hat ein Bild von Jesus am Kreuz auf dem Umschlag. Außerdem habe ich ein Exemplar von *Die Geschichte der Eisenbahn in Großbritannien* von Gordon Biddle und O. S. Nock für Bianca aufgetrieben.

Donnerstag, 26. Dezember
2. WEIHNACHTSTAG
Richmond
Biancas Mutter hat eine Pfirsichallergie; und ihr Vater, Reverend Dartington, fand das Buch von John Hegley absolut geschmacklos. Außerdem kann ich Biancas Bruder und ihre Schwester nicht ausstehen. Es ist mir ein komplettes Rätsel, wie meine süße, geliebte Bianca aus so einer abscheulichen Familie stammen kann. Wir haben in getrennten Betten in getrennten Zimmern geschlafen. Am Weihnachtstag mußten wir in eine hölzerne Hütte von Kirche gehen und uns anhören, wie ihr Vater über die Kommerzialisierung des Weihnachtsfestes schimpfte. Bianca und ich waren die einzigen, die Geschenke gekauft hatten. Alle anderen hatten Geld für die Sudanesische Hungerhilfe gespendet. Bianca hat mir eine Swatch-Uhr geschenkt und *Die Chronik des zwanzigsten Jahrhunderts*, ein wertvolles Nachschlagewerk für mich. Habe mich sehr gefreut. Sie hat sich über das Buch von Biddle und Nock gefreut.

Ihr Bruder Derek und ihre Schwester Mary haben offenbar etwas gegen unsere Beziehung. Sie sind beide unverheiratet und leben immer noch zu Hause. Derek ist fünfunddreißig und Mary siebenundzwanzig. Als Bianca geboren wurde, war Mrs. Dartington achtundvierzig.

Es gab keinen Truthahn, keinen Wein und keine Feier. Ich sehnte mich regelrecht nach meiner ungehobelten Familie.

Heute nachmittag mußten wir am Fluß spazierengehen. Überall wuselten kleine Kinder herum, fuhren Schlangenlinien auf neuen Fahrrädern und schoben Puppenwagen mit neuen Puppen vor sich her. Derek hat inzwischen Gefallen an mir gefunden. Er glaubte, ich sei, wie er, »Trainspotter«, einer von diesen Spinnern, die ihre Freizeit damit zubringen, auf Englands Bahnhöfen die Nummern der Loks abzuschreiben und in eine Sammelliste einzutragen. Habe ihn schnell eines Besseren belehrt. Heute abend fanden Bianca und ich Gelegenheit, uns in der Küche kurz zu umarmen, bis Mary auf der Suche nach ihrer Abführschokolade hereinkam und uns unterbrach.

Kurz vor dem Abendessen hatte Mrs. Dartington praktischerweise einen »Anfall« und mußte sich ins Bett legen. Bianca und ich haben das Essen zubereitet. Es gab Salat, Corned beef und Folienkartoffeln. Ich kann es kaum abwarten, endlich wieder in unserem Zimmer zu sein. Ich brauche Bianca. Ich brauche Zwiebeln. Ich brauche Knoblauch. Ich brauche Soho. Ich brauche Savage. Ich brauche Luft. Ich muß weg von den Dartingtons.

Unten an der Garderobe hängen vier beigefarbene Mäntel.

Freitag, 27. Dezember

Reverend Dartington hat uns schweigend wie ein Märtyrer zurück nach Soho gefahren. Jedesmal, wenn er an einer Ampel oder wegen eines Fußgängers anhalten mußte, trommelte er ungeduldig mit den Fingern auf das Steuerrad.

Zwei Tage bei ihrer Familie haben Bianca sehr zu ihrem Nachteil verändert: sie wirkt körperlich geschrumpft und psychisch regrediert. Kaum waren wir wieder in unserem Zimmer, brach sie in Tränen aus und rief: »Warum haben sie mir denn nicht *gesagt*, daß sie ihre Weihnachtsgeschenke an die Sudanesen gespendet haben?«

»Weil sie sich moralisch überlegen fühlen wollten«, sagte ich. »Sie wollten, daß du dir blöd vorkommst. Offenbar war es die Strafe dafür, daß du in Soho mit einem kleinen Tellerwäscher in Sünde lebst.«

Eine Stunde später hatte Bianca zu ihrer ursprünglichen Größe und psychischen Gesundheit zurückgefunden. Wir haben eine Stunde und zehn Minuten lang miteinander geschlafen. Unser längster Beischlaf bisher. Ich finde es ganz praktisch, daß meine neue Swatch eine Stoppuhr hat.

Sonntag, 29. Dezember

Wir sind heute nach Camden Lock gefahren, um Bianca ein paar Stiefel zu kaufen. Überall wimmelte es von jungen Leuten, die entweder etwas kauften oder verkauften. »Ist es nicht schön zu sehen, wieviel Spaß die jungen Leute haben?« sagte ich zu Bianca.

Sie warf mir einen merkwürdigen Blick zu und sagte: »Aber du bist doch selber jung. Du bist erst vierundzwanzig, obschon ich das manchmal kaum glauben kann.«

Natürlich hatte sie recht. Offiziell bin ich jung, aber ich habe mich nie jung gefühlt. Meine Mutter sagt, ich sei schon an dem Tag, als ich mir meinen Weg aus ihrem Schoß gekämpft habe, fünfunddreißig gewesen.

Die Blasenentzündung ist wiedergekommen. Bianca hat die Satinschlüpfer widerwillig in ihre Schublade gesteckt und trägt jetzt wieder ihre Baumwollunterhosen mit Zwickel.

Ich lese gerade von Tennessee Williams das Stück *Endstation Sehnsucht*. Die arme Blanche Dubois!

Mittwoch, 1. Januar 1992

Das »Savages« hatte gestern abend geschlossen, also sind wir gegen 23.30 Uhr zum Trafalgar Square gegangen, um das neue Jahr zu begrüßen. Die Menschenmenge kam mir vor wie ein betrunkenes Maisfeld, das sich im Sturm wiegt und biegt. Habe mich über zwei Stunden lang in der Menge treiben lassen. Es war ein beängstigendes und gleichzeitig erhebendes Erlebnis, zusammen mit den anderen die St. Martin's Lane hinauf eine Polonaise zu tanzen. Unglücklicherweise hatte die Person vor mir einen extrem dicken Hintern. Das war kein angenehmer Anblick.

Als es von Big Ben zwölf schlug, küßten wir uns alle gegenseitig – wildfremde Leute, darunter auch Ausländer. Habe versucht, an Bianca heranzukommen, aber sie war umringt von einer ganzen Gruppe extrovertierter Australier, die alle über einsneunzig groß waren. Aber dann, am 1. Januar um 0.03 Uhr, küßten wir uns und besiegelten unser Treuegelöbnis. Ich kann es nicht fassen, daß ich eine so wunderbare Frau habe.

Warum liebt sie mich? Ich lebe ständig in der Angst, sie könnte eines Tages aufwachen und sich genau diese Frage stellen.

Heute waren wir auf der Tower Bridge. Mich hat der Anblick kaltgelassen, aber Bianca war ganz hingerissen von der Konstruktion. Ich mußte sie regelrecht von dem Ding wegzerren.

Donnerstag, 2. Januar

Bin um 3.30 Uhr aufgestanden und habe mich vor dem Next-Laden in der Oxford Street in die Schlange gestellt. Um 9 Uhr fing der Ausverkauf an. Bin mit einem Mann ins Gespräch gekommen, der ein Auge auf einen doppelreihigen blauen Anzug geworfen hatte, der von £ 225 auf £ 90 reduziert war. Nächsten Samstag heiratet er eine Fallschirmpackerin namens Melanie.

In meiner neuen schwarzen Lederjacke, meinem weißen T-Shirt und Jeans sehe ich aus wie jeder andere junge Mann in London, New York und Tokio. Oder Leicester, wenn ich's mir überlege. Denn Leicester liegt mitten im Epizentrum des nächsten Empires.

Bianca wollte heute mit mir das Kraftwerk in Battersea besichtigen, aber ich habe sie darauf hingewiesen, daß *Seht!* sich im Moment in eine ganz neuartige Richtung entwickelt und daß ich unbedingt an Kapitel zweiundzwanzig arbeiten muß.

Sie ist gegangen, ohne ein Wort zu sagen, aber von hinten sah sie ziemlich wütend aus.

> Jake zog den Kragen seiner schwarzen Next-Lederjacke hoch, um sich gegen den kalten Wind zu schützen, der von der Themse herüberwehte. Er starrte auf die trägen Fluten hinunter. Es war an der Zeit, daß er noch was anderes in seinem Leben machte, als für die Hungerhilfe im Sudan zu spenden. Er wußte, was er zu tun hatte. Etwas, gegen das er stets angekämpft hatte – Gott allein weiß, wie sehr! Aber der Drang war unwiderstehlich geworden. Er mußte es tun. Er mußte einen Roman schreiben...

Mittwoch, 8. Januar

Präsident Bush hat heute abend bei einem Bankett in Tokio dem japanischen Botschafter in den Schoß gekotzt. Wir haben die Szene auf dem tragbaren Fernseher bei »Savages« in der Küche verfolgt. Mrs. Bush schob ihren Mann unter den Tisch und verließ den Raum. Sie wirkte nicht gerade begeistert. In den Nachrichten haben sie den ganzen Vorfall in Zeitlupe gezeigt. Es war ekelhaft. Die Japaner wirkten schockiert. In Sachen Protokoll nehmen sie es ganz genau.

Savage hat den kleinen Carlos gefeuert, weil er im Hof hinter dem Restaurant einen Joint geraucht hat. Anschließend hat Savage eine halbe Flasche Brandy und drei Flaschen Sol getrunken, den Gästen im Restaurant mehrere Drinks geklaut und schließlich die Palme an der Bar angebrüllt und ihr vorgeworfen, eine Affäre mit seiner Frau zu haben. Alkohol ist wirklich eine gefährliche Droge, wenn sie in die falschen Hände gerät.

Mittwoch, 15. Januar

Jake saß vor seinem hochmodernen PC und drückte die glitzernden Tasten. Der Titel seines Romans erschien auf dem Bildschirm.

SPARG AUS KRONK

Kapitel eins: Sparg kehrt zurück

Sparg stand auf dem Hügel und blickte hinab auf Kronk, die Siedlung, in der er geboren war. Er grunzte Barf, seiner Frau, etwas zu, und sie grunzte wortlos zurück, denn Worte waren noch nicht erfunden worden.

Sie rannten den Hügel hinab. Spargs Mutter, Krun, sah ihren Sohn und seine Frau auf ihr Feuer zukommen. Sie grunzte Spargs Vater, Lunt, etwas zu, und er kam an die Tür der Hütte. Er kniff die Augen zusammen. Er haßte Sparg.

Krun warf noch ein paar Wurzeln ins Feuer: sie hatte keine Gäste zum Abendessen erwartet. Es war typisch für ihren Sohn, unerwartet und in Begleitung einer Frau mit dickem Bauch aufzutauchen, dachte sie. Sie hoffte, daß die Wurzeln für alle ausreichen würden. Sie war froh, daß es noch keine Worte gab. Sie konnte Small talk nicht ausstehen.

Sparg war da, er stand vor ihr. Sie schnüffelte an seiner Achselhöhle, so wie es Brauch war, wenn ein Kronkite von einer langen Reise zurückkehrte. Barf blieb abseits stehen und beobachtete die Begrüßungszeremonie. Ihr Mund füllte sich mit Speichel. Der Duft der brennenden Wurzeln weckte ihren Hunger.

Da es noch keine Worte gab, konnten Mutter und Sohn keine Neuigkeiten untereinander austauschen.

Mit einem zufriedenen Seufzer lehnte Jake sich vor seinem Monitor zurück. Es war gut, dachte er, verdammt gut. Die Zeit war reif für einen dialoglosen Roman aus der Vorzeit.

Dienstag, 21. Januar

Ein Brief von Bert Baxter. Fast unleserlich.

Mein lieber Junge,
es scheint mir lange her zu sein, daß wir uns das letzte Mal gesehen haben. Wann kommst Du nach Leicester? Hier müßten einige Dinge erledigt werden. Tut mir leid wegen der Schrift. Mir zittern die Hände.

Herzlichst

Bertram Baxter

PS Bring bitte Deine Zehennagelschere mit.

Hatte heute abend einen heftigen Streit mit Bianca. Sie wirft mir vor:

a) daß ich nie Lust habe auszugehen
b) daß ich zuviel lese
c) daß ich zuviel schreibe
d) daß ich die wirtschaftlichen Errungenschaften Englands mißachte
e) daß ich im Bett furze

Montag, 27. Januar

Nachdem wir uns schließlich wieder versöhnt hatten, sind wir heute abend ins Kino gegangen und haben uns einen Film über eine Japanerin angesehen, die ihrem Geliebten den Penis abschneidet. Nach dieser Szene saß ich mit fest übereinandergeschlagenen Beinen da. Ab und zu blickte ich nervös zu Bianca hinüber, die lächelnd auf die Leinwand starrte.

Meine Haare sind inzwischen fast lang genug für einen Pferdeschwanz. Der Zeitschrift *The Face* entnehme ich, daß Pferdeschwänze langsam passé sind. Aber vielleicht ist das jetzt meine letzte Chance, auszuprobieren, ob mir einer steht. Also werde ich es durchziehen. Savage gibt dauernd damit an, daß er seinen schon seit fünf Jahren hat.

Bianca hat eine gebrauchte elektrische Schreibmaschine gekauft und ist dabei, *Seht!* abzutippen. Sie hat mir bereits achtundsiebzig wundervoll formatierte Seiten überreicht. Es ist erstaunlich, wie ein Roman gewinnt, wenn er getippt ist. Ich hätte schon vor Jahren den Rat von John Tydeman befolgen sollen.

Mittwoch, 29. Januar

Im letzten Jahr haben sich in Großbritannien die Aids-Infektionen unter Heterosexuellen verdoppelt. Habe diese Information heute auf dem Weg zu »Savages« an Bianca weitergegeben. Sie wurde ganz still.

Mußte heute abend ewig vor dem Badezimmer warten, bis ich mir die Zähne putzen konnte. Irgendwann kam Norman heraus und entschuldigte sich wegen der neuen Brandflecken auf dem Spiegelrahmen. Dabei ist es ihm *verboten* worden, da drin zu trainieren.

Als ich in unser Zimmer zurückkam, war Bianca gerade dabei, ein Flugblatt vom Terence Higgins Trust zu lesen.

»Wer ist Terence Higgins?« fragte ich lässig.

»Er ist tot«, sagte sie leise. Es war ein Flugblatt über Aids.

Bianca ist völlig zusammengebrochen und hat mir gestanden, daß sie 1990 eine Affäre mit einem Mann namens Brian Boxer hatte, der ihr seinerseits gestanden hat, daß er 1979 eine Affäre mit einer bisexuellen Frau namens Diane Tripp hatte. Werde morgen früh die Terence-Higgins-Trust-Aidshilfe anrufen und um eine Beratung bitten.

Samstag, 1. Februar
Die ersten zweiundzwanzig Kapitel von *Seht! Die flachen Hügel meiner Heimat* sind nun zu einem Stapel von 197 sauber getippten Seiten angewachsen. Ich trage den Packen immer wieder auf meinen Armen im Zimmer herum. Ich kann mir nicht leisten, das alles zu fotokopieren, jedenfalls nicht für zehn Pence die Seite. Wen kenne ich in London, der Zugang zu einem Kopiergerät hat?

Flat 6
Brenda's Patisserie
Old Compton Street
London

Lieber John,
ich habe Ihren Rat befolgt und *Seht! Die flachen Hügel meiner Heimat* überarbeitet. Außerdem habe ich eine professionelle Schreibkraft engagiert, und es wird Sie freuen zu sehen, daß mein Manuskript nun aus zweiundzwanzig sauber getippten Kapiteln besteht. Ich gehe davon aus, daß *Seht! Die flachen Hügel meiner Heimat* sich, sobald es fertiggestellt ist, vorzüglich dazu eignen wird, im Radio vorgelesen zu werden, möglicherweise als Teil Ihrer Serie »Englische Klassiker.«

Wie Sie sehen, habe ich mein MS beigefügt und gebe es hiermit in Ihre Obhut. Allerdings werde ich noch diverse unwesentliche Veränderungen vornehmen müssen. Wäre es Ihnen vielleicht möglich, die 197 Seiten zu fotokopieren und an die oben angegebene Adresse zu senden?

Mit herzlichem Dank im voraus
verbleibe ich

Adrian Mole

Dienstag, 4. Februar
Bin heute morgen zu Fuß zum Rundfunkgebäude gegangen. Als ich mit großer Mühe die schweren Stahltüren aufdrückte, stürzte eine aufgeregte Schar Autogrammjäger auf mich zu. Ich wollte gerade meinen Filzschreiber aus der Brusttasche ziehen, aber be-

vor ich dazu kam, sah ich, wie sie Alan Freeman, den gealterten D.J., umringten. Ich bahnte mir meinen Weg durch die Gruppe hindurch und betrat unter den Augen der streng dreinblickenden Sicherheitsleute die geheiligten Hallen der British Broadcasting Corporation. Ich ging an den Empfangsschalter und reihte mich in die kurze Schlange ein.

Habe innerhalb von Minuten jede Menge berühmte Leute gesehen: Delia Smith, Robert Robinson, Ian Hislop, Bob Geldof, Annie Lennox, Roy Hattersley, etc., etc. Die meisten von ihnen wurden von höflichen jungen Frauen namens Caroline zum Ausgang begleitet.

Irgendwann fragte mich die blonde Empfangsdame: »Kann ich Ihnen helfen?«, und ich sagte: »Ja. Würden Sie bitte dafür sorgen, daß John Tydeman dieses Päckchen erhält? Es ist sehr dringend.«

Sie kritzelte etwas auf die Versandtasche, die meinen Brief und das Manuskript von *Seht! Die flachen Hügel meiner Heimat* enthielt, und warf sie in einen Drahtkorb.

Ich bedankte mich bei ihr, wandte mich zum Gehen und stieß mit Victor Meldrew zusammen, der den mißmutigen Typen in *One Foot in the Grave* spielt! Als ich mich entschuldigte, sagte er: »Wie freundlich.« Er ist viel größer, als er im Fernsehen aussieht. Als ich nach Hause kam, habe ich Bianca erzählt, daß ich mit Victor Meldrew geplaudert habe. Ich glaube, sie war ziemlich beeindruckt.

Mittwoch, 5. Februar

Wir sind heute beide früh aufgewacht, aber wir haben nicht miteinander geschlafen wie sonst immer. Habe mich geduscht und wortlos angezogen. Dann sind wir nach unten gegangen und haben in Brenda's Patisserie jeder ein Croissant gegessen und einen Cappuccino getrunken und uns den Tratsch über den Niedergang der britischen Filmindustrie angehört. Schließlich haben wir um 10.45 Uhr unsere Rechnung bezahlt und sind zur Klinik in der Neal Street gegangen. (Unterwegs haben wir ein Pfund und vierzig Pence an verschiedene Bettler abgedrückt, die uns begegneten.)

Wir wurden getrennt beraten von einer sehr mitfühlenden Frau namens Judith. Sie wies uns darauf hin, daß es für den Fall, daß unsere Tests positiv ausfielen, nicht unbedingt bedeuten würde, daß wir das Vollbild von Aids entwickeln. Nachdem wir mit Judith gesprochen hatten, sind wir in eine Kneipe in die Carnaby Street gegangen, um über unsere Alternativen zu diskutieren:

a) Wir lassen einen Test machen und erfahren das Schlimmste
b) Wir lassen keinen Test machen und fürchten das Schlimmste

Wir haben beschlossen, erst mal eine Nacht darüber zu schlafen.

Donnerstag, 6. Februar

Wir haben uns beide entschlossen, den Test machen zu lassen, und uns geschworen, uns gegenseitig bis zum Tod zu pflegen. Egal, was herauskommt.

Samstag, 8. Februar

Mr. Britten, der Gemüsehändler des »Savages«, kam heute in die Küche und teilte uns mit, daß er nächste Woche sein Geschäft aufgibt. Er sagte, daß Savage ihm noch siebenhundert Pfund an unbezahlten Rechnungen schuldet. Ich war empört, aber Britten sagte niedergeschlagen, daß Savage nur einer von seinen vielen Schuldnern ist. »Wenn die Banken mir noch zwei Wochen geben würden«, sagte er, »würde ich es schaffen. Aber die Bastarde tun's nicht.«

Habe ihm eine Tasse Tee gemacht und mir seine Schimpftiraden über Zinssätze und Norman Lamont angehört. Hatte den Eindruck, daß er sich etwas besser fühlte, als er schließlich aufbrach, um seine nächste Lieferung auszufahren.

Habe meine Mutter angerufen, um ihr von meiner Unterhaltung mit Victor Meldrew zu erzählen, und dabei erfahren, daß sie auch zu einer Beratung geht. Zu einem Schuldenberater. Ich frage mich schon seit geraumer Zeit, wie sie ihre Hypothek bezahlt. Jetzt weiß ich es. Sie hat sie nicht bezahlt. Sie hat von der Bausparkasse einen Rechtsbescheid erhalten, der sie darüber in Kenntnis setzt, daß das Haus, in dem ich meine Kindheit verbracht habe, am 16. März in den Besitz der Bank übergeht. Sie bat mich eindringlich, den anderen Familienmitgliedern gegenüber nichts davon zu erwähnen. Sie hofft, daß ihr noch irgend etwas einfällt, wie sie das Unheil abwenden kann.

Habe ihr nicht gesagt, daß ich bei der Market Harborough Building Society ein Sparbuch mit 1111 Pfund besitze. Was ich ihr gesagt habe, ist, daß Bianca und ich morgen nach Leicester kommen. Sie wirkte auf erbärmliche Weise dankbar.

Sonntag, 9. Februar

Als wir auf dem St.-Pancras-Bahnhof ankamen, forderte Bianca mich auf, nach oben zu sehen.

»Vor dir siehst du eins der größten freitragenden Bogengewölbe der Welt«, sagte sie. »Ist es nicht wunderschön?«

»Ehrlich gesagt, Bianca«, sagte ich, »alles, was ich sehe, ist ein dreckiges altes Dach, das voller Taubenscheiße ist.«

»Wie blöd von mir, dich zu bitten, dir etwas anzusehen, das weiter reicht als deine eigene Nase«, sagte sie, stieg wütend in den Zug und überließ mir das ganze Gepäck.

Ich vergesse immer wieder, daß Bianca eine ausgebildete Bauingenieurin ist. Sie sieht überhaupt nicht aus wie eine Ingenieurin, und ich kenne sie nur als Verkäuferin und als Kellnerin. Jede Woche schickt sie zwei Bewerbungen auf Ingenieursstellen ab, aber bisher ist sie noch zu keinem Vorstellungsgespräch geladen worden. Jetzt überlegt sie, ob sie sich in ihrem Lebenslauf künftig »Brian Dartington« nennen soll.

Der Schaffner hat vergessen, unsere drei Monate gültigen Fahrkarten abzuknipsen, so daß wir umsonst nach Leicester gefahren sind. Als wir jedoch das Haus betraten, war unser Triumphgefühl schlagartig verschwunden. Meine Mutter machte ein tapferes Gesicht, aber mir war klar, daß sie innerlich verzweifelt war – irgendwann hatte sie auf einmal eine Zigarette im Mund, eine lag brennend im Aschenbecher, und eine dritte lag in der Küche auf der Fensterbankkante. Habe sie gefragt, wie sie es geschafft hat, sich so hoch zu verschulden.

»Martin brauchte Geld, um seine Studiengebühren zu bezahlen«, flüsterte sie. »Ich habe bei einer Finanzierungsgesellschaft 1000 Pfund aufgenommen, zu einem Zinssatz von 24,7 Prozent. Zwei Wochen später hab ich meinen Job bei Group Five verloren – jemand hat mich verpfiffen und ihnen gesteckt, daß ich achtundvierzig bin.« Ich wollte wissen, wie hoch ihre Schulden genau waren. Daraufhin präsentierte sie mir einen bunten Stapel unbezahlter Rechnungen. Ich drängte sie, Muffet über das wahre Ausmaß ihrer Verschuldung aufzuklären, aber da wurde sie fast hysterisch und sagte: »Nein, nein, er *muß* sein Ingenieurstudium beenden.«

Ich bin regelrecht von Ingenieuren umzingelt. Bianca erzählte meiner Mutter, daß sie auch ein Ingenieurdiplom besitzt.

»Ja, aber seit sie die Uni verlassen hat, hat sie noch nicht mal einen Legoturm gebaut«, sagte ich scherzhaft.

Zu meiner großen Verwunderung fühlte Bianca sich von meinem harmlosen Scherz tief getroffen und ging mit Tränen in den Augen aus dem Zimmer.

»Du taktloser Tölpel!« sagte meine Mutter und folgte ihr in den Garten.

Habe mich an den Küchentisch gesetzt, tief Luft geholt und drei Schecks ausgestellt: an Fat Eddie's Loan Co. (zweihundertsiebzig Pfund); an den Co-op-Milchladen (sechsunddreißig Pfund und neunundvierzig Pence); an Cherry's Zeitungsladen (vierundsiebzig Pfund und einundachtzig Pence). Ich weiß, damit löse ich das Wohnungsproblem meiner Mutter nicht, aber zumindest kann sie jetzt wieder die Tür aufmachen, wenn es klingelt, ohne jedesmal damit rechnen zu müssen, daß einer ihrer örtlichen Gläubiger vor der Tür steht.

Als Martin von Großmutter zurückkam (wo er gerade dabei ist, im ganzen Haus die Steckdosen auszutauschen), stellte ich ihn Bianca vor. Im Nu waren sie Feuer und Flamme. Sie diskutierten ununterbrochen über den St.-Pancras-Bahnhof und freitragende Gewölbekonstruktionen. Habe Bianca seit langem nicht mehr so in Fahrt gesehen. Beim Essen saßen sie nebeneinander am Tisch, und anschließend haben sie freiwillig zusammen abgespült.

Habe Rosie bei ihrem Aufsatz »Ein Tag im Leben eines Delphins« geholfen. Anschließend ging ich in die Küche, wo Bianca und Muffet sich immer noch über den St.-Pancras-Bahnhof und seinen Architekten, Sir George Gilbert Scott, unterhielten.

Habe ihr Gespräch unterbrochen und Bianca gesagt, ich wolle ins Bett gehen. Sie hat mich kaum angesehen und nur gemurmelt: »Okay, ich komm gleich nach.«

Im Gästezimmer standen überall Rosies abscheuliche, fluoreszierende »My-Little-Pony«-Pferdchen herum.

Montag, 10. Februar

Habe keine Ahnung, wann Bianca gestern abend ins Bett gekommen ist. Sie muß sich neben mir ins Bett gelegt haben, ohne mich zu wecken. Alles, was ich weiß, ist, daß Muffet und meine Mutter nicht mehr miteinander reden und ich mich hundeelend fühle.

23.30 Uhr. Habe an *Kapitel dreiundzwanzig* gearbeitet: *Das Rätsel*

> Jake saß bei Alma's, der von der Intelligenzija bevorzugten Patisserie, und kritzelte auf seinem Din-A4-Block. Er arbeitete Tag und Nacht an seinem Roman. Er war schon bei Kapitel vier.
>
> Kapitel vier: Felsen
> *Sparg kroch durch das üppige Unterholz. Er wußte, daß sie da waren. Er hörte sie, bevor er sie sah. Sie tauschten sich grunzend über ihr gemeinsames Interesse an Felsen aus.*
>
> *Sparg teilte mit den Händen eine Yukkapalme, und da waren sie, direkt vor ihm: Moff und Barf, im Sonnenlicht lagen sie einander in den Armen. Ihre Glieder waren vertraulich verschlungen.*
>
> *Sparg unterdrückte ein eifersüchtiges Grunzen und kroch zurück Richtung Kronk, der Siedlung, in der er geboren war.*

Dienstag, 11. Februar

Morgen bekommen wir unsere Testergebnisse. Eigentlich müßte ich mir das Hirn zermartern und über den Tod nachdenken etc. Aber alles, woran ich denken kann, ist die Art, wie Muffet und Bianca sich angesehen haben, als sie sich am Montagmorgen in Leicester am Bahnhof voneinander verabschiedeten.

Mittwoch, 12. Februar

Judith hat uns mitgeteilt, daß unsere Tests negativ sind! Wir sind nicht HIV-positiv. Wir werden nicht an Aids sterben!

Allerdings fürchte ich, daß ich an gebrochenem Herzen sterben werde. Bianca hat vorgeschlagen, daß wir noch mal für einen Tag nach Leicester fahren. Sie sagt, sie habe London satt. Ein schwacher Vorwand. Wie kann jemand London satt haben? Da halte ich es mit Dr. Johnson, der einmal gesagt hat, daß ein Mensch, der London satt hat, des Lebens überdrüssig sein muß.

Donnerstag, 13. Februar

Habe einen Brief von der BBC erhalten.

> Lieber Adrian,
> als meine Sekretärin mir Ihren Brief und Ihr Manuskript von *Seht! Die flachen Hügel meiner Heimat* schon wieder auf den Tisch legte, dachte ich, ich hätte Halluzinationen.
>
> Sie haben die Kaltschnäuzigkeit eines Samurai, die Nerven eines Hochseilakrobaten. Die BBC betreibt keinen kostenlosen Kopierservice. Was Ihren lächerlichen Vorschlag betrifft, Ihren Roman in unserer Serie »Englische Klassiker« vorzulesen... Die Autoren solcher Texte sind gewöhnlich tot, und ihre Werke haben sie überlebt. Ich bezweifle, daß Ihr Werk Sie überleben wird. Ich schicke Ihr Manuskript postwendend zurück. Aufgrund eines Verwaltungsirrtums *wurde* eine Fotokopie angefertigt. Auch die werde ich Ihnen zukommen lassen, wenn auch widerwillig. Sie sollten mich wirklich nicht mehr belästigen.
>
> John Tydeman

Freitag, 14. Februar

VALENTINSTAG

Enttäuschend kleine Karte von Bianca. Die, die ich ihr geschickt habe, war ein Prachtstück. Groß, gepolstert, teuer und in einer Schachtel mit Schleife.

Savage wurde wegen Drogen- und Alkoholmißbrauchs in eine Klinik eingewiesen. Luigi hat ihn am Sonntag besucht und erzählt, daß Savage mit einem fünfzehnjährigen Cracksüchtigen Pingpong spielte.

Samstag, 15. Februar

Bianca fährt am Montag für einen Tag nach Leicester, um meine Mutter zu besuchen. Ich wünschte, ich könnte mitfahren, aber ich habe inzwischen einen 16-Stunden-Arbeitstag, sieben Tage die Woche. Irgend jemand muß dafür sorgen, daß meine Mutter nicht ins Gefängnis kommt, und ich bin im Moment der einzige in unserer Familie, der einen anständigen Job hat.

Zu meinen Aufgaben im »Savages« gehört jetzt auch Gemüseputzen. Eine nervtötende Arbeit, die zudem auch noch kompliziert wird durch die zwanghaften Vorstellungen von Roberto, dem Chefkoch. Er besteht darauf, daß das Gemüse auf eine Einheitsgröße zugeschnitten wird. Habe jetzt immer ein Maßband in der Schürzentasche.

Sonntag, 16. Februar

Bianca und ich haben schon seit sieben Tagen und Nächten nicht mehr miteinander geschlafen. Ich vermisse nicht nur den Sex. Der Sex ist es nicht. Es ist wirklich nicht der Sex. Ich vermisse es, sie im Arm zu halten, sie zu riechen und ihre Haut zu streicheln. Ich wünschte, ich könnte mit ihr darüber reden, wie ich mich fühle. Aber ich kann es nicht, ich kann es einfach nicht. Ich kann es wirklich nicht. Ich habe es versucht, aber ich kann es einfach nicht. Heute nacht im Bett habe ich ihre Hand gehalten, aber das zählt nicht. Sie hat geschlafen.

Montag, 17. Februar

Habe heute, bevor ich um 6.30 Uhr zur Arbeit gegangen bin, einen kleinen Brief geschrieben und ihn gegen die Blumenvase mit den Hyazinthen gelehnt.

> Bianca, mein Liebling,
> bitte sprich mit mir über unsere Beziehung. Ich bin unfähig, ein Gespräch zu beginnen. Alles, was ich Dir sagen kann, ist, daß ich Dich liebe. Ich weiß, daß etwas zwischen uns nicht stimmt, aber ich weiß nicht, wie ich es ansprechen soll.
>
> In Liebe
> Dein Adrian

Bianca war heute am frühen Abend sehr nett zu mir. Sie versicherte mir, daß sich an ihren Gefühlen für mich nichts geändert hat. Aber das war am Telefon, sie hat mich aus Leicester angerufen. Sie will noch einen Tag länger bleiben, um meiner Mutter zu helfen.

Als ich um 23.30 Uhr von der Arbeit kam, habe ich den Brief, der immer noch auf dem Tisch lag, noch einmal gelesen. Dann habe ich ihn zerrissen und ins Klo geworfen. Ich mußte dreimal abdrücken, bevor er endlich verschwunden war.

Dienstag, 18. Februar

Gestern nacht war ich hundemüde, aber ich konnte nicht ein schlafen. Also bin ich wieder aufgestanden, habe mich angezo gen und bin spazierengegangen. Soho schläft niemals. Es ist da für Leute wie mich: die Einsamen, die Liebeskranken, die Außenseiter. Als ich nach Hause kam, habe ich *Die Erniedrigten und Beleidigten* von Dostojewski gelesen.

Mittwoch, 19. Februar

Die Götter meinen es nicht gut mit unserer Familie. Mrs. Bellingham hat meinem Vater gekündigt und ihn auch noch aus ihrem Bett geschmissen. Sie war völlig empört, als sie herausfand, daß mein Vater ihre Sicherheitsbeleuchtung an irgendwelche Spelunken zum halben Preis verkauft hat. Jetzt wohnt er wieder bei Großmutter. Ich weiß das bloß, weil Oma mich auf der Arbeit angerufen hat, um mir zu sagen, daß meine Mutter ihr seit Dezember fünfzig Pfund schuldet. Oma braucht das Geld, weil sie im Juni mit ihrer Seniorengruppe nach Ägypten fährt und die Reise nächste Woche anzahlen muß.

Habe Oma daran erinnert, daß sie über große Ersparnisse auf einem Konto mit hohem Zinssatz verfügt. Könnte sie nicht einfach fünfzig Pfund abheben? Oma wies mich darauf hin, daß es sich um ein Festgeldkonto handelt und sie das Geld einen Monat vorher kündigen muß. »Ich bin nicht bereit, auf die Zinsen zu verzichten«, sagte sie.

Habe mich beiläufig bei Oma erkundigt, ob sie etwas von Bianca gehört hat. Sie antwortete beiläufig, sie habe Bianca und Muffet zusammen auf dem offenen Deck eines neunundzwanziger Busses gesehen, der in die Stadt fuhr. Dann hat sie noch ein paar Details eingestreut. Sie haben gelacht. Bianca hatte einen Strauß Fresien in der Hand (ihre Lieblingsblumen). Und Muffet wirkte »so glücklich, wie ich ihn noch nie gesehen habe«. Dann hörte ich ein quietschendes Geräusch, als sie sich in ihrem Sessel neben dem Telefon zurücklehnte, und sie sagte: »Tja, da braucht man kein Einstein zu sein, um sich das auszurechnen, was, Junge?«

Vielen Dank auch, Großmutter, Leicesters Antwort auf Miss Scheiß-Marple.

Donnerstag, 20. Februar

Ich befürchte das Schlimmste. Bianca ist immer noch in Leicester. Habe heute morgen einen Prospekt von einer Organisation namens Faxos Institute erhalten. Sie bieten einen ganzheitlichen Urlaub auf der griechischen Insel Faxos an. Inbegriffen sind Kurse in kreativem Schreiben, Traumworkshops, Seminare über das Finden der eigenen Stimme und Übungen zum Streßabbau. Abgebildet waren glückliche, braungebrannte Urlauber, die an langen Tischen unter blauem Himmel Grünzeugs verputzten. Bei näherer Untersuchung mit einer Lupe stellte sich heraus, daß das Grünzeug aus ein bißchen Salat und Zucchinis bestand, das mit etwas bestreut war, das wie Käse aussah. Auf den Tischen standen Flaschen mit Retsina, mit Blumen gefüllte Vasen und grob zerteilte Brotlaibe.

Ein anderes Foto zeigte einen Pinienwald auf einem Hügel, wo zwischen den Bäumen die Bambushütten für die Urlaubsgäste zu sehen waren. Das Ganze wirkte wahrhaft idyllisch. Ich blätterte weiter und entdeckte, daß Angela Hacker, Schriftstellerin, Drehbuchautorin und Fernsehstar, den Kursus in kreativem Schreiben in den ersten beiden Aprilwochen leitet. Ich habe weder ihre Bücher gelesen noch eins ihrer Stücke gesehen, aber ich habe sie einmal im Fernsehen gesehen, in der Sendung *Blick durch das Schlüsselloch*. Sie hat wirklich eine geschmackvoll eingerichtete Wohnung, allerdings erinnere ich mich, daß mir damals die erstaunliche Menge an alkoholischen Getränken aufgefallen ist. In jedem Zimmer standen irgendwelche Flaschen herum. Loyd Grossman machte damals eine witzige Bemerkung darüber, er sagte etwas von der »Soße für die Gans«. Das Publikum im Studio lachte sich halb tot darüber.

Ich legte den Prospekt seufzend weg. Zwei Wochen auf Faxos mit Angela Hacker über meinen Roman zu diskutieren wäre das Paradies, aber ich kann es mir unmöglich leisten. Ich muß bei meiner Bausparkasse stets einen Mindestbetrag auf dem Konto lassen. Ich bin bei meinem letzten Tausender.

Samstag, 22. Februar

Bianca hat im Restaurant angerufen, um mir zu sagen, daß sie morgen den Zug um 7.30 Uhr von Leicester nimmt und um 9 Uhr im St.-Pancras-Bahnhof ankommt. Ihre Stimme klang irgendwie komisch. Habe sie gefragt, ob sie heiser ist. Sie sagte, sie habe »viel geredet«. Jede einzelne Faser in mir vergeht vor Sehnsucht nach ihr, vor allem die in meiner Lendengegend.

Sonntag, 23. Februar

War auf dem Bahnsteig, als der Zug einlief, und habe gesehen, wie Bianca auf den Bahnsteig sprang. Ich bin mit einem Strauß Narzissen, die ich am Stand vor der U-Bahnstation in der Oxford Street gekauft hatte, auf sie zugerannt. Dann sah ich zu meiner Überraschung Martin Muffet mit zwei großen Koffern aus dem Zug steigen. Er stellte die Koffer auf den Bahnsteig und legte seinen Arm um Biancas schlanke Schultern.

»Es tut mir leid, Adrian«, sagte Bianca.

»Mir auch«, sagte Muffet.

Um ehrlich zu sein, ich wußte nicht, was ich sagen sollte.

Ich drehte mich um, ließ die beiden Ingenieure unter dem Wunder an Ingenieurkunst im St.-Pancras-Bahnhof stehen und ging zu Fuß nach Hause. Ich weiß nicht, was mit den Narzissen passiert ist, jedenfalls hatte ich sie nicht mehr, als ich zu Hause ankam.

Montag, 24. Februar

Kapitel vierundzwanzig: Das Nichts

Jake schob den Schlauch über das Auspuffrohr und vergewisserte sich, daß er richtig saß. Dann steckte er das andere Ende des Schlauchs durch das Seitenfenster seines Wagens. Zum letztenmal ließ er seinen Blick über das Panorama des Lake District schweifen, das sich unter ihm ausbreitete. »Wie wunderbar das Leben ist«, sagte er laut in den Wind. Überall um ihn herum nickten die Narzissen zustimmend. Jake nahm den elektrischen Rasierapparat aus seiner Kulturtasche und begann, sich zu rasieren. Er war schon immer eitel gewesen, und er legte großen Wert darauf, als Leiche gut auszusehen. Seine Bartstoppeln wurden vom Wind davongetragen und vereinigten sich mit der Erde. Jake befeuchtete sein Gesicht mit Obsession, seinem Lieblings-After-shave. Schließlich, nachdem er seine Toilette beendet hatte, stieg er in seinen Wagen und stellte den Motor an.

Während die Abgase sich im Wageninnern ausbreiteten, dachte Jake über sein Leben nach. Er hatte vier Kontinente bereist und mit einigen der schönsten Frauen der Welt geschlafen. Er hatte »The Ashes«, den berühmten Kricketpokal, nach England zurückgeholt. Er hatte den Mount Everest rückwärts erklommen und die Quelle des Nils entdeckt. Niemand konnte behaupten, sein Leben sei langweilig gewesen. Aber ohne Regina, die Frau, die er liebte, wollte er nicht weiterleben. Als Jake ins Nichts hinüberglitt, zeigte die Nadel auf seiner Tankanzeige auf »Leer«. Was würde als erstes ausgehen, Jakes Sauerstoffvorrat oder Jakes Benzin...?

Dienstag, 25. Februar

Habe den Mut aufgebracht, meine Mutter anzurufen. Mein Vater war am Telefon. Er sagte, er sei »vorübergehend« wieder bei meiner Mutter eingezogen, um sie zu unterstützen, bis sie die Bianca-/Muffet-Affäre überwunden hat. Anscheinend ist sie so krank, daß sie nicht aufstehen und sich um Rosie kümmern kann.

Er wollte wissen, wie ich die Sache aufgenommen habe.

Ich sagte: »Ach ich, mir geht es gut«, aber dann liefen dicke fette Tränen über meine Wangen und in die elektronische Apparatur des Telefonhörers. Mein Vater sagte immer wieder ins Telefon: »Ist ja gut, ist ja gut, Junge. Ist ja gut, nicht weinen, Junge.« Ich kann mich nicht erinnern, jemals soviel Zärtlichkeit in seiner Stimme vernommen zu haben.

Roberto, der Koch, kam zu mir herüber und wischte mir mit seiner Schürze die Tränen fort. Schließlich, nachdem wir uns versprochen hatten, in Verbindung zu bleiben, verabschiedete ich mich von meinem Vater. Jahrelang habe ich ihn für einen kraftlosen Trottel gehalten, aber nun muß ich einsehen, daß ich ihm unrecht getan habe.

Als ich nach Hause kam, stellte ich fest, daß Bianca alle ihre persönlichen Sachen abgeholt hatte, einschließlich des Fotos von Isambard Kingdom Brunel.

Mittwoch, 26. Februar

War heute zum Mittagessen in einem Laden namens Ed's Diner und habe ein Würstchen, Pommes, ein Beck's Bier und eine Tasse Filterkaffee zu mir genommen. Ich hatte um ein Glas gebeten, aber dann bemerkte ich, daß die anderen Männer in meinem Alter ihr Bier aus der Flasche soffen. Also schob ich mein Glas unauffällig beiseite und tat es ihnen nach. Ich saß auf einem Hocker an der Theke, gegenüber einer Minijukebox. Jede Scheibe kostete fünf Pence. Habe nur eine einzige Platte ausgesucht, aber die habe ich dreimal laufen lassen.

Früher konnte ich den Text von »Stand By Me« auswendig aufsagen. Bianca und ich haben immer mit Ben E. King mitgesungen, wenn wir unser Sonntagsfrühstück zubereiteten. Unsere Percussioninstrumente waren: eine Schachtel Haushaltsstreichhölzer, ein Pfannenheber und eine Dose getrocknete Linsen.

Habe in Ed's Diner versucht, den Text lautlos mitzusingen, aber er fiel mir nicht mehr ein.

Als das Lied zu Ende war, standen mir die Tränen in den Augen. Warum hat sie nicht zu mir gehalten?

Ein Mann auf dem Hocker neben mir fragte, ob er mir irgendwie helfen könne. Habe versucht, mich zusammenzureißen, aber zu meinem großen Entsetzen fing ich an, laut und hemmungslos zu schluchzen. Ich heulte Rotz und Wasser, und mein ganzer Körper verkrampfte sich in unwürdigen Zuckungen. Der Fremde legte mir seinen Arm um die Schultern und fragte: »Haben Sie Probleme mit Ihrer Frau?«

Ich nickte, dann würgte ich zwischen Schluchzern heraus: »Schluß.«

»Genau wie bei mir«, sagte er. »Ich heiße Alan.« Alan erzählte mir, er sei »am Boden zerstört«, weil Christopher, sein Partner, sich in einen anderen Mann verliebt hat. Habe noch zwei Bier bestellt und Alan die ganze Geschichte von Bianca und Martin Muffet erzählt. Alan zeigte sich schockiert und war so taktvoll, sich danach zu erkundigen, wie es meiner Mutter geht. Ich sagte ihm, daß ich sie gestern abend angerufen habe, und sie habe mir gesagt, ihr Leben sei ruiniert.

Alan und ich haben uns für 20 Uhr heute abend auf einen Drink verabredet. Bin ich nun auf das Wohlwollen von Fremden angewiesen wie Blanche Dubois?

Mitternacht. Alan hat sich nicht blicken lassen. Habe im »Coach and Horses« über eine Stunde auf ihn gewartet. Vielleicht ist er einem anderen Fremden begegnet, der mit einer originelleren tragischen Geschichte aufwarten konnte.

Ich vermisse sie. Ich vermisse sie. Ich vermisse sie.

Donnerstag, 27. Februar

Roberto hat sich heute neben meinem Tisch aufgepflanzt und mich gezwungen, eine Portion Tagliatelle mit Hasenragout zu essen. Er sagte: »Eine Frau ista eine Frau, und Essen ista Essen.«

Vielleicht kommt die Bedeutung dieses Spruches im italienischen Original besser rüber.

Jake übergab dem finster dreinblickenden Mann den Umschlag mit dem Geld.

»Schnell und sauber«, sagte er. »Sie dürfen überhaupt nicht mitkriegen, was mit ihnen geschieht.«

Der Mann brummte etwas vor sich hin und verließ die Spelunke in Soho. Jake blickte sich um, sah die aufgedonnerten Mädchen und die versoffenen Gesichter der späten Gäste. Hatte er nicht erst gestern im Lake District einen Selbstmordversuch unternommen? Als er sich erhob, kam eine junge Prostituierte auf ihn zu und wollte ihn abschleppen. Er schob sie unwirsch weg und sagte: »Verzieh dich, Baby, ich habe die einzige Frau besessen und wieder verloren, an der mir je etwas liegen wird.«

Er schritt hinaus in die pulsierende Nacht, seine Cowboystiefel klapperten merkwürdig auf dem düsteren Pflaster von Soho. Ich muß sie morgen neu besohlen lassen, dachte er. Als er an der Old Compton Street vorbeiging, blickte er zu den Fenstern der Wohnung über Alma's Patisserie hinauf. Das Licht brannte noch, aber er wußte, daß alles menschliche Leben ausgelöscht war. Er war ein Mörder, ohne sich die Hände schmutzig gemacht zu haben.

Sein Herz füllte sich mit Tränen, aber sein Gesicht war wie immer, hart und unbarmherzig und ohne den Segen Gottes.

Samstag, 29. Februar

Habe Mr. Andropolosis, meinen Vermieter, darüber in Kenntnis gesetzt, daß ich den Mietvertrag übernehme. Habe ihm die Miete für einen Monat im voraus bezahlt, jetzt gehört die Wohnung also mir. Gott sei Dank ist dieser Monat vorüber. Es war der schlimmste Monat aller Zeiten.

Um die Liste der Unglücksfälle in unserer Familie zu vervollständigen, wurde Großmutter heute früh mit Unterleibsschmerzen ins Krankenhaus eingeliefert. Habe heute nachmittag im Krankenhaus angerufen und von der Stationsschwester erfahren, Omas Zustand sei »stabil«. Wenn das stimmt, dann ist sie die einzige in unserer Familie, für die das zutrifft – alle anderen befinden sich in einem bedauernswerten Zustand.

Sonntag, 1. März

War heute nachmittag mit meiner Mutter, meinem Vater und Rosie bei Oma am Krankenhausbett. Habe Oma zum erstenmal ohne ihre Zähne gesehen. Ich war schockiert, wie *alt* sie aussah.

Meine Mutter hat abgenommen, und ihre Augen waren gerötet. Sie sah aus, als hätte sie unaufhörlich geweint, seit Muffet sich aus dem Staub gemacht hat. Nachdem die Besuchszeit zu Ende war und wir über den Flur der Station gingen, sagte meine Mutter bitter: »Sie sind in Hounslow. Sie wohnen bei seinem Bruder Andrew.«

»Ich will's nicht wissen, Mum«, sagte ich.

Mein Vater sagte: »Vergessen wir das Thema, Pauline.«

»Ich bin froh, daß er weg ist«, sagte Rosie. »Ich hoffe, daß er nie mehr zurückkommt.« Sie streckte ihre Hand nach meinem Vater aus, und mein Vater führte sie durch die große, doppelflügelige Tür am Ende der Station. Als wir an den hohen Krankenhaustürmen vorbeigingen, fegte der Wind den Müll um unsere Füße, was eine böse Vorahnung in mir auslöste.

Beinahe wäre ich noch einmal zurückgegangen, um mich richtig von Oma zu verabschieden, aber ich wollte die anderen nicht auf dem mit Schlaglöchern übersäten Parkplatz warten lassen und ließ es bleiben. Statt dessen gingen wir nach Hause und aßen jeder ein Roastbeef-Dinner von Marks & Spencer. Meins war ganz gut, aber gegen Omas Kochkünste war es natürlich nichts. Als ich gerade dabei war, die schmutzigen Aluminiumverpackungen in den Küchenabfalleimer zu quetschen, klingelte das Telefon. Es war das Krankenhaus, das uns darüber informierte, daß »Mrs. Edna May Mole um 17.15 Uhr verschieden ist«.

Habe versucht, mich zu erinnern, wo *genau* ich um 17.15 Uhr gewesen bin. Nach einigem Überlegen fiel mir wieder ein, daß ich an der BP-Tankstelle war und meinem Vater geholfen habe, den Luftdruck in seinen Reifen zu überprüfen.

Habe bisher noch keine einzige Träne um sie vergossen. Ich bin innerlich völlig ausgetrocknet. Mein Herz fühlt sich an wie ein Pfirsichkern.

Montag, 2. März

Es ist hinlänglich bekannt, daß Großmutter und meine Mutter nie miteinander ausgekommen sind. Es war also niemand auf den Trauerakt wahrlich mediterranen Ausmaßes gefaßt, den meine Mutter angesichts des Hinscheidens ihrer Schwiegermutter zur Schau stellt: sie heult sich die Augen aus dem Kopf, schlägt sich an die Brust etc. Heute morgen lamentierte sie immer wieder: »Ich schuldete ihr noch fünfzig Pfund.«

Mein Vater versetzt mich weiterhin durch seine menschliche Reife in Erstaunen. Er hat den ganzen Papierkram und die Feilscherei um die Beerdigungskosten mit lobenswerter Effizienz erledigt.

Dienstag, 3. März

Habe um 22 Uhr bei »Savages« angerufen, um Bescheid zu geben, daß ich wegen der Beerdigung am Freitagnachmittag noch in Leicester bleibe. Roberto sagte: »Gut, daß du anrufst, Adrian. Ein paar Einbrecher haben deiner Wohnung einen Besuch abgestattet.« Er sagte das so, als ob die Einbrecher zum Tee eingeladen gewesen wären, Blumen mitgebracht und ihre Visitenkarte hinterlassen hätten. Heute abend kann ich nichts mehr unternehmen. Die Polizei hat von einem Schlosser ein neues Schloß einsetzen lassen. Der Schlüssel liegt im »Savages«. Bin merkwürdigerweise völlig gelassen.

Mittwoch, 4. März

20.40 Uhr. Im Zug nach Leicester

Sie haben alles mitgenommen, außer meinen Büchern, meinen Boxershorts und einer alten Polyesterhose. Wie sie das Bett über die enge Treppe abtransportiert haben, wird mir immer ein Rätsel bleiben. Als ich einen Polizeibeamten am Telefon nach der Wahrscheinlichkeit fragte, daß die Schuldigen gefaßt werden, sagte er: »Können Sie sich vorstellen, welche Chancen ein Schneeball in der Hölle hat? Nun, nehmen Sie davon die Hälfte. Und dann davon noch mal die Hälfte.« Er wollte wissen, ob ich versichert bin.

Ich lachte verächtlich und sagte: »Natürlich nicht. Sie sprechen mit Adrian Mole.«

Ich bin jetzt völlig mittellos.

Donnerstag, 5. März

War heute morgen in Großmutters Wohnung. Alles sah aus wie immer. Meine G.C.E.-Diplome hingen noch gerahmt an der Wand. Das Foto von meinem toten Großvater Albert stand noch auf dem Kaminsims. Die Uhr tickte noch. Oben lag die Bettwäsche gefaltet im Schrank, und im Garten kamen die ersten Knospen aus der Erde. Die Keksdose war gefüllt mit Feigenplätzchen, und neben dem Bett standen ihre zweitliebsten Hausschuhe. Im Küchenschrank fand ich ihre Yorkshire-Puddingform. Sie hatte sie über vierzig Jahre lang benutzt. Ziemlich blöd, über eine Yorkshire-Puddingform zu weinen, aber ich tat genau das. Dann wischte ich die Form trocken und stellte sie zurück in den Schrank, so wie Großmutter es gern gehabt hätte.

Freitag, 6. März

GROSSMUTTERS BEGRÄBNIS

Meine Mutter, mein Vater, Rosie und ich waren heute ein richtiges Team und haben Oma einen guten Abschied bereitet. Es waren eine ganze Menge Leute in der Kirche, was mich überraschte, denn Oma hat die Leute nie ermutigt, sie zu besuchen. Sie zog die Gesellschaft von *Radio Four* meistens vor. Sie war bekannt dafür, daß sie Leute an der Tür einfach abwimmelte, die sich unterstanden, sie während der Nachmittagssendung zu stören.

Es wurde »Amazing Grace« und »Onward Christian Soldier« gesungen. Bert Baxter hat so lauthals gegrölt, daß er den Rest der Gemeinde fast übertönte. Für einen Atheisten macht es ihm ganz schön viel Vergnügen, in der Kirche zu singen. Als ich ihn so sah, dachte ich wehmütig, daß er anstelle von Oma hätte sterben sollen. Der Vikar schwafelte allen möglichen unglaublichen Blödsinn, zum Beispiel, daß Oma in Sünde geboren wurde und in Sünde gestorben ist.

Jeder, der Großmutter gekannt hat, weiß, daß sie unfähig war, eine Sünde zu begehen. Sie konnte noch nicht mal lügen. Als ich sie einmal fragte, ob meine Pickel langsam weggingen (ich muß so um die fünfzehn gewesen sein), sagte sie: »Nein, du hast immer noch ein Gesicht wie ein Entenarsch.« Sie hat hin und wieder solche milden Kraftausdrücke gebraucht, aber sie war auf keinen Fall eine Sünderin.

Es gefällt mir nicht, mir vorzustellen, wie sie da so allein und in der Kälte unter der Erde liegt. Aber zumindest ist sie nie überfallen oder ausgeraubt worden. Vor solchen Unbilden ist sie nun für immer sicher.

Der Leichenschmaus fand in unserem Haus statt. Meine Mutter blieb fast die ganze Nacht vorher auf und hat alles geputzt und poliert und versucht, die Flecken aus dem Teppich in der Diele zu bekommen.

Mein Vater hat die fehlenden Glühbirnen ersetzt und den Schwimmerhahn repariert, so daß die Toilettenspülung wieder richtig funktioniert.

Tania Braithwaite kam vorbei, um zu kondolieren. Sie bot uns freundlicherweise an, ein paar Quiches aus ihrer Tiefkühltruhe für uns aufzutauen. Sie sagte uns, Pandora habe eine Vorlesung abgesagt und werde zum Leichenschmaus kommen und sechs Flaschen Champagner von Marks & Spencer mitbringen.

»Pandora ist der Meinung, daß der Tod gefeiert werden sollte«, sagte sie. »Sie betrachtet ihn als ein neues Abenteuer und nicht als ein langweiliges Ende.«

Bert Baxter hatte angerufen, um sich zu erkundigen, wann der Gottesdienst anfing, was meine Mutter daran erinnerte, daß sie keine rote Bete im Haus hatte. Also wurde Rosie zu Mr. Patels Laden geschickt, um ein Glas zu kaufen.

Um Mitternacht sah ich meinen Eltern dabei zu, wie sie über den auf ganze Länge ausgezogenen Eßzimmertisch eine weiße Tischdecke breiteten. Wie sie so an beiden Enden des Tisches standen und mit dem Tischtuch hantierten, überkam mich plötzlich das Gefühl, ein richtiges Familienmitglied zu sein.

Rosie hatte in einer Vase ein paar Narzissen und Fresien nett arrangiert und wurde von allen dafür gelobt. Selbst der Hund benahm sich anständig. Als wir schließlich ins Bett gingen, war das Haus perfekt; alles war an seinem Platz, und wir Moles konnten dem Ereignis erhobenen Hauptes entgegensehen. Oma wäre stolz auf uns gewesen.

Nach dem Gottesdienst liefen Rosie und ich den anderen Trauergästen voraus, um die Klarsichtfolie von den Sandwiches und Wurstbrötchen zu nehmen.

Pandora erwartete uns vor dem Haus in ihrem Auto. Wir füllten die Badewanne mit kaltem Wasser und legten die Champagnerflaschen zum Kühlen hinein.

Pandora wirkte wunderbar ernst in ihrem schwarzen maßgeschneiderten Kostüm. Allerdings empfand ich ihr gegenüber keinerlei Ehrfurcht mehr, und so konnten wir uns wie gleichberechtigte Freunde unterhalten. Sie machte mir Komplimente, sagte, ich sehe gut aus, und lobte sogar meine Kleidung. Sie befühlte das Revers an meinem marineblauen Tuchanzug von Next und sagte: »Willkommen in den Neunzigern.«

Bald war das Haus voller Trauergäste, und ich war die ganze

Zeit damit beschäftigt, das Tablett mit den Champagnergläsern herumzutragen. Anfangs standen alle herum und wußten nicht, was sie sagen sollten. Sie trauten sich nicht, sich zu amüsieren, aus Furcht, man könnte ihnen Mangel an Respekt vor den Toten nachsagen. Dann brach Pandora das Eis, indem sie einen Toast auf Großmutter ausbrachte.

»Auf Edna Mole«, sagte sie und hob ihr Glas, »eine Frau mit festen Grundsätzen.«

Alle stießen miteinander an, kippten ihren Champagner, und bald war überall Gelächter zu hören, und ich fischte die Flaschen aus der Badewanne.

Meine Mutter kramte im Sideboard herum und holte die Fotoalben heraus. Ich war überrascht, ein Foto von meiner Oma im Alter von vierundzwanzig zu sehen. Sie sah richtig flott aus mit ihren dunklen Haaren und ihrer guten Figur. Sie schob lachend ein Fahrrad einen Hügel hinauf. Neben ihr ging ein Mann mit einer flachen Schirmmütze. Er hatte einen großen Schnurrbart und blinzelte gegen die Sonne. Das war mein Großvater. Alle meinten, ich sähe ihm ähnlich.

Mein Vater nahm das Foto aus dem Album, ging damit in den Garten und setzte sich auf Rosies Schaukel. Habe mich nach einer Weile zu ihm gesetzt. Er reichte mir das Foto und sagte: »Jetzt bin ich eine Waise, mein Sohn.«

Habe ihm meine Hand auf die Schulter gelegt und bin dann zurück ins Haus gegangen, wo ich feststellen mußte, daß der Leichenschmaus sich zu einer Party entwickelt hatte. Die Leute lachten sich halb tot über die Fotos in dem Album. Ich am Strand, wie ich gerade von einem Esel falle. Ich in einer gebrauchten Pfadfinderkluft, die drei Nummern zu groß war. Ich im Alter von sechs Monaten, wie ich nackt auf einem halbmondförmigen Teppich vor dem offenen Kamin liege. Ich im Alter von zwei Tagen zusammen mit meinen grinsenden, jungen Eltern auf der Entbindungsstation. Auf der Rückseite stand in der Handschrift meiner Mutter: »Unser süßes Baby, zwei Tage alt.«

Dann war da noch ein Foto, das ich noch nie gesehen hatte. Meine Mutter, mein Vater, meine Oma und mein Opa waren darauf. Sie saßen in Strandkörben und sahen mir, etwa drei Jahre alt, beim Spielen im Sand zu. Auf dem Rücken stand: »Yarmouth, Ostermontag.«

Rosie fragte: »Warum bin ich nicht auf dem Foto?«

»Weil du noch nicht geboren warst, verdammt noch mal, darum«, sagte Bert Baxter.

Um sieben Uhr bot Ivan Braithwaite sich an, ein paar von Omas älteren Nachbarn zurück in ihre Bungalows im Altenwohnheim zu begleiten, solange sie und er noch laufen konnten.

Wir anderen haben noch bis elf gefeiert. Tania Braithwaite, die seit neun Jahren Vegetarierin ist, hat ihre Prinzipien gebrochen und ein Wurstbrötchen gegessen und dann noch eins.

Meine Mutter und mein Vater tanzten zusammen zu »You've Lost That Loving Feeling«. Zwischen die beiden hätte kein Blatt Papier mehr gepaßt.

Pandora und ich sahen ihnen beim Tanzen zu. »Sie sind also wieder zusammen, was?« sagte sie.

»Ich hoffe es«, sagte ich und sah Rosie dabei an.

Wie ich schon sagte, es war ein guter Abschied.

Montag, 9. März

Old Compton Street

Nun bin ich wieder in meinem Zimmer mit meinen Büchern und meinen Boxershorts als einzige Gesellschaft. Die Hose habe ich einem jungen Mann geschenkt, der auf der Straße die Obdachlosenzeitung *The Big Issue* verkauft. Habe mir aus meinen Unterhosen ein Kopfkissen gemacht und auf dem Fußboden geschlafen. Ich habe mich schon oft gefragt, wie es wohl wäre, ein zölibatärer Mönch in einer nackten Zelle zu sein. Jetzt, da ich ausgeraubt und verlassen bin, weiß ich es.

Bin ins »Savages« gegangen und habe beim Putzen in der Küche geholfen. Savage selbst war auch da. Er war aus der Entzugsklinik entlassen, sah fit und sportlich aus und trank nur Mineralwasser. Er bedauerte mich wegen meiner verschiedenen Verluste und Mißgeschicke und sagte, auf dem Dachboden über dem Restaurant befänden sich noch einige alte Möbel, die ich haben könnte.

»Nimm dir einfach, was du brauchst, Junge«, sagte er.

Ich kann mich nicht an diesen neuen, netten, philanthropischen Savage gewöhnen. Ich stelle mir immer vor, er muß Savages lange vermißt geglaubter Zwillingsbruder sein, der kürzlich von einer Missionsstation am Amazonas zurückgekehrt ist.

Mein Zimmer ist jetzt mit Polsterbänken im Rokokostil und Tischen, deren künstliche Marmorplatten mit Zigarettenflecken übersät sind, möbliert. Offenbar Krempel, den Savage auf den Dachboden geschafft hat, als er das Restaurant übernommen hat. Ich schlafe jetzt auf zwei zusammengeschobenen Polsterbänken. Ich habe Engel über meinem Kopf und Putten zu meinen Füßen. Roberto hat mir ein bißchen Geschirr und Besteck und ein paar Küchenwerkzeuge gegeben. Die meisten meiner Kollegen haben heute morgen irgend etwas mit zur Arbeit gebracht, um es dem Adrian-Mole-Katastrophen-Fonds zu stiften. Ich koche auf einem Campingkocher und lese beim Licht eines Pseudo-Kronleuchters, beides Spenden von Luigi.

Mittwoch, 11. März

Habe heute morgen zu Hause angerufen. Mein Vater ist immer noch da, er lebt mit meiner Mutter in Sünde. Meine Mutter hat mir erzählt, daß Bianca und Muffet zusammen ein Ingenieurbüro eröffnen wollen, unter dem Namen »Dartington & Muffet«.

Ich kann den Gedanken an Muffets knochige Finger, wie sie Biancas schöne blasse Haut berühren, nicht ertragen.

Ich ertrage es nicht.

Donnerstag, 12. März

Kapitel fünfundzwanzig: Ein neuer Anfang

Jake setzte sich an den Tisch aus künstlichem Marmor und begann, ein weiteres Kapitel seines Romans *Sparg aus Kronk* zu schreiben.

Kapitel fünf: Grüne Triebe

Sparg vermißte Barf, seine Frau. Ein Teil von ihm würde sich niemals mit diesem Verlust abfinden.

Es war Frühling. Grüne Triebe lugten aus der Erde. Sparg verließ seine Hütte und ging nach draußen. Er war froh, draußen zu sein, denn die Hütte war feucht, und die Feuchtigkeit stieg immer weiter an.

Sparg brauchte eine Frau, aber die einzige Frau in seiner Nähe war Krun, seine Mutter. Auch wenn ihr Gesicht runzlig war, ihre Schenkel waren einladend. Aber das Kronkianische Gesetz verbot es, die eigene Mutter zu nehmen, selbst wenn sie einwilligte.

Sparg ging ziellos einen Hügel hinauf und ging dann ziellos wieder hinunter. Er langweilte sich. Er mußte Feuerholz suchen, aber er hatte es satt, Feuerholz zu suchen. Es forderte seinen Intellekt nicht heraus. Er grunzte verzweifelt und wünschte, er könnte mit den anderen Kronkianern reden. Er hatte wirklich Pech, dachte er, in einer prähistorischen Zeit geboren zu sein.

Wenn es nur die Sprache schon gäbe, grunzte Sparg innerlich...

Fortsetzung folgt

Jake lehnte sich zurück. Er war erschöpft und blaß von der Anstrengung des Schreibens. Er verließ sein Zimmer und ging zu Wilde's, seinem Lieblingsrestaurant, wo er von Mario begrüßt wurde.

»Lange nix gesehen, Mr. Westmorland.«

»Hallo, Mario. Meinen gewohnten Tisch bitte, und meine gewohnte Flasche, gut gekühlt. Ich nehme die gewohnte Vorspeise, den üblichen Hauptgang und den üblichen Pudding.«

»Und als Aperitif, Mr. Westmorland?« gurrte Mario.

»Das Übliche«, sagte Jake barsch.

Ich muß *Seht! Die flachen Hügel meiner Heimat* bald beenden, aber das kann ich erst, wenn Jake seinen Roman *Sparg aus Kronk* beendet hat. Ich wünschte, er würde sich ein bißchen beeilen.

Freitag, 13. März

Immer mehr Geschäfte machen hier in der Gegend dicht. Jeden Tag werden irgendwelche Laden- oder Restaurantfenster zugenagelt. Ich bete jede Nacht, daß das »Savages« finanziell lebensfähig bleibt. Ich brauche meinen Job. Ich bin mir darüber im klaren, daß ich ausgebeutet werde, aber im Gegensatz zu dreieinhalb Millionen meiner Mitbürger habe ich wenigstens morgens einen Grund aufzustehen.

Großmutter hat meinem Vater in ihrem Testament 3090 Pfund vermacht, das heißt, daß meine Mutter ihr Haus nicht an die Bank verliert. Das ist wirklich eine gute Nachricht. Es bedeutet, daß ich meine Ersparnisse bei der Bausparkasse nicht anzurühren brauche. Ich könnte es nicht mit ansehen, wenn man sie auf die Straße setzte. Jedenfalls glaube ich nicht, daß ich es könnte.

Samstag, 14. März

Habe heute morgen, als ich zur Arbeit kam, folgende Nachricht erhalten. Sie war auf einer Papierserviette geschrieben. »Vergaß G. hinterl. 500.« Niemand wußte, was es bedeuten sollte oder wer die Nachricht entgegengenommen hatte.

Montag, 16. März

Habe heute noch einen Prospekt von diesem Faxos Institute erhalten. Warum schreiben sie mir so beharrlich? Wer hat sie auf mich angesetzt? Ich kenne überhaupt keine Leute aus der ganzheitlichen Szene. Ich bin noch nicht mal Vegetarier, und ich schwöre auf Paracetamol.

War heute in der National Gallery, was aber nur schmerzliche Erinnerungen an B. auslöste. Also bin ich zurück nach Soho und habe zwei Pfund dafür bezahlt, einer fetten Frau dabei zuzusehen, wie sie ihren BH und ihren Schlüpfer durch ein Guckloch auszog. Ich habe ihr durch ein Guckloch *zugesehen*. Sie hat sich nicht ihre Unterwäsche durch ein Guckloch ausgezogen.

Frage: Gibt es Abendkurse in Syntax?

Dienstag, 17. März

Gestern abend ist mir das Klopapier ausgegangen. Als ich gerade den Prospekt von dem Faxos Institute zu Hilfe nehmen wollte, um mich aus meiner peinlichen Lage zu befreien, fiel mir irgend etwas an Angela Hackers Gesicht auf, das mich innehalten ließ.

Es schien zu sagen: »Komm zu mir, Adrian.« Sie hat nicht gerade ein Gesicht, von dem man seiner Mutter schreiben würde oder von dem man *überhaupt* jemandem schreiben würde.

Habe den Prospekt weggelegt und statt dessen den *Evening Standard* benutzt. Der ist auch viel saugfähiger.

23.45 Uhr. Die Nachtschwärmer, die wegen St. Patrick's Day unterwegs sind, machen so einen Lärm, daß ich nicht schlafen kann. Weil ich also nichts Besseres zu tun hatte, habe ich das Anmeldeformular für die ersten beiden Aprilwochen im Faxos Institute in Griechenland ausgefüllt.

Donnerstag, 19. März

Habe nebenbei einen Scheck an das Faxos Institute ausgestellt, aber das war nur, um einen neuen Füller auszuprobieren. Ich könnte mir weder leisten, mir so lange freizunehmen, noch so viel Geld für einen Urlaub auszugeben.

22 Uhr. Die komplette Nachricht lautete: »Habe vergessen, Dir zu sagen, daß Großmutter Dir fünfhundert Pfund vermacht hat. Gruß, Dad.« Luigi, der wegen einer Lebensmittelvergiftung krank geschrieben war, kam heute wieder zur Arbeit und beglückwünschte mich zu »das viele Geld«. Habe ihn natürlich bloß verständnislos angesehen. Ein paar Minuten lang war ich völlig verwirrt, aber schließlich dämmerte mir die wunderbare Wahrheit, und wir haben sie mit einer Flasche Frascati begossen.

Samstag, 21. März

Der neuerdings so gütige Savage hat mir zwei Wochen (unbezahlten) Urlaub zugestanden. Habe heute vormittag mein Anmeldeformular abgeschickt und mir heute nachmittag in einem Laden auf der Charing Cross Road, der wegen Geschäftsaufgabe alles ausverkaufte, eine Badehose gekauft. Ich kann es kaum erwarten, das warme Wasser der Ägäis an meinem Körper zu spüren.

Habe mit dem Gedanken an Angela Hacker an *Seht!* gearbeitet.

Jake schlug sein Manuskript auf. Das elfenbeinfarbene, handgeschöpfte Papier wirkte verlockend. Er nahm seinen Mont-Blanc-Füller zur Hand und begann zu schreiben.

»Tut mir leid, Darling«, sagte er zu dem Prachtexemplar englischer Weiblichkeit, das sich vor seinen Augen räkelte und ihm seinen Schlüpfer präsentierte, »aber die Muse ruft.«

Dann senkte er seinen wohlgeformten Kopf und war sogleich in Kronk, der Heimat seines Helden Sparg.

Sparg grunzte, als er die verhaßten Umrisse seines Vaters in der Dunkelheit erkannte. Sein Vater grunzte zurück. Sparg warf einen Kieselstein von einer Hand in die andere. Warum war noch nichts erfunden worden, womit man sich den Abend vor dem Schlafengehen vertreiben konnte, dachte er. Etwas wie ein Kartenspiel zum Beispiel, überlegte er. Er ging in seine Hütte zurück und schob die Felle auf seinem Bett lustlos hin und her. Ohne eine Frau war ihm nachts stets kalt. Er beschloß, am nächsten Morgen früh aufzustehen, sich eine zu suchen und sie mit nach Kronk zu nehmen.

Donnerstag, 26. März

Habe mir an einem Stand im Berwick Street Market ein kurzärmeliges Hemd und Bermudashorts gekauft. Habe, seit ich erwachsen bin, nie mehr Shorts getragen.

Ich wußte, daß Adrian Mole dabei ist, sich aus der Asche zu erheben.

Savage ist heute besoffen und abgerissen im Restaurant aufgekreuzt und hat Luigi, Roberto und das gesamte Küchenpersonal, außer mir, gefeuert. »Du kannst bleiben, Adrian«, sagte er. »Du bist genau so ein verdammter Verlierer wie ich.«

Er hat mich zum Oberkellner befördert, eine Stellung, die ich nicht haben will und nicht ausfüllen kann.

Luigi und Roberto saßen rauchend in der Küche und unterhielten sich auf italienisch. Sie wirkten nicht besonders beunruhigt. In der Zwischenzeit war ich gezwungen, in Luigis Anzug um unsere Gäste herumzuscharwenzeln, ihnen ihre Plätze anzuweisen und so zu tun, als ob ich mich für ihre Wünsche interessierte. Savage saß an der Bar und gab lauthals biographische Details über die Gäste zum besten, sowie sie zur Tür hereinkamen. Als ein respektabel aussehendes älteres Paar eintrat, brüllte er: »Also, wenn das nicht Mr. und Mrs. Wellington sind. Er trägt ein Toupet, und sie hat für ihre knackigen Titten dreitausend Pfund berappt.«

Anstatt auf dem Absatz kehrtzumachen oder ihm eine auf seinen besoffenen Kopf zu verpassen, grinsten Mr. und Mrs. Wellington und ließen sich von mir an Tisch Nummer sechs führen. Vielleicht sind sie ja stolz auf ihre künstlichen Attribute. Wie meine kürzlich verstorbene Großmutter sagen würde: »Es gibt alle Sorten von Leuten, besonders in London.«

Arme Oma. Sie ist nicht einmal in ihrem Leben in London gewesen.

Habe in den letzten vier Tagen nicht ein Wort zu Papier bringen können. Der Gedanke, daß Angela Hacker mein Manuskript lesen wird, verursacht mir Hemmungen. Aber heute abend ist mir der Durchbruch gelungen.

Er litt an einer Schreibblockade. Seit mehr als fünf Stunden starrte er schon auf das leere Papier, das ihn zu verhöhnen schien. Stündlich rief sein Verleger an. Die Druckpressen warteten schon, aber er schaffte es nicht, sein Buch zu beenden. Auf Inspiration hoffend, blickte Jake aus dem Fenster. Die Skyline von New York erstreckte sich bis ins Unendliche...

»Unendlichkeit!« rief Jake aufgeregt aus und begann, an seinem Roman, *Sparg aus Kronk,* zu arbeiten.

Sparg war weit weg von Kronk gewandert. Er stand auf einer erhöhten Landzunge und blickte voller Erstaunen auf eine merkwürdige, wäßrige Masse und eine blaue Linie, die in der Ferne vor ihm lag. Ohne es zu wissen (denn es gab noch keine Sprache), staunte er über das Meer und den fernen blauen Horizont. Sparg knurrte und begann, von der Landzunge hinabzusteigen. Er würde bis zu der blauen Linie in der Ferne gehen, dachte er. Dann hätte er jedenfalls etwas zu tun. Das dachte Sparg, denn das Schwimmen war noch nicht erfunden worden...

Habe vom Faxos Institute die Bestätigung erhalten, daß ich einen Platz im Schreibkurs habe. Ich habe fürchterliche Angst.

Freitag, 27. März

Luigi ist wieder eingestellt worden, und ich bin, Gott sei Dank, wieder sicher in der Küche gelandet. Zum Glück hat Roberto mir immer erlaubt, ihm bei der Arbeit zuzusehen, denn in meinem bisherigen Leben hat man mir ansonsten keine vernünftige Ausbildung im Kochen angedeihen lassen. Von meiner Mutter gab es nie etwas zu lernen; kurz nachdem sie *Der weibliche Eunuch* gelesen hatte, hat sie einfach aufgehört, normale Mahlzeiten zu kochen. Obschon Germaine Greer, die Autorin dieses zukunftsweisenden Schmökers, dafür bekannt ist, eine hervorragende Köchin zu sein und exquisite Dinnerpartys zu geben.

Dank Robertos Hilfsbereitschaft kann ich jetzt Pasta *al dente* kochen, ich beherrsche das Grundrezept für Bisquitkuchen und habe fast raus, wie man Kressesuppe zubereitet. Ich springe jetzt morgens frisch von meinen Polsterbänken auf und kann es kaum abwarten, zur Arbeit zu gehen.

Heute sind die Flugtickets angekommen.

Heute abend hat eine Neue im »Savages« als Kellnerin angefangen. Sie heißt Jo Jo und kommt aus Nigeria. Sie studiert Kunst am St. Martin's College. Sie ist größer als alle anderen im Restaurant. Ihr Haar trägt sie zu Hunderten von kleinen, mit Perlen geschmückten Zöpfen geflochten. Sie raschelt beim Gehen. Ihre Mutter ist irgendein hohes Tier in der nigerianischen Traktorindustrie.

Samstag, 28. März

Habe heute einen *Turm* aus Mohrenköpfen gebaut. Roberto sagte: »Glückwunsch, Adrian! Der Schokoguß ist perfekte!«

Jo Jo hat den ersten probiert und erklärt, er schmecke »köstlich«. Luigi hatte zufällig seine Polaroidkamera dabei und hat mich mit dem Turm und Jo Jo fotografiert. Habe das Foto bei mir an die Wand gehängt. Ich sehe ziemlich gut darauf aus.

Sonntag, 29. März

Ich lag heute mittag noch im Bett, als es plötzlich an der Tür klopfte. Da ich nie Besuch bekomme, habe ich mich im ersten Moment etwas erschrocken. Habe mein Ohr an die Tür gelegt, aber alles, was ich hören konnte, war ein merkwürdiges Rascheln. Habe dann schließlich die Tür aufgemacht, allerdings mit vorgelegter Kette. War ganz entzückt, Jo Jo durch den Türspalt zu sehen.

Sie lächelte mich an und sagte, sie gehe in die Tate Gallery.

»Willst du mitkommen?« fragte sie.

Ich machte die Kette ab und bat sie herein. Sie ging im Zimmer herum und bemerkte, wie ordentlich alles sei. Dann blieb sie am Tisch stehen, wo mein Manuskript in seiner durchsichtigen Schutzhülle liegt. »Das ist also dein Buch«, sagte sie. Sie berührte es ehrfürchtig. »Ich würde es gern mal lesen.«

»Wenn es fertig ist«, sagte ich.

Ich machte ihr eine Tasse Nescafé. Dann entschuldigte ich mich und ging ins Badezimmer, um mich zu waschen und anzuziehen. Habe mich im Spiegel betrachtet. Irgend etwas war mit meinem Gesicht geschehen. Ich sah überhaupt nicht mehr aus wie John Major.

Jo Jo geht gern spazieren, also gingen wir zu Fuß zur Tate Gallery. Es machte mich stolz, mit so einer umwerfend gutaussehenden Frau gesehen zu werden. Als ich sie nach Nigeria fragte, sprach sie sehr liebevoll über ihr Land. Sie ist eine Yoruba und kommt aus Abeokuta.

Sie wollte etwas über meine Familie wissen, und ich erzählte ihr von dem verworrenen Netz von Beziehungen, von den Trennungen und den Versöhnungen.

Sie lachte und sagte: »Um die Beziehungen in meiner Familie zu durchschauen, bräuchte man einen extrem leistungsfähigen Computer.«

Ich war noch nie in der Tate gewesen, aber Jo Jo kannte sich gut aus. Sie führte mich durch das Museum und zeigte mir ein paar ihrer Lieblingsgemälde – lauter Darstellungen von Menschen, wie mir auffiel. Wir sahen uns Bilder an von Paula Rego, Vanessa Bell und Matisse und eine Skulptur von Ghisha Koenig mit dem Titel »Die Maschinisten«. Und dann wollte sie, daß wir gingen, bevor wir uns langweilten und uns die Füße weh taten.

Als wir die Stufen hinuntergingen, fragte Jo Jo, ob ich Lust hätte, auf eine Tasse Tee mit in ihre Wohnung in Battersea zu kommen.

»Sehr gern«, sagte ich. Wir überquerten die Straße und warteten an der Haltestelle auf den Bus. Doch dann winkte ich spontan einem Taxi, und wir fuhren stilvoll zu ihrer Wohnung.

Sie wohnt in der obersten Etage in einem Appartementhaus. Alle Zimmer sind voll mit ihren eigenen Bildern. Viele davon sind Aktbilder, auf denen sie sich in verschiedenen Farben gemalt hat, einschließlich Grün, Rosa, Rot, Blau und Gelb.

Ich fragte sie, ob sie damit eine Aussage über ihre Hautfarbe machen wolle. »Nein«, sagte sie lachend. »Aber ich finde es langweilig, nur Schwarz- und Brauntöne zu benutzen.«

Wir aßen Scones und tranken Earl Grey und unterhielten uns ununterbrochen: über das »Savages«, die Politik in Nigeria, Katzen, einen ihrer Kunstlehrer, der dabei ist, durchzudrehen, Cecil Parkinson, den Preis von Pinseln, Vivaldi, unsere Sternzeichen – sie ist Löwe (mit Krebs als Aszendent) – und über das Mädcheninternat in Surrey, das sie besucht hat, seit sie elf war, bis sie im Alter von sechzehn von der Schule gewiesen wurde, weil sie aus Protest gegen das schlechte Essen auf das Dach der Kapelle geklettert war.

Bei einem Glas billigen Wein diskutierten wir über Bäume, Matisse, Moskau, die Politik in Rußland, unsere Lieblingskuchen, die Nützlichkeit von Regenschirmen, Kohl und die königliche Familie. Sie sagte, sie sei eine Republikanerin.

Bei einem letzten Glas Wein und einer Käseplatte mit Brot erzählte ich ihr von meiner Großmutter, meiner Mutter, Pandora, Sharon, Megan, Leonora, Cassandra und Bianca. »Du trägst aber viel mit dir herum«, sagte Jo Jo.

Um 22.30 Uhr schüttelten wir uns zum Abschied freundlich die Hand.

Bevor sie die Tür zumachte, fragte ich sie, wie alt sie sei.

»Vierundzwanzig«, sagte sie. »Gute Nacht.«

Montag, 30. März

Bin heute in meiner Mittagspause aus dem »Savages« losgerannt und habe mir Ambre Solaire (Faktor 9), ein Paar Espadrilles, ärmellose T-Shirts, drei weitere Shorts und sechzehntausend Drachmen gekauft.

Habe noch bis spät in die Nacht an meinem Buch gearbeitet. Bin gespannt, was Angela Hacker zu meinem Manuskript sagen wird. Habe noch mehr Adjektive in *Seht! Die flachen Hügel meiner Heimat* eingefügt und aus *Sparg aus Kronk* eine ganze Menge beschreibende Elemente herausgenommen.

Dienstag, 31. März

Nachdem das Restaurant heute mittag geschlossen hatte, haben meine Kollegen in der Küche eine kleine *bon-voyage*-Party für mich steigen lassen. Ich war total gerührt. Roberto hat Kebab gemacht und mir zu Ehren einen echt griechischen Salat zubereitet. Jo Jo hatte am Vormittag zwei Flaschen Retsina gekauft, und wir haben alle miteinander angestoßen und uns ewige Freundschaft geschworen. Dann kam Savage in die Küche und beschwerte sich darüber, daß Luigi vergessen hatte, auf einer Rechnung die Mehrwertsteuer hinzuzufügen, und damit war die Party zu Ende. Jo Jo sagt, sie ist gut im Kofferpacken. Sie hat mir angeboten, zu mir zu kommen und mir beim Packen zu helfen.

Ich hatte meine Kleider, meinen Kulturbeutel und mein Manuskript auf dem Bett zurechtgelegt, aber als ich alles einpacken wollte, stellte ich fest, daß die Einbrecher auch meinen Koffer mitgenommen hatten.

Jo Jo ist zum Berwick Street Market gelaufen und hat eine von den handgemachten gestreiften Stofftaschen gekauft, wie sie die Flüchtlinge in den Fernsehnachrichten immer bei sich haben.

Nachdem ich mit Packen fertig war, habe ich mit Jo Jo überlegt, ob ich eine warme Jacke mitnehmen soll. Sie meinte, ich sollte lieber eine mitnehmen, aber ich habe mich entschlossen, es zu lassen. Statt dessen habe ich mir einen Baumwollpullover um die Schultern geschlungen. Alle sagen, daß es in Griechenland im April warm ist. Im Moment sehen meine Beine noch total weiß aus, wenn ich kurze Hosen trage, aber bis ich zurückkomme, werden sie wunderbar braun sein.

Hotel Adelphi
Athen
Donnerstag, 2. April
9.30 Uhr

Liebe Jo Jo,
zum erstenmal in meinem Leben ist niemand bei mir, der mir zum Geburtstag gratuliert. Ich bin jetzt fünfundzwanzig Jahre alt. Ein Mühlstein im Leben eines jeden Menschen. Kann man mich noch immer einen »jungen britischen Romanschriftsteller« nennen? Ich will es hoffen.

Unten in der Hotellobby wuseln die anderen Kursteilnehmer des Faxos Institute herum und plaudern lebhaft miteinander. Als ich sie gesehen habe, bin ich zurück in den Aufzug geflüchtet und auf die Dachterrasse gefahren, aber Angela Hacker war dort und blickte, eine Zigarette rauchend, düster in die Ferne zur Akropolis hinüber. Sie ist ziemlich mager und trägt nur weiße Kleider. Sie war über und über mit griechischem Silberschmuck behangen.

Ich weiß nicht, aus welcher Zeit das Foto von ihr in dem Prospekt stammt, aber in natura sieht sie wie mindestens achtundvierzig aus. Sie hat's offenbar hinter sich, in sexueller Hinsicht wie auch in künstlerischer.

Ich habe mich noch nicht richtig bei Dir für den Nachmittag in der Tate Gallery bedankt. Ich muß immer wieder an die Bilder denken. Die von der portugiesischen Malerin, Paula Soundso, haben mir besonders gut gefallen.

Alles Liebe
Adrian

Fähre
Freitag, 3. April

Liebe Mum, lieber Dad,
ich schreibe diesen Brief auf der ersten Fähre, die uns dorthin bringt, wo wir die zweite Fähre nach Faxos nehmen. Angela Hacker und die meisten der anderen zwölf Kursteilnehmer sitzen schon an der Bar. Die meisten von ihnen rauchen. Du würdest Dich wahrscheinlich prächtig mit ihnen verstehen, Mum. Die anderen, ganzheitlicheren Urlauber stehen an der Reling und machen Fotos oder tauschen Aromatherapie-Rezepte aus. Ich bleibe eher für mich. Ich möchte mich nicht mit einer hastig geschlossenen »Freundschaft« belasten und die nächsten vierzehn Tage damit zubringen, ihn oder sie wieder loszuwerden. Es fängt gerade an zu regnen. Ich muß jetzt aufhören und hineingehen.

Alles Liebe von Eurem Sohn

Adrian

Fähre
Freitag, 3. April
16 Uhr

Liebe Jo Jo,
während der dreistündigen Überfahrt hat es fürchterlich geregnet. Ich habe meinen Baumwollpullover angezogen, aber ich friere noch immer. Ich wünschte, ich hätte Deinen Rat beherzigt und eine warme Jacke mitgenommen.

Angela Hacker fällt in der Bar dauernd um. Wir haben ziemlichen Wellengang, aber ich fürchte, ihre Gleichgewichtsstörungen rühren eher von den Unmengen Retsina her, die sie in sich hineinschüttet. Meine Schriftstellerkollegen hören, seit sie die Fähre betreten haben, nicht mehr auf zu lachen. Zweifellos irgendein Witz unter Eingeweihten. Ich habe mich noch nicht mit ihnen bekannt gemacht.

Bambushütte Nummer sechs
20 Uhr

Der Wind fegt durch die Ritzen zwischen den Bambusstäben meiner Hütte. Der Himmel draußen ist grau und mit Sturmwolken übersät. Das Abendessen wurde unter freiem Himmel eingenommen, unter dem »Dach« von Palmwedeln. Das Ratatouille war natürlich kalt.

Ich kann Angela Hacker von hier aus husten hören, obschon ihre Hütte mindestens zweihundert Meter weiter unten am Felshang liegt.

Um acht Uhr war eine Vollversammlung, auf der die ständigen Mitarbeiter und Kursleiter sich und ihre Arbeit vorgestellt haben. Die Versammlung fand an einem Ort oben auf dem Hügel statt, den sie hier den »magischen Kreis« nennen. Der magische Kreis besteht aus einer runden Betonfläche, die von einer niedrigen Mauer eingefaßt und mit dem üblichen Palmwedel-Bambusdach bedeckt ist. Das Ganze sieht kein bißchen magisch aus.

Was Mrs. Hacker über ihren Kurs »Die Freude am Schreiben« gesagt hat, hat mich ziemlich betroffen gemacht. Mir macht das Schreiben keine Freude. Schreiben ist eine ernste Angelegenheit, wie Malen.

Hier ist ein Mann, der die gleiche Frisur hat wie Du. Ich habe ihn gesehen, wie er auf der Landzunge stand und auf das Meer hinausblickte. Aus der Ferne sah er aus wie Du. Mir blieb fast das Herz stehen.

Meine Hütte ist neben dem Hühnerstall. Gerade hat eine Ziege ihren Kopf in meine Hütte gesteckt, und irgendwo im Kiefernwald schreit ein Esel. Ich würde mich nicht wundern, wenn die Arche Noah plötzlich hier strandete.

Alles Liebe

Adrian

Faxos
Sonntag, 5. April

Liebe Pan,
Du hast mich gebeten, Dir von meinem Kurs auf Faxos zu erzählen, also werde ich Dir den ersten Tag beschreiben.

Die Schriftsteller trafen sich um 11.15 Uhr auf der Terrasse. Ich habe mich mit dem Rücken zum Wind gesetzt, weg von all dem Zigarettenrauch. Um 11.30 Uhr war Angela Hacker immer noch nicht aufgetaucht, also wurde ein Mann namens Clive, der sieben Eiterpickel am Hals hatte, zu ihrer Hütte geschickt. Um 12 Uhr erschien sie dann endlich und entschuldigte sich dafür, daß sie verschlafen hatte. Dann redete sie eine Stunde und fünfzehn Minuten lang über »Wahrheit« und »Erzählfluß« und über »das Entwickeln einer eigenen Stimme«.

Um 13.15 Uhr sprang sie auf und sagte: »Okay, das reicht für heute. Schreibt ein Gedicht, das das Wort ›Griechenland‹ enthält. Richtet euch darauf ein, es morgen früh um 11.15 Uhr vorzulesen.«

Dann ging sie schnurstracks auf die Bambusbar zu, wo sie fast den ganzen restlichen Tag verbrachte. Nachdem ich mein Gedicht geschrieben hatte, ging ich hin, um eine Tasse Tee zu trinken, und hörte sie über Dein College in Oxford reden.

Ich fragte sie, ob sie Dich kennt, und sie sagte, sie habe Dich ein paarmal bei Cavendish getroffen, »bevor Jack seine dritte Frau verlassen hat«.

Ich sagte: »Die Welt ist klein.«

»Versuche, möglichst keine Klischees zu benutzen, Darling«, sagte sie.

Sie ist eine merkwürdige Frau.

Liebe Grüße von

Adrian

Faxos

Montag, 6. April

Liebe Rosie,

ich hoffe, Dir gefällt diese Postkarte mit dem fröhlichen Esel. Irgend etwas an seinem dämlichen Gesichtsausdruck erinnert mich an unseren Hund.

Ich schicke Dir ein Gedicht über Griechenland, das ich hier schreiben mußte. Es wird Zeit, daß Du anfängst, Dich für kulturelle Dinge zu interessieren. Es gibt noch mehr im Leben als Nintendo-Spiele.

Alles Liebe von Deinem Bruder

Adrian

O Griechenland, antikes, kultiviertes Land
Du umschließt mein Herz wie
Ein altes Gummiband.
Sind deine vettelhaften Rentnerinnen
In ihrer schwarzen Tracht,
Sich unbewußt der Dienste, derer sie entbehren?
Sind sie zufrieden beim
Anblick eines Esels unter seiner Last?
Werden sie sich nicht ein Fahrzeug wünschen
Das die Straße runter rast?

Faxos
Dienstag, 7. April

Lieber Baz,
ich bin hier auf Faxos mit Angela Hacker, die Du ziemlich gut kennst, wie ich höre. Wir beide sind sofort aufeinander geflogen, und sie hat mich eingeladen, bei ihr in Gloucestershire zu wohnen, wenn ich wieder in England bin. Vielleicht kann ich ab und zu am Wochenende hinfahren, aber zur Zeit recherchiere ich in einer Restaurantküche in Soho für mein nächstes Buch *Der Lümmel*, so daß ich es mir nicht leisten kann, mehrere Wochen lang zu bleiben, wie sie es sich gewünscht hat.

Ich schreibe Dir, weil ich Dir sagen wollte, daß ich hoffe, wir werden wegen der Sharon-Bott-Affäre keinen Groll mehr aufeinander haben. Wahrscheinlich werden wir schon bald in denselben Kreisen verkehren, und da wäre es mir lieber, wenn es keine bitteren Gefühle zwischen uns gäbe.

Ich gratuliere Dir dazu, daß Du endlich auf Platz eins gelandet bist!

Dein alter Freund

Adrian Mole

Faxos
Mittwoch, 8. April

Lieber John Tydeman,
falls Sie den Poststempel beachtet haben, wird Ihnen nicht entgangen sein, daß ich mich zur Zeit auf der griechischen Insel Faxos aufhalte. Ich nehme an einem Schriftstellerseminar unter der Leitung von Angela Hacker teil (sie läßt Sie herzlich grüßen).

Sie hat uns gebeten, die erste Szene für ein Hörspiel zu schreiben, etwas, an dem ich mich bisher noch nie versucht habe.

Ich dachte, es würde Sie vielleicht interessieren zu lesen, was ich geschrieben habe. Ich wäre gern bereit, das Stück zu Ende zu schreiben, wenn Sie der Meinung sind, daß es gut ist.

Ich werde am 15. April um 15 Uhr wieder in London sein, falls Sie sich gerne mit mir von Angesicht zu Angesicht unterhalten würden.

Wenn ich es mir überlege, wäre mir der 16. doch lieber.

Ich werde mich wahrscheinlich von meiner Reise erholen müssen.

Das Hörspiel beginnt folgendermaßen:

Das Gurkensandwich
Ein Hörspiel von Adrian Mole

Ein Zimmer in einem wohlhabenden Haus. Durch die Terrassentür sind die Geräusche eines Tennisspiels zu hören. Tee wird eingeschenkt. Ein Löffel klimpert in einer Tasse.

LADY ELEANOR: Ein Gurkensandwich, Edwin?
EDWIN: Versuch bloß nicht, mich mit deinen bourgeoisen Vorstellungen von vornehmer Lebensart abzuspeisen. Ich kenne die Wahrheit!
LADY ELEANOR (schnappt nach Luft): Nein! Das kann nicht sein! Du kennst das Geheimnis nicht, das ich vierzig Jahre lang gehütet habe!
EDWIN (verächtlich): Doch, ich kenne es. Millie, die Dienerin, hat es mir erzählt.

Eine Glocke klingelt.
MILLIE: Sie haben geläutet, Ma'm? Tut mir leid, daß ich Sie habe warten lassen, aber ich war gerade dabei, dem Koch beim Zubereiten des Kuchens für Master Edwins einundzwanzigsten Geburtstag zu helfen.
LADY ELEANOR: Du bist entlassen, Millie. Du hast mein Geheimnis ausgeplaudert.
MILLIE: Welches Geheimnis? Oh! Daß Sie als Mann geboren wurden?

Fortsetzung folgt.

Es liegt mir fern, Sie in irgendeiner Weise beeinflussen zu wollen, aber nachdem ich diesen Text vorgelesen hatte, schwiegen meine Schriftstellerkollegen überwältigt. Angelas einziger Kommentar lautete: »Du hättest das Geheimnis erst in der letzten Szene des Hörspiels lüften dürfen.«

Ein guter Rat, wie ich glaube.

Jedenfalls hoffe ich, daß Ihnen *Das Gurkensandwich* gefällt.

Mit freundlichen Grüßen
Ihr Adrian Mole

Faxos
Donnerstag, 9. April

Liebe Jo Jo,
seit zwei Tagen scheint nun die Sonne und hat Faxos in ein Paradies verwandelt. Die Farben sind atemberaubend: das Meer ist pfauenblau, das Gras ist pfefferminzgrün, und wilde Blumen übersäen die Hänge wie lebendes Konfetti.

Irgend etwas ist mit meinem Körper passiert. Er fühlt sich lockerer an, so als ob er sich befreit hätte und schweben würde.

Ich gehe jetzt morgens um sieben immer zum Traumworkshop. Die Kursleiterin ist eine nette amerikanische Traumtherapeutin namens Clara. Ich habe ihr von einem Traum erzählt, den ich immer wieder habe und in dem ich versuche, mit einer Gabel die letzte Erbse auf meinem Teller aufzuspießen. Sosehr ich mich auch bemühe, es gelingt mir nie, die Zinken der Gabel in die Erbse zu stechen.

Seit Jahren wache ich nach diesem Erbsentraum immer wieder erschöpft und hungrig auf.

Clara hat mir gesagt, ich soll den Traum vom Standpunkt der *Erbse* aus betrachten. Ich habe mir große Mühe gegeben, und in den Gesprächen, die ich mit Clara darüber geführt habe, wurde mir klar, daß ich, Adrian Mole, die Erbse bin und daß die Gabel den TOD symbolisiert.

Clara hat gesagt, mein Erbsentraum bedeutet, daß ich Angst habe zu sterben.

Aber wer *freut* sich schon aufs Sterben? Ich kenne überhaupt niemanden, der bei der Vorstellung vor lauter Vorfreude aus dem Häuschen gerät.

Clara erklärte mir, ich fürchte mich auf *morbide* Weise vor dem Tod.

Was hast Du für eine Einstellung zum Tod, Jo Jo?

Ich habe mich mit dem Typen angefreundet, der solche Zöpfe trägt wie Du. Er heißt Sean Washington. Seine Mutter ist Irin; sein Vater ist aus St. Kitts. Er ist hier, um an dem Kurs über Streßabbau teilzunehmen, aber er hängt immer mit uns Schriftstellern an der Bar auf der Terrasse herum.

Wir hatten heute beide Gemüseputzdienst, und er und andere haben mich für meine fachmännische Art gelobt, wie ich das Gemüse schneide. Ich glaube, ich möchte gern Koch werden. Vielleicht frage ich Savage, ob er mir einen Versuch gibt, wenn ich zurückkomme.

Angela Hacker hat ihrer Schriftstellergruppe verboten, Klischees zu benutzen, aber da sie diesen Brief nicht lesen wird, verabschiede ich mich mit:

Wish you were here

Adrian

Samstag, 11. April

Mein erstes Fax! Es war adressiert an »Adrian Mole, Faxos Institute« und ist im Reisebüro im Ort eingegangen. Dann wurde es vom Gemüsehändler im Faxos Institute abgeliefert und mir von Julian, dem gutaussehenden, kahlköpfigen Verwaltungschef, an der Bar auf der Terrasse ausgehändigt. Es war eine Sensation.

Lieber Adrian,
vielen Dank für Deine Briefe. Ich wünsche, ich wäre dort bei Dir. Es klingt so idyllisch.

Ich freue mich, daß Du Dich so wohl fühlst. Als ich Dich bei Savage in der Küche zum erstenmal gesehen habe, dachte ich: dieser Mann hat Kummer. Am liebsten hätte ich Dich auf der Stelle in den Arm genommen und getröstet, aber so etwas tut man natürlich nicht – jedenfalls nicht in England.

Ich glaube, es liegt in Deiner Macht, ein glücklicher und zufriedener Mensch zu werden, vorausgesetzt, Du kannst die Vergangenheit abschütteln. Versuch doch, in der Gegenwart zu leben, und laß all das, was Dich belastet, in Faxos zurück, bevor Du nach Hause kommst.

Ich kann es kaum erwarten, Dir zu erzählen, daß man mir die Teilnahme an einer Ausstellung von »jungen zeitgenössischen Künstlern« angeboten hat, die im September eröffnet wird. Hast Du Lust, zur Vernissage zu kommen? Bitte, sag ja.

Roberto beschwert sich dauernd, daß der Mann, den Savage angeheuert hat, um Dich die vierzehn Tage zu vertreten, das Gemüse massakriert. Jetzt tut es ihm leid, daß er Dir Urlaub gegeben hat.

Alle aus dem »Savages« lassen Dich herzlich grüßen. Roberto fragt, ob Du ihm eine Flasche Ouzo mitbringen kannst.

Ich vermisse Dich.

Auch ich grüße Dich ganz herzlich

Jo Jo

Hütte Nummer sechs
Faxos Institute
Faxos
Sonntag, 12. April

Liebe Jo Jo,
das mit der Ausstellung ist ja eine phantastische Neuigkeit! Selbstverständlich werde ich zur Vernissage kommen. Aber September erscheint mir noch in so weiter Ferne. Der Frühling hier ist wunderbar. Ich habe noch nie solche Farben gesehen.

In unserer Gruppensitzung gestern vormittag hat Angela Hacker uns Schriftsteller gebeten, die erste Seite eines Romans zu schreiben.

Am liebsten wäre ich sofort den Hügel hinauf in meine Hütte gerannt und hätte ihr das ganze Manuskript von *Seht! Die flachen Hügel meiner Heimat* gezeigt, aber ich habe mich beherrscht. Das Buch ist bis auf ein paar Seiten fertig. Man soll keine halben Sachen machen. (Seit es mir verboten ist, Klischees zu benutzen, benutze ich sie andauernd.)

Ich habe den ganzen Tag und fast die ganze Nacht an *Seht!* gearbeitet, und ich glaube, das Buch ist jetzt fertig. Hier kannst Du den Schluß lesen:

Jake stand von seinem Computer auf und ging in seinem Büro auf und ab. Er rückte das Gemälde von einer stattlichen Afrikanerin zurecht, das er kürzlich auf einer Ausstellung gekauft hatte.

Dann starrte er trübsinnig aus dem Fenster und beobachtete ein Kind, das einen Stock hinter sich her über den Boden zog.

Jake wollte unbedingt seinen Roman, *Sparg aus Kronk*, beenden. Er hörte den Drucker, der das vollendete Manuskript verlangte, an seine Tür klopfen. Sein Verleger war am Abend zuvor mit einem Nervenzusammenbruch ins Krankenhaus eingeliefert worden, aber er wußte immer noch nicht, wie er sein Buch beenden sollte.

Das Kind vor seinem Fenster hielt inne und kratzte mit dem Stock über die von Trockenheit heimgesuchte Londoner Erde.

»Ich hab's!« rief Jake, stürzte sich auf seinen hochmodernen Rechner und begann, das Ende seines Romans zu schreiben.

Sparg kämpfte mit Krun, seinem Vater, um den Stock. Er fragte sich, warum sie sich ausgerechnet um diesen Stock stritten. Es lagen noch genügend andere herum.

Er sah das alte, nun vor Wut entstellte Gesicht seines Vaters und dachte: warum tun wir das? Er ließ den Stock los und gestattete seinem Vater, damit wegzugehen.

Sparg setzte sich auf die ausgedörrte Erde und dachte: Wenn wir doch nur eine Sprache hätten, dann müßten wir uns nicht immer so verdammt körperlich auseinandersetzen.

Er stocherte mit seinem Finger im Staub herum. Er zog Linien mit seinem Finger. In wenigen Minuten hatte er verschiedene Zeichen und Symbole in den Staub gemalt.

Bevor die Sonne untergegangen war, hatte er die erste Seite seines Romans geschrieben. Er hoffte, daß in der Nacht kein Regen fallen und sein Werk auslöschen würde.

Morgen würde er sein Werk in einer Höhle fortführen, dachte er. Wie würde er seinen Roman nennen? Er grunzte vor sich hin und probierte mehrere Titel aus. Schließlich entschied er sich für einen und rannte in die große Höhle, um ihn an die Wand zu kritzeln, bevor er ihn wieder vergaß:

BUCH OHNE SPRACHE

Ja, das war es. Und er hob einen Stock auf und nagte das eine Ende zu einer Spitze.

Jake konnte es kaum abwarten, bis der elektronische Drucker die getippte Seite ausspuckte.

»Endlich«, jubelte er, »ich habe *Sparg aus Kronk* beendet!«

Bitte, sage mir, was Du davon hältst, Jo Jo. Ich lege wirklich großen Wert auf Dein Urteil.

Ich habe Angela Hacker heute morgen das fertige Manuskript gegeben. Sie nahm es entgegen und stöhnte: »Verdammt noch mal! Ich hatte um eine Seite gebeten!« Dann steckte sie es in die blaue Basttasche, die sie überall mit sich herumträgt, und unterhielt sich weiter mit Clara über einen Traum, in dem sie von einer Riesenküchenschabe verfolgt wurde.

Um 23 Uhr, nachdem ich den ganzen Abend mit meinen Freunden auf der Terrasse gesungen hatte, kam ich in meine Hütte und fand den folgenden Zettel, der unter meine Tür geschoben worden war:

> Adrian,
> ich habe *Seht! Die flachen Hügel meiner Heimat* durchgeblättert. Ich werde mich kurz fassen. Es ist typisch pubertäres Geschreibe und völlig unbrauchbar. *Sparg aus Kronk* gibt es schon millionenfach, mein lieber Junge. Aber das *Buch ohne Sprache* – Spargs Roman – ist eine wahrhaft brillante Idee.
>
> Ich bitte Dich, mir einen Besuch abzustatten, wenn wir wieder in London sind. Ich würde Dich gerne meinem Agenten, Sir Gordon Giles, vorstellen. Ich glaube, Deine Originalität wird ihm gefallen.
>
> Herzlichen Glückwunsch! Du bist ein Schriftsteller.
>
> Angela Hacker

> Ich mag vielleicht ein Schriftsteller sein, Jo Jo, aber Worte finde ich keine, um Dir mein Glück zu beschreiben.
>
> Mein Flugzeug landet am Mittwoch um 15 Uhr in Gatwick.
>
> Alles Liebe
> Adrian

Dienstag, 14. April

Angela Hacker hat heute morgen verkündet, daß die letzte Sitzung der Schriftstellergruppe am »Nackedeistrand« stattfinden wird. Bei der Vorstellung ist mein Penis regelrecht verschrumpelt. Ich habe mich noch nie nackt in der Öffentlichkeit gezeigt. Der »Nackedeistrand« ist etwas für Extrovertierte und Selbstbewußte. Und ich bin keins von beiden. Aber nach drei Glas Retsina zum Mittagessen bin ich schließlich über die Felsen auf den Nudistenstrand zugerutscht.

Ich war verblüfft über das irrsinnige Blau des Wassers. Die Felsen leuchteten rosa, als ich auf den Strand zustolperte, der eine Farbe hatte wie Zuckerguß. Es kam mir vor wie die natürlichste Sache der Welt, mir meine Shorts auszuziehen und mich in den Sand zu werfen. Zwölf lange Jahre lang habe ich in der Angst gelebt, einen zu kleinen Penis zu haben. Jetzt, nachdem ich einen Blick auf meine Schriftstellerkollegen werfen konnte, habe ich gesehen, daß ich genauso aussehe wie andere Männer. Ich liege locker im »normalen« Bereich.

Habe mich um halb sieben umgedreht und mich der Sonne dargeboten. Nichts Schreckliches passiert. Kein Donnerschlag. Die Männer und Frauen um mich herum sind beim Anblick meiner frontalen Nacktheit nicht schreiend davongelaufen.

Bin ins Wasser gewatet und auf den blutroten Sonnenuntergang zugeschwommen. Habe mich von den Wellen tragen lassen. Als ich zum Strand zurückschwamm, war es fast dunkel. Habe mich nicht abgetrocknet, sondern das Wasser an meinem Körper trocknen lassen.

Bin im blassen Mondlicht zum Institut zurückgegangen. Habe eine Abkürzung durch den Wald genommen. Der Boden war überall mit Kiefernnadeln bedeckt, und jeder Schritt war ein knisternder, duftender Genuß.

Auf der Lichtung bin ich durch das knöcheltiefe Gras und die wilden Blumen gegangen. Dann roch ich den Duft von Geißblatt und spürte eine Ranke in meinem Gesicht. Auf der Landzunge bin ich einen Moment lang stehengeblieben und habe auf das Institut hinuntergeblickt. Die Küchentür stand auf. Helles Licht fiel heraus, und man konnte fröhliches Lachen hören und den köstlichen Duft von gegrilltem Fleisch riechen.

Mittwoch, 15. April

22 Uhr. Jo Jo erwartete mich hinter der Absperrung. Habe mein ganzes Gepäck fallen lassen und bin auf sie zugerannt.